Daniel Desurvire

L'effroyable conjuration du Forum de Davos

Une secte mondialiste qui se juxtapose au collectivisme

Éditions Observatoire du MENSONGE
Sous la direction d'Alexandre Goldfarb
Par Amazon - Avril 2023

« *Daniel Desurvire est l'auteur de : "Le chaos culturel des
civilisations", pointant du doigt les risques de fanatisme de
certains cultes et de xénophobie de certaines civilisations,
auxquels s'ajoutent les dangers du mal-être social, de la
régression des valeurs morales et affectives ou de la
médiocrité des productions culturelles, dont la
polytoxicomanie en constitue l'un des corollaires. L'auteur
choisit d'opposer le doute et le questionnement aux dérives
dogmatiques et aux croyances délétères* ».

In, Les cahiers de Junius, tome III : « *La culture situationniste
et le trombinoscope de quelques intellectuels français* » (Édilivre)

2

Sommaire

4

A - Introduction pour donner forme et signification au terme « *secte* »

Il semble opportun de décrypter le sens étymologique, la sémantique et les contours juridiques quant à l'emploi du vocable « *secte* ». De prime à bord, ce terme n'est aucunement défini en droit positif, pas plus qu'il n'est évoqué dans la Constitution. Sa codification n'existant pas, ce terme fait néanmoins l'objet d'une loi n° 2011-504 du 12 juin 2001 « *tendant à renforcer la prévention et la répression des mouvements sectaires, portant atteinte aux droits de l'homme et aux libertés fondamentales* ». Au surplus, la jurisprudence fourmille d'ordonnances de protection (art. 515-9 à 515-13 du Code civil) et d'arrêts de cour d'appel à ce propos, de sorte que le droit prétorien apporte une lumière éclairée sur les antagonismes qui opposent ces organisations au public et aux administrations. Le nom commun pour désigner une *secte* demeure absent du microglossaire juridique, seulement apparent en filigrane sous l'adjectivation « *sectaire* ».

Quant au recours à l'article 40 du Code de procédure pénale en vigueur depuis le 10 mars 2004, dès lors qu'une plainte est déposée contre un tiers, pour avoir infligé à une personne morale ou physique l'attribut de « *secte* », au lieu et place de sa qualité autre, l'action du procureur de la République est subordonnée au privilège de l'autorité demanderesse (officier public ou fonctionnaire), mais aussi à la recevabilité de sa plainte. Au surplus, seules les conséquences aperçues dommageables, licencieuses ou prohibées relevant de pratiques sectaires peuvent être retenues, non la charge d'appartenir à une secte ou en désignant celle-ci comme l'instrument de cette plainte. La représentation idéologique d'une secte est aussi élastique et ténue que l'imaginaire peut lui attribuer selon les personnes qui l'adoptent (« *sequi* » : suivre en latin*), et l'angle de perception de celles ou ceux qui l'appréhendent (« *agnoscis* » : reconnaître*) ».

De nombreux et différents déterminants peuvent distinguer, ou inversement ternir le concept fusionnel de ces rassemblements spécifiques, qu'ils soient de mouvance postmodernes, comme le phénomène social né des années 1980 : le *New Age,* de contre-culture spirituelle, d'éclectisme ou syncrétisme. D'autres tendances sectaires se font jour comme les éco-villages ou le mouvement écolo-extrémiste des *collapsologues,* lesquels prophétisent la fin de l'ère industrielle dans moins d'une décennie, tandis que les survivalistes entassent dans leur abris antiatomiques des tonnes de nourriture, d'eau, de médicaments, de bombonnes de gaz et de combinaisons de survie. Outre l'obsession paranoïaque d'une guerre nucléaire de ces derniers, les groupes qui prêchent un retour à une nature matricielle, sans pollution anthropique et en autosuffisance, ces communautés autarciques emmènent souvent leurs adeptes à rompre avec le monde extérieur, à la façon des congrégations *amish* ou *mennonite,* avec des risques sanitaires, de dénutrition, de déscolarisation pour les enfants coupés du monde.

ooo

Il arrive que des mouvances sectaires soient plus évoluées, donc plus réceptives et tolérantes que les politiques ou les religions. En échange, certaines fraternités usent de procédés d'endoctrinement par des manipulations mentales d'enfermement et de perte de soi ; une inférence réflexive de la conscience (émotion, comportement, impact relationnel restreint). Pour disséquer la réalité qui se dissimule derrière une idéation sectaire, il est sage de convenir qu'une secte

6

peut être une conceptualisation intellectuelle, telle une faction qui se reconnaît à une appréhension morale ou sociétale. Or, les *pratiques sectaires* font pléthore et vont dans toutes les directions, s'acheminant autant dans le syndicalisme, l'enseignement ou les sciences. De fait, il existe des présupposés sectaires qui enveloppent un atavisme, ainsi des faits d'histoire, des professions ou des idéologies politico-syndicales. La CGT, syndicat ouvrier issu de l'AIT (Organisation Internationale des Travailleurs) partage ses actions avec la politique, jadis avec le Journal « *La Voix du peuple* », puis avec le quotidien « *L'Humanité* » ; des fondements socialo-communistes en marche forcée et en colonne *à gauche toute* ! Quant au Syndicat de la Magistrature (SM), cette ligue professionnelle, donc corporative, a plongé ses racines profondément en lien avec les mouvements de mai 1968, d'obédience résolument marxiste. Cette étroite entrave entre la politique et le syndicat crée une dépendance, des connections ajustées, compactes et confraternelles, idéologiques et de surveillance. Sans nul doute ces phalanstères en hermine, en robe ou en bonnet phrygien font appel à des manipulateurs sur le mental des adhérents, à peine d'exclusion, afin que l'orientation des collectifs locaux, à l'intérieur de leur confédération, ne subissent aucune déviation à l'ordre institué par les cadres. Sur ce registre, la qualification de mouvement sectaire n'est pas une hérésie.

Reste les grandes écoles administratives comme l'*ENA* ou *Sciences Po.* S'agissant de l'École Nationale d'Administration, elle fut remplacée fin 2021 par l'Institut National du Service Public (INSP) ; du pareil au même. Quant à l'Institut d'Études Politiques de Paris, cette École dispense des cours de sciences humaines et sociales regroupe 7 corps d'enseignement plus spécialisés. Globalement, l'orientation politicodidactique de ces établissements supérieurs procède d'une démarche fondée sur une observance quasiment militaire ; une servilité aux normes de commandement politiques qui draine une hiérarchie implacable, avec l'apprentissage des fonctions administratives dans les sphères publiques, technocratiques et informatiques. Jusque-là, rien ne semble anormal. Sauf que la soumission au règles de la gestion d'État se traduit dans cette chapelle, par une subornation sans réserve au pouvoir régalien ; un drainage psychique *hard*.

Dans ces hémicycles privilégiés, on y enseigne aux futures élites de la Nation le processus des rouages démocratiques, pour mieux savoir les bloquer quand nécessaire. Par exemple, la notion de respect des données privées y est violée, puisque la plateforme *FranceConnect,* depuis le bateau de Bercy, délivre dans la confidentialité à ces étudiants chevronnés, l'accès à la double authentification à deux facteurs (A2F), autrement dit la clé des comptes clients, de la sécurité sociale et autres investigations possibles, d'où une main invisible sur la vie privée des citoyens. Toutes les informations en ligne y sont craquées, dont le secret bancaire, la confidentialité des sources journalistiques et des avocats, des chercheurs etc. Cette violation se justifierait par l'apprentissage au pouvoir, sans égard aux libertés basiques et aux droits constitutionnels.

Comment comprendre que ce noviciat pour l'exercice du pouvoir politique comporte des passe-droits iniques, dignes des pratiques sectaires, car fonctionnant en marge du droit positif que déclinent les institutions démocratiques. Ces prérogatives sont accordées à contre-courant de l'éthique, mais des privilèges prétendument nécessaires pour diriger un peuple sous la casquette d'un conseiller d'État, d'un

8

maître de requête ou autre magistrat de la République. Il faut donc une bonne dose de persuasion pour briser les plus honorables convictions et les tabous qui s'inscrivent dans le marbre de la DDHC, comme de faire admettre que pour gérer la politique d'un pays, il faut d'abord savoir se placer au-dessus des lois.

Ceci expliquant cela, entre corruption et abus de pouvoir, nos futures élites devront en passer par un lavage de cerveau avec imprégnation et subjectivation, à la façon d'une secte, avant d'exercer leur futur mission administrative ou plénipotentiaire. Collaborer avec des pirates informatiques sous le chapeau d'une commission ou d'un conseil institué (Arcom, CNCTR), pour contrôler, à la façon des barbouzes la presse en ligne, des professions dites protégées sous les motifs dérobés de débusquer la haine des terroristes ou des messages pédopornographiques, semble incompatible avec les droits les plus élémentaires. Il paraît difficile de sortir indemne de ces écoles supérieures. Si de telles pratiques sectaires ne sauraient corroborer avec l'enseignement dispensé dans les académies, où les étudiants voient leurs belles illusions reflétées dans un miroir déformant, comment donc les qualifier ?

∘∘∘

L'effet subliminal que projette l'idéation d'un mot dans l'échange analogique ou discordante de circonstances, finit par s'inscrire dans l'illusion d'anamorphoses que conjecture l'esprit, ainsi vue par l'architecture picturale de Felice Varini ; un moyen en trompe l'œil de faire passer un message vrai pour une chimère ou inversement. Les allégories qui relèvent de l'art ou de la science font pléthore ; escalier de Schröder, le Cube de Necker, le principe d'incertitude d'Heisenberg, le chat de Schrödinger etc. Cependant une secte n'est pas une représentation de l'imaginaire, car elle est omniprésente et même omnipotente dans la société. Ses outils d'imprégnation, de subjugation, d'enfermement et d'intoxication mentale et physique sont illimités ; autant de phantasmes qui procèdent de l'inventivité et de l'appropriation que leur offrent les techniques de communication et d'élévation. Sur le registre monographique qui se rapporte à ce livre, j'associe sans attribut d'importance ou de sérieux les rangs, méthodes et rituels des sectes religieuses au paganisme, au lobbying des partis politiques ou des syndicats ouvriers et ordres corporatifs, aux confréries bachiques, aux groupements idéologiques comme les loges franc-maçonniques* ou les clubs privés et/ou associant des classes privilégiées, tel le lobbying mondialiste du *Forum de Davos*. Ici, la présentation entre ces groupes d'intérêt, le pluralisme des opinions et l'éclectisme intellectuel qui prévaut, n'ont pas la même signification didactique, et ne saurait revêtir une appréciation éthique commune à chacune de ces écoles dogmatiques ou élitistes, dès lors que :

- La Franc-Maçonnerie* parée de philanthropie, s'organise en fraternités et intronise ses apprentis au tréfonds d'un collectif ritualisé en parrainages, autour de valeurs socio-idéologiques humanistes et cooptées. Ainsi fonctionnent, quoique très différents, les réseaux de notables entre *Lions Club* et *Rotary Club*. La gestion des loges se compartimente en espaces de réflexions intellectuels et interdisciplinaires. Des interactions épistémologiques, philosophiques et sociétales y sont différenciées qui témoignent de cognitions propres au sein des obédiences de confréries. Même si l'histoire millénaire de ces organisations, vraisemblablement apparue en Écosse à la fin du XVIème siècle, ne fut pas toujours attachée aux libertés de ses disciples, quant aux devoirs initiatiques de ses recrues depuis 1717, la

10

Franc-Maçonnerie se présente à ce jour comme une obédience « *Freemasonry is one of the world's oldest and largest non-religious, non-political, fraternal and charitable organisation* ». Ces loges, qui en général n'excluent plus désormais les différences sociales, de genre et des horizons politiques et cultuels, fraternisent autour de postulats progressistes, la recherche de la vérité, l'étude de la morale et la pratique de la solidarité, selon les enseignements institués du *Grand Orient de France*, l'une des multiples branche de cet Ordre.

- Alors que le *World Economic Forum* * forme une société riche de puissantes personnes physiques et morales, laquelle se fonde en actions concertées entre dominations oligopolistiques industrielles, financières et politiques à l'aide d'entreprises surdimensionnées et de personnalités politiques. Les projets d'extension mondialiste sont à l'épicentre des préoccupations et des actions du maître fondateur de cet ordre nouveau, Klaus Schwab, autour duquel gravitent des magisters représentatifs d'un pouvoir économique ou d'un État. Sous couvert de mystifications propagandistes leur conférant une honorabilité de façade, la réalité de cette Fondation n'a rien d'écologique, d'humanitaire et de philanthropique dans les faits ou les résultats.

Si le terme « *secte* » semble peu assimilable à cette destination, il ne fait aucun doute que cette assemblée de personnages influents agit fortement sur la destinée du monde occidental. De surcroît, seuls sont admis dans cette cour des grands l'autorité de dirigeants disposant de l'*avoir* et/ou du *pouvoir*. Dans ce cercle fermé des adorateurs du mondialisme, n'y sont incorporés que des gens du *savoir* et de *possédants*. Depuis la crise de *Covid*, la *WEF* a élargi sa notoriété politique et ses capacités financières à l'appui d'une

11

corruption à l'échelle intercontinentale, imposant le ton d'une puissance *transpolitics* dominante, à la faveur de colossaux capitaux expatriés *offshore* (au large des côtes) car souvent apatrides, dont les intérêts résident et se regroupent au cœur de ces sociétés extraterritoriales, hors de la souveraineté des États.

- Quant aux partis politiques, syndicats et cultes, ceux-là se rejoignent dans la méthode, moins dans le profil, puisqu'il s'agit pour chacune de ces chapelles, à l'exception du culte juif qui ne pratique pas le prosélytisme, de recruter des adhérents ou des adeptes, les uns et les autres façonnant leur postulat idéologique ou dogmatique aux fins de rallier toujours plus d'adeptes ou d'adhérents à leur épicentre en compétition. Ici, les protagonistes du monde religieux, reconnus en droit positif local, comme la chrétienté, le judaïsme, l'islam et les cultes tantriques, hors de leurs rameaux sectaires, n'usent pas, sauf déviation, de la drogue ou de procédés obscurs pour enrégimenter leurs partisans ou leurs ouailles, car les principales voies de persuasion sont les lieux de culte, les prêches, les meetings et harangues, mais aussi à l'aide des réseaux radio-télévisuels, l'internet et les opuscules.

- S'agissant des « *sectes* » à proprement dit, ainsi désignées pour leur culture marginale et leur pratiques d'enrôlement souvent contestable, quelle qu'en soit la nature et la finalité (d'inspiration déiste, théiste, syncrétique, agnostique, médicale, monacale ou anachorète, etc.), le sens des vocables joue sur leur interprétation. Outre lesdites dérives complotistes et néo-communautaires, dont les pouvoirs dominants savent user à l'encontre de collectifs pour diaboliser l'opposition ou une résistance à la fronde oligarque des régimes présidentiels renforcés comme en France, outre également une quinzaine de sectes répertoriées comme les plus dangereuses au monde, la population des adeptes de sectes regroupe pas moins d'un demi-million d'adultes sur le seul territoire français, dont 80 000 enfants élevés dans un contexte sectaire.

Quant aux petits groupes de quelques affidés qui pratiquent une idéologie ou un comportement social marginal, inférant par une existence policée par des rituels et modes de vie anachronique ou post-modernes, cette population, quasi familiale, s'accroît au rythme des problèmes sociaux et psychosociaux du pays. Il s'y compte ± 500 associations non déclarées sur l'Hexagone et les DOM-TOM ; des collectifs peuplés d'environ 140 000 âmes dont 90 000 mineurs. Il semble évident que de vouloir taxer de dérive sectaire autant de personnes qui usent simplement de leur liberté naturelle pour s'offrir un mode de vie décalé de celui de leurs voisins, dans le respect des droits essentiels, s'affiche non seulement excessif mais outrageant. En revanche, l'État-Macron qui s'insinue dans l'esprit des gens jusqu'à violer leur vie privée et conditionner leur esprit avec des propagandes outrancières, relève de pratiques sectaires. La plupart des sectes, même si elles apparaissent hétérodoxes et non conformistes, n'égale pas les procédés d'embrigadement politique de ce régime oligarque, via le martellement itératif sur les chaînes de télévision au service de l'Élysée.

Ce pourquoi, restons circonspects, car certains organismes militants rattachés à l'Exécutif, comme la *Midiludes* (Mission interministérielle de vigilance et de lutte contre les dérives sectaires), qui prétendent s'inscrire dans le marbre de la DDHC de 1789, et qui servent parfois de diversion ou de justification dans une société qui s'habille de la cocarde républicaine pour mieux s'y soustraire en arborant la parole du pouvoir exécutif, procède, au détour de leur mission, à des activités souterraines et opaques, comme de censurer des auteurs et les médias du numérique, cela en totale violation du droit d'expression et de la liberté de la presse. La « *Saint-Barthélemy des patriotes* », selon la formule de Camille Desmoulins, s'est constituée telle une entrave contre l'*ius naturale* (droit naturel). Cette chasse aux sorcière, placée sous le contrôle régalien, font des *sleeping giants* ou de la *Midiludes* entre autres des laceurs d'alerte, de la même trempe que les inquisiteurs Dominicains, les Frères Prêcheurs au XVIIIème siècle, tous à la solde du Pape Grégoire IX.

Ces derniers, vus comme de gentils délateurs au service du bien commun, agissent de temps à autre tels des censeurs contre l'opposition politique, serviles à l'Exécutif et souvent rémunérés par les pouvoirs publics. Ce détour de la mission honorable et légitime pour laquelle ces organismes ont été institués (contre la haine, le racisme, les appels au terrorisme, les sectes dangereuses, la pédopornographie) s'y glisse parfois un paravent d'emprunt idéologique ou de servitude en échange de dotations d'emplois et de subventions de l'État pour favoriser d'obscurs intérêts électoraux de l'oligarchie présidentielle aux pratiques confuses. Ces agents contractuels, à qui des pouvoirs sont délégués, dotés d'une dissuasion comminatoire ainsi la *Miviludes* susvisée, dispersent leurs prérogatives à diaboliser ou à placarder des appositifs sectaires et conspirationnistes contre des intellectuels dissidents contre le régime dominant. Observons ici un pouvoir exorbitant dont l'Exécutif se sera allié, dilué à l'appui de collaborations placées hors de leur statut initial, notamment durant la crise dite sanitaire. De quel côté, dans ce cas de figure, s'opère « *la dérive sectaire* » ?

Derrière la pudeur de cette réserve linguistique, en regard de la connotation péjorative de ce substantif qui semble brûler la langue, il semble judicieux de désacraliser cette circonspection en jurisprudence. Dès lors que les dérives sectaires sont multiples et variées, quelles qu'en soient les mobiles, idéologiques ou religieux, l'observateur se doit de différencier la cible dogmatique ou spirituelle à travers une croyance, une conduite, un syndicat, une école philosophique, une confrérie mystique ou un parti politique, pour une signification appropriée. Or, la lexicologie recèle autant de la source que de la représentation mentale des vocables ou expressions de l'idiome vernaculaire (psycholinguistique) exégétique, liturgique, voire de l'herméneutique des symboles (sémiologie), ainsi dans la corps du mot latin « *secta* ». Il convient cependant d'écarter la relation systémique dont usent certains linguistes distingués qui abusent d'interprétations absconse et insanes par jeux de mots inappropriés.

Pour celles ou ceux qui ne subissent aucune pression corporative, religieuse ou doctrinale, rien n'indique qu'il soit interdit, même en désaccord avec le droit prétorien, d'utiliser le mot « *secte* » ou d'en qualifier l'attribut à quiconque. Il paraît d'autant plus aisé de cibler de ma sorte une communauté lorsqu'elle porte atteinte à l'intégrité psychique et physique de ses adeptes, en usant de son influence avec des moyens en infraction avec les principes de la liberté de culte ou du droit d'expression. La libre conscience, dans son approche subjective où le primat de la laïcité n'est pas étranger, préside aux droits opposables aux pratiques sectaires, car cette réfutation légale, aux implications pénales, concerne tout aussi bien l'exercice illégal d'une profession protégée, ou d'autres approches qui intègrent des pratiques certifiées sous l'enseigne d'un art, d'une science ou d'une médecine, comme il en va de pseudo-thérapeutes ou de prédicateurs illuminés.

L'administration de décoctions médicinales et de panacées prétendument curatives, les procédés d'attouchements corporels en guise de manipulations ésotériques et autres débordements pratiqués en rituel débouchant sur la pédophilie ou autre abus sexuel sur des adultes, sont autant de détour sectaires qui privent les victimes de lucidité par la drogue ou le sexe. Plus graves encore sont les conditionnements psychiques dispensés par des gourous qui déifient un prophète ou un démiurge pour justifier des appels à la haine, au meurtre, au terrorisme ou à la guerre, notamment à l'appui d'un livre de culte sacralisé qui professe une foi sous couverture d'une religion, comme l'islam.

ooo

À ce propos, si le Coran et les hadiths sont autant de lectures qui enferment explicitement un droit de tuer (Voir au chapitre III : « *Et la laïcité ? Bordel !!!* » en bibliographie *in fine),* à travers une idéologie nourrie de ségrégation et d'intolérances, ce culte, reconnu pour être une religion, peut être associé à une secte au sens des dérives mentales de son auteur prophétique. Par la pénombre de ce livre, il ressort de cette confession une véritable anthologie martiale, un code de vie phallocentrique jusqu'à l'esclavagisme, un manuel de tortures barbares explicitées dans le détail, et moult invitations à exterminer les mécréants, les Hébreux (Juifs), chrétiens, polythéistes et athées. Un culte qui professe de telles ignominies ne mérite pas d'être confondu à une religion, dont l'enseignement réserve plutôt une éducation pacifique, comme il en va des confessions d'Abraham, tantriques et animistes.

16

Nul ne peut lire *in extenso* cet ouvrage et en ressortir indemne, soit islamophobe, soit djihâdiste. Agrémenté de récompenses charnelles posthumes, par un gourou qui promet des pucelles (houris) du paradis d'Allah aux guerriers ayant sacrifié leur vie sur l'autel du djihâd, ce parcours de vie est tracé avec persuasion dans ces écritures sacralisées, tel un devoir jusqu'à ce que l'humanité ne soit constituée que de Musulmans. Dans ce culte, la guerre y est préférée à la concorde, d'où la mort choisie en sacrifice de la vie terrestre qui importe moins. Les pires châtiments attendent les Musulmans qui se lient d'amitié avec des idolâtres, des mécréants, autrement dit les impurs n'ayant pas fait leur *chahâda* (prêter allégeance à Allah). Ceux-là ne méritent pas ce capharnaüm céleste, où y sont préférés les *chahids* (les martyrs, les bons Musulmans).

Autant dire que depuis l'Hégire, l'islam n'a jamais cessé de prêcher l'inimitié et à répandre la conflagration autour de son suppôt coranique. Depuis son avènement au VIIème siècle avec les guerres que mena Muhammad entre Médine et la Mecque, puis au IXème siècle avec la secte des ismaéliens, les Nizârites, qualifiée de secte des « *Assassins* » (des terroristes de l'époque), l'histoire de cette confession n'a jamais cessé d'embraser deux continents par ses razzias, génocides et attentats terroristes jusqu'à ce jour.

Par cette lugubre évocation de l'islam qui sema la mort partout où ce culte propagea sa haine, citons les génocides perpétrés par des Turcs de l'Hindu Kush, dont Timour dit Tamerlan, un cruel conquérant mongol et grand émir (1336-1405 de notre ère), lesquels massacrèrent ± 80 millions d'Hindous entre l'an 1000 et 1525 sur l'immense région actuelle de l'Afghanistan, que traduisit plus tard la destruction profanatoire des Bouddhas de Bamyan le 11 mars 2001 par les talibans ; derniers vestiges d'une civilisation décimée par la rage intégriste des fous d'Allah. Puis plus proche de notre époque furent les 1,5 million d'Arméniens assassinés par l'Empire ottoman durant la Première Guerre Mondiale, puis le sort accablant des Libanais maronites et des territoires balkaniques maintes fois déchirés par l'islam sunnite et chi'te.

Shari'a, fatwa, fiqh sont autant de codifications pour y perpétrer un graal panislamique au nom d'un grand khalifat (Voir *in fine* en bibliographie, « *Les pages noires du Coran à bannir du XXIe siècle* », « *La malédiction de naître femme en islam* », puis p. 175 à 412, « *Et la laïcité ? Bordel !!!* »). Une confession spirituelle, étant un outil sociétal pour tendre à l'amour et aspirer à la concorde dans une société évoluée et pacifiée, cette soi-disant religion, en dépit ± 2 milliards d'individus qui partagent cette même foi sur la planète, devrait logiquement est déclassée au rang d'une secte martiale et criminelle. Eu égard au parcours ininterrompu de sauvageries et de massacres à l'hémoglobine dont fait appel les 114 sourates de cette profession de foi, il serait superfétatoire de vouloir expliquer le pourquoi et le comment des violences aujourd'hui perpétrées par des sociopathes au nom d'*Allah Akbar !*

ooo

Une autre raison d'évoquer le sectarisme dans notre société contemporaine, tend à y inclure certains lobbies idéologiques et industriels fondés autour de formations politico-financières transnationales. J'en veux pour prima de facto le *World Economic Forum* qui fait l'objet de cet ouvrage. Pour cerner la dimension de cette organisation non gouvernementale (ONG), le *WEF* dispose de 653 salariés, plaçant cette Fondation parmi les grandes entreprises. Environ 80 nationalités représentées par leurs présidents, premiers ministres et têtes couronnées s'y côtoient. ± 1 300 sociétés civiles et commerciales et des professions indépendantes gravitent autour de cet axe par ses antennes disposées aux quatre points cardinaux du globe. Le sommet du *WEF*, qui se déroula entre les 16 et 20 janvier 2023, s'était constitué pour objectif d'imposer à l'Occident une nouvelle donne géopolitique et géostratégique au large des eaux territoriales (offshore) et du droit international. Voici à la suite des éléments de réponse.

B - Les pièges du *WEF* et sa ligue du *Big Pharma*, de la *Big finance*, du *Big Data* et du lobbying d'un ordre nouveau sont comparables aux dangers des sectes apocalyptiques, à rapprocher des peurs millénaristes à l'aune des *frankenvirus*

De sorte que le *pouvoir* et l'*avoir* sont les deux mamelles des puissants de ce monde, les amenant à nourrir leurs cibles ingénues de promesses, de bonnes intentions et d'apparaître respectable ; le tout en asservissant leurs prospects et leurs électeurs par des affabulations nourries de propagandes soignées et itératives, exactement comme le ferait un gourou omnipotent devant ses adeptes soumis et vulnérables. Les adhérents de cette organisation supranationale au parfum sectaire, sont tous gagnés par une autre forme de prosélytisme ; dominer le monde en collectant tous les pouvoirs, puis régner sur des empires financiers exempts de fiscalité et de prélèvements sociaux. N'est-ce pas ainsi que les seigneurs, suzerains et dictateurs de tous les temps ont saignés leurs sujets, en collectant et en ne laissant presque rien à la plèbe ? Pour ce faire, l'ensemble des moyens dont disposent ces magnats sont exploités et leurs victimes siphonnées. Cette élite richissime fait feu de tout bois ; mystifier, suborner et tondre, pourvu que le mensonge soit assez gros pour apparaître comme une vérité évidente, criante et incontestable, tel que le devisait Joseph Goebbels.

ooo

Il en est ainsi avec la secte *WEF* susmentionnée, qui a concouru à initier une pandémie avec les consortiums complices de cet artifice monté depuis Wuhan, puis peaufiné en Occident. Cette soi-disant fuite depuis un laboratoire classé « *P4* » devînt - Ô coïncidence ! - bizarrement productive d'antidotes fabriqués instantanément par des apprentis-sorciers, pour rebondir financièrement sur ce prétendu remède miracle aux promesses prophylactiques : les vaccins à vecteur génique. Principalement produite par les laboratoires *Pfizer*, recommandée - sinon imposée - par la Commission européenne, l'expérimentation de ces fioles vaccinales s'est vue exemptée de tout principe de précaution par des gouvernements voyous comme en France, au nom de l'exception et de l'urgence. De sorte que ce poison potentiel aura été injecté des milliards de fois sur des victimes humaines, cela dans un climat de psychose et d'hypocondrie mondial. Les populations confiantes et rassérénées s'exposèrent à la façon des rats de laboratoire ; mais des cobayes qui s'ignorent encore, tant cette campagne fut perfidement orchestrée par des sociétés conseils comme *McKinsey*.

Quelques centaines de milliers de personnes vaccinées en Europe virent leur système immunitaire détérioré à l'ARNm, et d'innombrables décès en découlèrent sur la foi des rapports scientifiques des instituts contrôle de médicaments et de veille sanitaire (Voir p. 31 à 35 et 111 à 144, « *Le quinquennat 2017-2022 entre psychose et délation* » ; p. 96 à 98 et 150 à 152, « *Covid - La poule aux œufs d'or - Le business des vaccins* » en bibliographie *in fine).* Cette opportunité juteuse,

20

quoique macabre, fut saisie par nombre de partenaires influents de cette secte née à Davos (CH)*. Entre les laboratoires pharmaceutiques et leurs complices politico-financiers, beaucoup s'agglutinèrent autour de cette mascarade montée par le *Big Pharma*, avec en arrière-plan le laboratoire de recherche « *P4* » sis à Wuhan qui leur aura fourni la matière première virale, puis vinrent très peu de temps après les antidotes présumées. Si cet épisode ne figure pas au registre d'un génocide savamment organisé, qu'est-ce donc alors ? Des fortunes colossales se sont constituées au profit des magnats industriels du secteur laborantin, des commanditaires politiques et du corps médical stipendié, sans que ces injections exploratoires n'aient éveillé chez les médias le soupçon d'un traquenard qui fit se déverser par milliers de milliards des devises sur le compte des opérateurs de cette pandémie. Les États complices de ce carême-prenant, histoire de jouer dans la même cour, ponctionnèrent les budgets sociaux et fiscaux de leurs citoyens, spoliés à coup de seringue.

Pourtant, cette pandémie annoncée comme terrifiante à la façon d'une peste noire ou de l'Ébola, eu égard aux mystifications des gouvernements corrompus par le *Big Pharma*, puis relayées par l'OMS constituée en porte-voix, n'aura jamais tué davantage qu'une simple grippe hivernale, ni les vaccins auront prouvé une quelque efficacité. Même dédiés à des *variants*, sachons que ces mutations virales procèdent d'un schéma ponctuel aux cycles d'un transformisme ou d'une évolution naturelle d'adaptation ou de survie des micro-organismes, comme pour tout être vivant. La démonstration de cette carnavalesque mise en scène, où les mensonges et les effets d'annonce fusèrent autour de cette pandémie, se traduisit par moult années de crise économique et sociale. Ainsi

21

cette endémie virale fut davantage transmise par la nocuité des propagandes d'État sur les écrans et les affiches que par la maladie elle-même, comme pour rappeler les terrifiantes charrettes de cadavres de pestiférés ramassés sur la chaussée entre 1347 à 1353. Ô Paradoxe, les hôpitaux ne furent guère encombrés de malades et de morts par ce virus, à qui les soignants chaussaient un masque à oxygène sans trop savoir pourquoi ! Or, le ministère de la Santé répandait le bruit qu'il s'agissait d'une affection pulmonaire létale et fulgurante, dont mourraient d'abord les séniors.

Ô paradoxe, ce furent les pensionnaires d'*Ehpad* qui furent refoulés des hôpitaux et des soins palliatifs, au motif que leur vie étaient jugée résiduelle (Voir p. 42, note 22, « *L'absurde traitement du Covid…* », en bibliographie *in fine)*. Les séniors de ces établissements furent euthanasiés au *Rivotril*® (Voir infra, p. 182 et 226) pour ajouter aux falsifications du décompte des certificats de décès occultant cette mise en scène, sans préjuger des comorbidités fréquentes à cet âge avancé. Au-delà des trahisons criminelles de l'État, il ressort que c'est l'effroi entretenu dans l'artifice autour de ce virus peu virulent, qui aura enflé la démesure de ces alertes, vague de *variants* après vagues de *variants*, pour réanimer sans relâche l'angoisse populaire.

La preuve incontestable en est fournie par l'actualité puisqu'à ce jour, contracter ce virus, qui est toujours le même depuis 2019, mais qui mute naturellement à la façon d'une influenza saisonnière (grippe A et B), est devenu une chose banale que bien des personnes contaminées, testées positives mais asymptomatiques, ou qui en occultent les effets, évitent de le faire savoir pour ne pas faire l'objet de mesures contraignantes et inutiles, car beaucoup plus handicapantes que la maladie elle-même. Rappelons que c'est la secte *WEF,* avec les sociétés conseils (ainsi McKinsey), puis Ursula von der Leyen présidente de la Commission UE qui déléguèrent en chaîne, pays par pays, cette dilapidation sur toute l'Europe de l'Union, avec des commandes astronomiques de vaccins. Ce galvaudage des deniers publics se perpétue encore de nos jours, à coup de centaines de milliards d'euros. Le produit financier de ces seringues circule depuis les caisses des cotisations sociales et la fiscalité des contribuables jusqu'aux comptes bancaires numérotés *offshore* des laboratoires pharmaceutiques, en passant par les commissions occultes versées aux politiciens, puis aux gratifications des professionnels médicaux.

Cependant, les populations à présent aguerries après cette mascarade, ne font guère état de leur crédulité, car beaucoup en ont joué et ne veulent pas avouer leur rôle qui concourut à la discrimination par les vaccins. Emmanuel Macron aura su perfidement introduire dans les esprits échauffés la nécessité de cafarder aux ARS (cas contact) et de nuire à leurs propres concitoyens, comme à se prêter à la mission de délateur ou de vigile en brandissant le lecteur *QR code TAC !* Derrière cet exemple effarant de félonie, furent piégés nombre d'esprits vulnérables, contaminés par les désinformations, menteries et manipulation de masse. Ces conjurateurs, entre les laboratoires, les dirigeants politiques et leur maître d'œuvre sis à Cologny (CH)*, œuvrèrent dans l'ombre de bien d'autres forfaitures, comme de fédérer les chefs d'État autour d'un ordre nouveau. Les ingrédients de cette secte politico-financière y sont explicités plus bas.

ooo

Faut-il rappeler l'étrange lien pathogénique du dérèglement du système immunitaire humain entre le

VIH et le SARS-CoV-2 (Voir p. 63/64, « *L'idéologie néfaste du Président Macron* », en Bibliographie *in fine*) puis encore de l'étrange coïncidence des fuites de virus conçus en laboratoire avec l'apparition suspecte, car spontanée, de remèdes vaccinaux prétendument prophylactiques (même ouvrage, p. 74/75) ? Combien de virus manipulés par l'homme sont-ils congelés dans les laboratoire « *P4* », dans l'attente de quoi et pour qui ; comme celui reconstitué depuis un cadavre exhumé où fut prélevée une souche de la grippe espagnole (A H1N1) qui tua entre 20 à 50 millions d'êtres humains entre 1918 à 1919 sur la planète ? Doit-on accepter que des chimio-microbiologistes en recherche fondamentale soient autorisés à jouer avec la dangerosité de micro-organismes en éprouvette, comme avec le gène viral « 5 » associé au MERS-CoV, dans le centre national de biotechnologie de Madrid, même si prétendument il fut détruit, car rien ne l'atteste ? Alors pourquoi l'avoir bricolé en laboratoire pour en faire un *frankenvirus* hautement génocidaire, sûrement à l'aide de financements occultes qui ont permis de telles manipulations, lesquelles s'avèreront ultérieurement productives de profits démoniaques ?

En prétendant vouloir jouer un coup d'avance sur l'évolution hypothétique de bactéries supposées mortelles et vectrices de pandémies, en les bricolant pour les rendre toujours plus dangereuses afin d'en connaître la nocuité, n'est-ce pas jouer avec le feu ? Autrement dit, prendre de tels risques au nom de la science, pour fabriquer des vaccins et médicaments ; n'est-ce aussi risquer d'en transmettre les codes séquentiels aux laboratoires pharmaceutiques qui les transformeront en millions de dollars pour fabriquer des vaccins préventifs, sinon à destination de forces armées terroristes, via des trafiquants, dans le but de

24

déclencher un conflit bactériologique ? En arguant que les antibiotiques font évoluer la résistance des virus, des bacilles ou spores, devrions-nous préférer acheter les inhibiteurs d'infection en pharmacie, plutôt que chez le boucher qui propose de la viande bourrée d'hormones et d'antibiotiques aux éleveurs de bétail, précisément fabriqués et fournis par ces mêmes labos ?

Bien des d'expériences laborantines sur des micro-organismes dangereux sont initialement mis en éprouvette depuis des laboratoires « P2 » et « P3 », donc en-dessous des normes de sécurité qu'offrent la classe « P4 ». Des échantillons de virus sont même souvent baladés par envois postaux, avec tous les risques de perte ou de détournements que de tels expéditions comportent en chemin, par air, par route ou par rail. Tel fut le cas avec une souche matrice de la Covid, dont nous apprécierons plus bas l'étrange cheminement de cette progéniture issue de travaux réalisés en sécurité précaire, voire très insuffisants entre la Chine, les États-Unis, l'Espagne et autres sites expérimentaux rattachés à l'Institut Pasteur. Au final, ces virus congelés sont revenus à leur point de départ à Wuhan qui en laissa vraisemblablement échapper le virion, soit depuis un animal ou par un laborantin ou autre personnel d'entretien contaminé par zoonose.

Certaines séquences génétiques, depuis le réservoir de coronavirus prélevés sur des chauves-souris dans les massifs karstiques en Chine, aboutir mystérieusement entre 2010 et 2015 à l'Université de Caroline du Nord. Une chimère, produit de bricolages génétiques, coupla la protéine Spike du virion RsSHC014 au squelette d'un Sras modifié. Puis en 2017, huit autres chimères de ce virus cultivés *in vitro* sont venus rejoindre en Chine la mystérieuse matrice de cette duplication susmentionnée ; autant de clones disposant d'un tropisme susceptible d'infecter les cellules humaines. Pourquoi faire et pour le compte de qui ? Une autre interrogation se pose autour de travaux occultes, donc suspects, emmenés par des équipes de scientifiques depuis l'Université d'Alberta au Canada en 2018 où, par le fruit d'une combinaison génétique inversée (biologie de synthèse), le virus de la variole équine (de la famille des orthopoxvirus), pourtant disparu, aura synthétisé une chimère à la faveur d'une mutagénèse induite. Un telle fouille dans le microcosme cellulaire d'agents infectants, aussi aléatoire qu'inattendu, pourrait bien rétablir la voie d'un sombre revenant ; celui de la variole humaine ?

Ces petits monstres en sommeil dans les coffres surgelés des labo « P4 » sont-ils le fruit de recherches pour prévenir une pandémie hypothétique ? Ces objectifs présentés *a priori* comme thérapeutiques ne comportent-ils pas le risque d'être détournés pour servir leur promoteur étatique à des fins militaires, voire susciter l'intérêt du bioterrorisme en embuscade qui pourrait bien s'en emparer, comme en soudoyant un laborantin peu scrupuleux ? Ces investigations microbiologiques, qu'elles soient sincèrement animées par de bonnes intentions ou secrètement instruites pour servir des priorités politiques géostratégiques, sinon pour des motifs de régulation démographique, préparent d'angoissantes destinés pour l'humanité.

Entre la virulence létale et la transmissibilité fulgurante, comme de propager en aérosol des agents pathogènes aux fins de justifier des campagnes de vaccination pour contrôler, voire annihiler tout ou partie d'une société, le mobile de tels agissements sont de nature à justifier l'interrogation, puisque les faits prouvent qu'il existe bel et bien de tels dangers potentiels, notamment depuis les laboratoires « P2 » à « P3 », hors de portée des contrôles des instances internationales (CABT*). La délocalisation des sites de laboratoires de recherche fondamentale, aux fins de fabriquer délibérément des chimères virales depuis des États qui échappent à la Convention internationale sur l'interdiction des armes chimiques et biologiques entrée en vigueur le 29 avril 1997*, ne saurait répondre assurément à éliminer des intentions belliqueuses. Cependant, outre les attentats terroristes qui sèment la panique çà et là sur quelques endroits de la planète, il n'est pas exclu de devoir faire face à une conspiration sur une large couverture à dimension démographique. Un tel dessein génocidaire, au motif de désengorger la planète, pourrait donc receler l'objectif d'impacter la surpopulation mondiale, par des moyens coercitifs emmenés dans les coulisses glauques d'un pouvoir transnational, tels les lobbies financiers, politiques et financiers aussi puissants que le *WEF*.

Parmi ces armes de destruction massive, ici pointe le danger majeur des armes bactériologiques ou à toxines à effet fulgurant. Cependant, gageons que des intérêts économiques et industriels entre le *Big Pharma* et les puissances politiques qui soutiennent une stratégie transnationale, circulent plutôt dans les veines d'une corruption particulièrement juteuse et maligne. Il n'est évidemment pas normal que sous le prétexte de peser sur la balance d'un bénéfice/risque entre un poison viral et son remède vaccinal ou médicamenteux, le curseur glisse toujours du côté des intérêts de quelques puissants et fortunés plutôt que de se pencher pour un équilibre sanitaire global. Réveiller ou reconstituer des virus qui se sont déjà révélés mondialement pathogènes, en stimulant de nouveaux principes actifs pour en tirer prétendument un remède prophylactique ou thérapeutique, revient à chercher une fuite de gaz en allumant un briquet !

S'agissant du SARS-CoV-2, la thèse d'un virus artificiel n'est plus à démontrer, puisque son analyse par séquençage révèle un patchwork de plusieurs allèles appartenant à d'autres coronavirus, puis de rétrovirus (ARN) de la famille des lentivirus, dont le virus de l'immunodéficience humaine (VIH). Dans le groupe des SARS (dont le CoV-1 et CoV Urbani), gageons que la barrière des espèces fut allègrement franchie, laissant les zoonoses se propager dans toutes les directions de l'environnement. En 2012, un virus quasiment similaire au Covid-19 (le RaTG13), fut identifié en Asie, laissant apparaître une mosaïque de souches virales, par laquelle il n'est pas incongru d'en tirer des conclusions politiques quant à la réalité de manipulations antérieures à la pandémie qui frappa la planète dès la fin de l'an 2019. Persister à soutenir que le SARS-CoV-2 n'a qu'une seule origine naturelle, c'est ignorer que sa matrice circula par suite sur trois continents, entre la Chine, l'Espagne et les États-Unis, en passant par la France avec l'Institut Pasteur et ses laboratoires connexes hors de l'Hexagone.

Enfin, si le SARS-CoV-2 était exclusivement d'origine naturelle, pourquoi n'a-t-on jamais isolé sa souche génitrice, comme ce fut le cas avec le SARS-CoV-1, le MERS-CoV ou le RaTG13 similaire à 96 % ? La Covid-19 ne fut même pas reconnu sur un hôte intermédiaire, pas même dans la population des mammifères simiens ou placentaires explique le virologue Étienne Decroly de l'Université d'Aix-Marseille. Pourtant, c'est de cette manière que fut répandue la légende d'une zoonose, comme en partant du site de clivage de la protéine *furine* ; une séquence d'acide aminée présente dans la protéine Spike du SARS-CoV-2, exprimée en deux sous-entités.

Quant à vouloir expliquer comment ce virus s'est répandu sur la Planète, soulignons que les laboratoires à Wuhan abritent plusieurs sections d'études sur des micro-organismes, de « *P2* » à « *P4* », déterminant un niveau de sécurité. Il faut regretter le flou entretenu par les directives internationales de l'OMS qui autorisent *de facto* les labo « *P3+* » à travailler sur des souches bactériennes et virales très virulentes. La possible transmissibilité d'agents pathogènes par les équipes de personnels y travaillant (infection par contact ou blessure), les carences de procédures et d'installations incorrectement protégées des risques majeurs de fuite en aérosol, d'évasion de cobayes et d'acheminement de virus d'un laboratoire à l'autre, sont autant de facteurs accidentels que l'on ne saurait écarter. Rappelons que ces laboratoires ne bénéficient pas toujours du contrôle drastique des inspecteurs de l'OMS, en regard des conformités exigées par la CAB (Convention sur les armes bactériologiques) biologiques ou à toxine (CABT), notamment sur des régions reculées du globe, perdues dans le no man's land du droit international, soit dit d'un visibilité et d'une vigilance à hauteur des risques.

Ce n'est certes pas dans ce contexte aléatoire que professe la célèbre virologue Shi Zhengli, sur les virus à risque comme la grippe MERS et SRAS, co-découvreuse du SARS-CoV-2. Quoique exerçant dans un pays où le communiste demeure un bastion impénétrable, la communauté des scientifiques et les intérêts politiques et industriels font souvent cause commune avec des lobbies du *Big-Pharma,* lesquels amassent des profits colossaux après chaque épidémie provenant de virus issus de laboratoires politiquement plus étanches. Cela explique pourquoi la RDC n'a jamais été inquiétée pour avoir moult fois été le siège géographique d'un contingent fort et suspect des départs d'infections épidémiques dans le monde.

Auteur d'une étude traitant de la première maladie « X », une piste ethnocidaire fut conjecturée par l'éminente Shi Zhengli sur une hypothétique pandémie « *clade X* », risquant d'inhiber le génome de l'espèce humaine sur Terre. Suffisamment convaincue sur le danger équivoque de ce germe candidat, parmi les mutants hybrides manufacturés en laboratoire, l'OMS classifia la *chose* sur la liste d'une dizaine de maladies prioritaires à l'échelle internationale, dans le cadre de la recherche et développement (R & D). Cette conjecture prend sa source sur une thèse soutenue dans la confidentialité à l'Université Johns-Hopkins à Baltimore. Ces chimères qui muent puis s'insinuent en zoonoses, peuvent également servir de funestes desseins comme d'armes bactériologiques, dont les *frankenvirus* qui peuvent en résulter ; d'où le sérieux de la prédiction de cette sommité au Pays du milieu.

ooo

Avec la secte *World Economic Forum* (sous l'acronyme anglophone *WEF* ou *FEM* francisé *Forum Économique Mondial*, mais autrement connue sous l'intitulé de *Forum de Davos),* nous n'entrons pas dans le mystère fantastique d'un mythe ésotérique, d'une parabole de l'histoire hallucinante comme celle qui fit vibrer le XVIIIème siècle avec la société de pensée au tréfonds des loges maçonniques ; les *illuminati*. Pour l'histoire, les rites initiatiques de cette fraternité persistèrent à envahir les imaginations depuis la Révolution jusqu'à nos jours.

30

Ce n'est certes pas la première fois, depuis le tréfonds du Moyen-âge, qu'il fut auguré des rumeurs surgissant des grimoires poussiéreux d'où émergent les « *forces du mal* », lesquelles projettent de diriger le monde. Depuis les annales de confréries chtoniennes aux armoiries teutoniques, nombre de thématiques du complot font pléthore dans les scénarii hollywoodiens. Le *WEF* aurait tout aussi bien pu s'inspirer de l'ouvrage de Robert Anson Heinlein, « *Marionnettes humaines* » (1951), ou du long métrage, « *Les Maîtres du monde* » de Stuart Horm (1994) dont la fiction s'en inspira et l'adapta au cinéma. Nul doute que certains script servent de canevas pour ourdir des impostures, dès lors que le dard de la haine et le sang du pouvoir emmènent l'humanité dans une vague de fond. Ainsi, dans une réalité historiquement certifiée, la plus insupportable transposition de l'imaginaire chtonien fut la diffusion massive dans le monde d'un livre intitulé, « *Protocoles des Sages de Sion* »

Cette cabale emmenée par la police secrète tsariste déboucha sur des prétextes fallacieux de haine et de racisme anti-judaïque, notamment en Palestine arabe antisioniste ; un antisémitisme que l'on retrouve dans le manifeste d'Adolf Hitler « *Mein Kampf* ». Jamais une telle mascarade ne fut plus odieuse et plus mensongère autour d'un non-événement remontant à un Congrès sioniste tenu à Bâle en 1897. La trame de cet artifice fut tirée d'un entretien entre Montesquieu et Machiavel, où la question juive ne fut pourtant aucunement soulevée ni même évoquée, puisque la conversation tourna autour d'un pamphlet satirique consigné par ce dernier : « *Dialogue aux enfers* », une fiction où il fut supposé la domination mondiale par Napoléon III. Mais dans le cortex de croyants et de fanatiques peu cultivés mais allumés, la rumeur prend souvent la place de la réalité, et les exhortations d'imâms exaltés celle des sergents recruteurs.

Ce fut dans ce climat d'hostilité viscérale que le Mufti de Jérusalem, Mohammed Amine el Husseini - allié de la première heure aux fascisme de Benito Mussolini et aux nazisme du IIIème Reich, puis patron de la 13ème division de Montagne de la Waffen-SS Handschar - s'empara de ce contrefait pour en tirer la fable d'une conspiration juive. La Schutzstaffel (les escadrons de chasse aux Juifs) et les Einsatzgruppen (Colonnes de la mort des forces national-socialistes) à leur tour en propagèrent l'infâmante saga tout en participant activement à la « *solution finale* ». La Shoah, un génocide sans relâche décidé en 1942 à Berlin, fut relayé par ledit mufti au mental rétréci, émoussé par la légende qui faisait courir le bruit que des Rabbins mangeaient des enfants à l'occasion du Mitzvah de la Britmilah (cérémonie de la circoncision) !

À ce jour encore et plus que jamais, ce culte béotien et obscurantiste, au nom d'un grand khalifat panislamique, persiste dans ce djihâd fanatique, pour les mêmes motivations et les mêmes valeurs nazies sans jamais se départir. Le drapeau à croix gammée, qui flotte à côté des étendards de l'islam notamment à Gaza, est porté par le salon du Livre à Casablanca qui présente des milliers d'exemplaires de *Mein Kampf* et des ouvrages d'apologie au nazisme. C'est dans cette décrépitude que le *WEF*, paré d'altruisme, entre ses discours aseptisés et son honorabilité de parade, participe à la chute de l'Occident judéo-chrétien, une civilisation avalée par l'immigration islamique qui déferle sur le vieux continent, pour un mondialisme réducteur des peuples civilisés, d'art et de culture.

Comme l'Angleterre qui envoya les Écossais pour écraser et assujettir l'Irlande à l'aide des troupes *Covenanter* au milieu du XVIIème siècle, la Commission européenne, sous la dictée du *WEF*, aura trouvé le moyen d'asservir les États souverains de l'Union à l'aide d'une armée de réfugiés mahométans. Ceux-là sont prêts à fondre sur les *impurs* en guise de revanche contre les *Croisés* de l'histoire médiévale, dont la *Reconquista* ibérique avec le grand retour des Maures marocains. La dégénérescence intellectuelle doublée d'une inimitié viscérale sur fond de racisme font surgir les pires cauchemars dans l'imaginaire xénophobe des peuples subjugués par leurs prédicateurs martiaux. Jamais l'islam fit amende honorable pour récuser les pages honteuses de son histoire avec les génocides de l'Hindi Kouch et des Arméniens (Voir supra, p. 18/19) parmi tant d'autres massacres et de razzias depuis l'Hégire, pas plus que le *WEF* ne cesse de soutenir l'invasion islamique sur tous les territoires de l'Union, nonobstant les attentats terroristes perpétrés d'Orient en Occident par les fanatiques de ce culte sectaire, intolérant et trempé d'immoralités, dont regorge le Coran depuis ses 114 sourates.

ooo

Ce pourquoi le *WEF* est une secte qui existe bel et bien et agit sournoisement derrière le rideau d'une bien-pensance, un *political correctness* préfabriqué dans une réalité désormais visible et active, en particulier depuis la pandémie de *Covid-19,* sous le chapiteau d'une dénomination estimable de *Foundation,* avec des membres qui ne s'en cachent plus. Observons-là un *New Order* doté de fortunes colossales et de pouvoirs politiques bien identifiés. Cette synarchie tentaculaire d'oligarques, au patrimoine hybridé car apatride, dont l'headquarters au pouvoir exorbitant est désormais implanté à Cologny/Geneva (91-93 route de la Capite - CH-1223), ne professe plus exactement dans le secret ténébreux d'une conjuration énigmatique, mais elle agit à présent au grand jour, avec ses symposiums qui n'ont rien de réunions occultes, plutôt comparable à un synode diocésain entre initiés. Nantie d'une armée de technocrates où professent 550 personnes ; une mosaïque qui regroupe 117 pays inscrits représentés par 53 chefs d'États, cette machine à broyer les nations fusionne la doctrine capitaliste avec en toile de fond le spectre du collectivisme ; mais un épitaphe marxiste revu et corrigé à la mode du libre-échange et d'un manifeste *internationaliste* au défi de la mondialisation.

N'y voyons ici aucun paradoxe ou antinomie, mais une inadéquation qui fédère autour d'un axe en perte d'idéologie. Le déclin des valeurs politiques et l'instabilité des gestions nationales en Occident forment un terreau propice à ce renouveau fusionnel entre les extrêmes. Gageons que le pire est à redouter dès lors qu'une utopie politique monstrueuse, en sommeil dans le cortex d'individus hallucinés, finit par s'emparer de la réalité, en particulier lorsque ces derniers disposent d'un pouvoir et de fortunes pour réaliser leurs objectifs. L'intrusion de ce club de nantis et de puissants, dans une société paisible et sécurisée par une constitution démocratique, semble peu aisée à circonscrire dans une communauté libre et vulnérable.

L'histoire nous rapporte que c'est toujours par absence de vigilance, par accès de confiance et dans l'endormissement ou l'indifférence que risque de se produire le pire. En outre, le déclin d'une civilisation, avec ses valeurs morales, ses standards juridiques et la perte de ses repères civiques et patriotiques, sont autant de portes ouvertes à une rupture de l'équilibre

34

social, notamment par la spoliation des biens et des droits d'une minorité de nantis aux dépens d'une très large majorité de leurs concitoyens. L'auteur n'entre pas ici dans un combat d'arrière-garde avec les illustrations que furent jadis « *la lutte des classes* » ou le chant bolchevik, « *Prolétariens de tous pays unissez-vous* » ! Si l'argent n'est pas l'ennemi du Peuple, il doit aussi lui profiter à peine d'enflammer une autre Bastille, faute de contribuer au travail, donc à l'emploi pour le social et à la consommation pour l'économie.

Une révolution, qu'elle soit emmenée par le peuple d'en bas ou la bourgeoisie, n'emporte jamais qu'un retour à son point de départ après une circonvolution géométrique, comme il en fut avec l'abolition des privilèges, mais des privilèges revenus au galop et en plus grande quantité et diversité. Reste que l'auteur, qui n'appartient à aucun mouvement, ne fait que constater la profondeur du fossé qui ne cesse de se creuser entre les fortunes exorbitantes des uns et la pauvreté endémique qui enfle autant du côté des PMA qu'au cœur des pays industrialisés. Il en va ainsi pour la France qui se garni de bidonvilles et de tentes urbaines de migrants et d'autochtones qui ont sombré dans l'indigence ; un pays dirigé par un Président aussi incapable que malveillant, un État en cessation des paiements, surendetté et au chômage croissant, avec son PIB en chute libre. Ne pas le voir ou ne pas le croire, relève de l'apragmatisme, une cécité partisane.

o○o

Une fois économiquement digéré le choc et les désastres psychologiques de la Grande Guerre et du nazisme vingt ans après en Europe, la plupart des nations en 1920, sur 85 d'entre elles, dont 43 ont rejoint la Société des Nations, puis auront progressivement recouvré leur démocratie à quelques exceptions près.

Sur les ruines des empires défaits et encore fumant (IIème Reich, empires austro-hongrois, puis russe et ottoman), d'autres régimes autoritaires et militaires, au nom de la sacralisation virent le jour ; ainsi le fascisme de Benito Mussolini (le Duce) pour contrer le bolchévisme de Lénine, Horthy en Hongrie, Pilsudski en Pologne, Seipel et Dofus en Autriche, José Antonio Primo de Rivera puis le Caudillo Francisco Franco en Espagne, Salazar au Portugal, Metaxás en Grèce, et bien entendu la montée en puissance du Führer Adolf Hitler dès 1921 ; un IIIème Reich qui dura ¼ de siècle.

Cette erreur géostratégique s'avèrera fatale pour la paix en Europe. Le détonateur de la chute des valeurs sociétales et humaines se retrouve souvent dans le creuset de la misère ; le déshonneur par la flétrissure nationale et les souffrances physiques. En voulant faire payer un tribu humiliant et asphyxiant aux agresseurs vaincus, l'histoire rapporta que le pardon et la clémence auraient probablement évité le pire. Ce cas de figure fut illustré par le Peuple germain, humilié par le Traité de Versailles du 28 juin 1919 qui concluait sur des remboursements colossaux de dettes de guerre, dont seul le Sénat américain en avait rejeté une part importante du contenu. Or les exigences sans concession des alliés, à l'exception de la Russie écartée, eurent raison de la sagesse des USA, sous la fronde de Georges Clémenceau chef du Gouvernement français et Lloyd George, Premier ministre britannique.

Après la défaite des Empires germanique et ottoman passé 1918, y suivit pour le Peuple germain le désastre économique et financier d'une reconstruction impossible à gérer simultanément aux réparations monnayées et les restrictions politiques qu'imposait le traité susdit. De tels ressentiments nationaux d'une

Allemagne en ruine, terrassée et déshonorée, auront fini par nourrir des revendications nationalistes, puis la montée du fascisme qu'avait présagé le Président américain Thomas Woodrow Wilson, finalement convaincu par les arguments de son Congrès. Il ne s'agissait pas d'une prophétie lancée au hasard depuis Washington, mais d'une conséquence logique et bien prévisible. À ce jour, et en transposant l'histoire à l'actualité (inflation, chute du PIB, endettement public, chômage, pauvreté, humiliation) c'est avec le concours de politiques aussi dévastatrices dans l'UE emmenées par la présidente de la commission européenne, le *WEF* et les exécutifs nationaux des États membres corrompus par des régimes présidentiels comme en France, que peuvent ressurgir des rééditions de ce scénario catastrophe de l'après-guerre outre-Rhin.

Il pourrait en aller ainsi pour une démocratie bicentenaire qui vacille en temps de paix, laquelle devient la cible de prédateurs comme la secte *WEF* qui se taille une brèche dans les replis de la décadence des nations. À l'aide d'une présidence française qui s'engouffre dans les opportunités de la misère pour en enrichir d'autres après lui, la guerre, le déclin social et économique, puis l'insécurité des peuples déstabilisés par les migrations islamiques, nul doute que ce chef d'État se fait le démolisseur de sa propre Nation. Passé plusieurs décennies d'endettements stratifiés de la France, puis des gabegies financières d'Emmanuel Macron, membre de la confrérie prédatrice du *WEF*, plus rien de bon n'est à espérer après ce vandalisme national. L'écrasement des libertés et la déconfiture des finances publiques, puis le chômage et l'inflation en progression constante et accélérée, puis encore l'entrée en conflit indirect avec la Russie, sont autant d'ingrédients qui préludent à une braderie du pays adjugée par le *WEF* au profit des charognards d'outre-Atlantique et de Chine. Pourtant, aussi incroyable que vrai, ce fossoyeur de la France aura réussi l'exploit de se faire réélire par des électeurs qui n'osent croire qu'ils sont gérés par un individu traite à la Nation !

C'est à cet endroit que le risque d'une implosion pointe à l'horizon d'une catastrophe, après les crises successives d'un pandémie controuvée car préméditée par des voyous et des criminels à l'international, tels les laboratoires « *P4* » et les firmes pharmaceutiques, sous la dictée d'une poignée de conjurés milliardaires et de chefs d'États corrompus jusqu'à stipendier le corps médical et autres secteurs clés de la Nation. Quant à la taxe carbone, elle n'est exhibée que pour conjurer les défaillances des élus responsables, dont les projets de restructuration industrielle, de recherche et de mise en chantier sont toujours plus longs à mettre en place que ne peut couvrir un mandat électif. Ce pourquoi les brevets restent muets et dorment dans les coffres des firmes qui n'en veulent pas et les enterrent, parce que prétendent les industriels, banquiers et investisseurs, que : « *le progrès ne peut aller plus vite que la société ne peut l'absorber* ».

Au-delà de la crise du climat, vient la rupture des rouages administratifs et les pénuries dont les énergies comme point d'orgue des différends, et quoi d'autres encore que savent fomenter les tenants du pouvoir politique, de l'industrie et de la finance mondiale ? Il ne s'agit nullement, comme le pensent les esprits résignés et fatalistes, d'un phénomène incontournable à l'échelle planétaire, mais bien de dispositions volontaires pour affaiblir, subjuguer et neutraliser les populations, ourdies par une coterie de puissants. Nonobstant les velléités des intellectuels qui eurent l'audace de brocarder cette politique et d'anticiper les conséquences de cette dépression, entre débâcle sociale et récessions, ce fut l'indifférence ou l'insouciance des électeurs candides qui préparèrent un boulevard pour la montée en charge d'un régime autoritaire, liberticide et susceptible de ruiner plus de deux siècles d'institutions démocratiques.

°°°

Au cœur de cette conjuration entre grands, le *Forum économique mondial* prépare avec assurance et détermination cette restructuration de la civilisation occidentale reformulée à la mode progressiste, non avec les instruments de la démocratie et des Droits de l'homme, mais avec l'intention à peine dissimulée de réduire et formater la société des homme à sa partie congrue, pour qu'elle entre dans le moule d'un ordre nouveau unipolaire. Cette perspective d'alignement idéologique et *transpartisan* à l'international suppose un empire global, eugéniste et partial, qui s'inscrit d'une part entre une fronde politico-financière à l'appui des forces industrielles et d'autre part, vers un collectivisme d'inquisition et l'extinction des libertés individuelles. Cette formulation déborde largement du contexte des antagonismes de la Guerre froide.

Cette grande réinitialisation (le *Great Reset* du *WEF)* est dotée de sept objectifs, chacun portant une face d'honorabilité, mais avec une contre-face au paradoxe probabiliste qui pèse plus lourd du côté de la perfidie et du mensonge. Entre l'incertitude et le hasard, la mathématique politique pèse davantage du côté de l'incompétence et de la félonie que fomentent l'État-Macron et la commission UE, notamment à l'heure des élections où les dés sont pipés. Le lien conditionné aux successions négatives d'évènements met en exergue le nombre d'échecs enregistrés dans la plupart des domaines de la gestion de la France, et de l'Union de Bruxelles à Strasbourg. Transposons ici le *théorème de Bayes* pour traduire l'indéterminisme d'un résultat derrière les réponses formulées par le *WEF,* lequel semble vouloir guérir le mal par la mal :

1°) Un marketing vert, un éco-blanchiment connu sous son anglicisme *greenwashing,* une stratégie *écofriendly* combattue par son antithèse *greenhushing.*

2°) L'abattement de la pauvreté dans le monde, mais sans jamais indiquer les intentions ténébreuses autour d'une démographie de surnuméraires. Or, les vaccins-Covid ou autre *frankenvirus* semblent indiquer une réponse pour réguler le rythme des naissances sur la planète ; mais de sombres pratiques qui n'ont rien de malthusiennes ni font appel au planning familial.

3°) La contribution sanitaire pour améliorer la santé dans le monde, alors que les vaccins-Covid n'ont fait qu'ajouter un mal supplémentaire en termes de santé, en alimentant la corruption à une échelle encore jamais atteinte, comme de déchoir les garde-fous des constitutions démocratiques.

4°) La promotion des recherches fondamentales et appliquées, notamment dans l'industrie du *Big Data,* dont la finalité non indiquée semble s'acheminer vers un faisceau des moyens du renseignement et d'accès sans préjuger de la vie privée. Le spectre invasif des métadonnées embarque subrepticement le monde des humains sur une arche où ne survivront que les êtres dociles, disciplinés et résignés, au profil conforme à la standardisation du modèle chinois. Le *WEF* incarnera la légende de Noé, et le carnet à point déterminera le crédit social pour chacun : l'intégration ou l'infraction, le comportement en ligne. Une liste noire établira une notation individuelle ; de la culture à l'intégrité, dotée d'un système de récompense et inversement de restrictions et de sanctions selon la capacité du sujet à obéir. Globalement, il s'agira de se fondre dans l'uniformité d'un paysage sociétal, et à se conformer à l'anonymat des insectes sociaux.

5°) Une monnaie de compte virtuelle, à l'instar des kryptomonnaies (un trading de plateforme), car numérique puis quantique dans un avenir peu lointain, est appelée à se substituer aux devises ; billets de banque, chèques et autres valeurs nominales et intrinsèques. C'est ainsi que l'argent sera confondu avec le pouvoir politique, et non plus reposant sur le seul curseur économique des États, dès lors que se substituera l'idéal mondialiste du *WEF : exit* la planche à billets ! Les biens matériels et les immobilisations incorporelles du peuple ne seront disponibles que sur l'autorisation de cette gouvernance unipolaire, non plus sur le mérite du labeur, de la créativité ou de la production. La valeur de l'argent ne sera donc plus pesée, mais estimée selon la prévalence d'un choix arbitré par l'autorité politique qui désigne et décide. Les salaires, revenus de placement et autres produits du travail ou des dons inventifs ou artistiques, seront attribués en fonction du profil civique ou s'inscriront l'inféodation au système politique et l'exemplarité civique des comportements dans une société « 2.0 » entièrement régentée par des normes calibrées selon les besoins, et compartimentées par l'establishment.

6°) Sous ce régime, le caractère original de chacun, le talent inné et les capacités personnelles acquises s'effaceront devant l'intérêt général ; un arbitraire aligné sur des schémas prescrits. La liberté

41

de travailler, de se déplacer, de communiquer, de publier, de consommer, d'acquérir un bien ou de le léguer sera assujettie à l'autorité d'un politburo, voire abandonné à l'usage commun, à l'exemple d'un communiste pur et dur. Les orientations et décisions économico-financières seront centralisées sous une gouvernance unique à la réactivité instantanée (l'IA quantique à la vitesse 5G), avec la même célérité que sous les régimes soviétique, maoïste, cubain etc., ou comme à ce jour avec l'*État-Parti unique* de l'Empire du milieu, autoritaire et indéboulonnable. Lorsque les extrémités se rejoignent ; *in medio stat virtus*. Dans un monde politique parfait, proche de la confédération suisse, les vraies démocraties participatives et directes constitueraient ce juste milieu, mais ce n'est qu'utopie.

En l'occurrence les démocraties représentatives et/ou à prépondérance présidentielle tendent à garroter les libertés individuelles, dites antinomiques à l'intérêt général. Elles tendent à resserrer les surveillances tous azimuts et sans relâche, à l'aide des *Data centers,* de l'*IA,* de la *5G,* des collectifs *sleeping giants* et des systèmes de reconnaissance faciale *one to many* et *one to one.* Cette mainmise globale et sans discernement tend à violer la vie privée des citoyens, à monopoliser le droit d'expression par les médias de l'audiovisuel, de la presse et du livre. À l'aide des technologies avancées, l'oligarchie verse dans le délit d'opinion et la censure, sans devoir en passer par le couloir judiciaire des commissions rogatoires. En France, l'*Arcom,* passé le CSA, a désormais librement accès à l'ensemble des données privées hertziennes ou en ligne. Le *verrou de Bercy* avec son processus juridique propre, dispose d'une lecture directe et instantanée des transactions et des mouvements de fonds à l'aide de la plateforme *FranceConnect,* laquelle impose une authentification forte (2FA ou *two-factor*, DSP2, 2e directive UE sur les services des paiements) pour des motifs dits sécuritaires. Cette lecture sur 2 supports opère à la façon d'un *cheval de Troie* pour accéder à toutes les opérations comptables, fiscales et financières des personnes physiques et morales sur le territoire, via le DSP2. Ces données sont consultées, archivées *vitam aeternam,* voire revendues sous le manteau des indiscrétions des opérateurs privés mandatés par l'État, pour effectuer ce balayage à usage politique, consumériste, mercantile et statistiques.

Ce collectivisme d'un genre nouveau, car revisité par un libéralisme de capitaux, prend le risque d'un basculement autoritaire, autant dans la gestion d'une démocratie écrasée par la montée en puissance du pouvoir régalien, que dans les attributs du droit de propriété, par l'atomisation *usus fructus abusus.* Cette spoliation étatique des biens corporels et incorporels des citoyens constitue un pas décisif vers l'abandon des libertés individuelles. Ce qui indique que seules les classes des *possédants* et *sachants,* interventionnistes et technocrates de cette bulle politique dominante deviennent *de facto* propriétaires des patrimoines individuels, dirigent tout en faisant fi de la séparation des pouvoirs, à l'instar des régimes maoïste et staliniste d'antan. Voilà dans quelle souricière l'UE risque de sombrer, si les citoyens des membres de l'Union abandonnent leur héritage révolutionnaire, souverain et démocratique, désormais entre les mains d'un *réinitialisateur* tel le professeur Klaus Schwab, et d'un *déconstructeur* comme le Président Macron, suborneur des libertés et des droits essentiels.

7°) Quant au problème démographique (Voir *in fine* en bibliographie, « *Le chaos démographique - La conspiration du silence et le cri de la Terre* »), certaines fondations aux prémisses apparents, caritatif et/ou écologique, jouent un rôle suspect sous le rideau du *WEF*. Une action lugubre se trame dans le secret de décideurs impitoyables, lorsqu'il s'agit de faire fructifier l'argent de consortiums industriels, tout en agissant en surface pour donner l'illusion de se préoccuper de la faim dans le monde, de la santé des plus nécessiteux et de l'environnement. Mais dans cet espace altruiste, stopper la poussée démographique dévastatrice sur des territoires incultes, aux problèmes hydriques et mettre un terme au naufrage des régions dépourvues de tout, mérite une attention particulière. Sauf que la méthode envisagée par cette puissance sectaire n'a rien de malthusienne, mais relèverait plutôt d'un l'eugénisme élitiste et de technologies hors de propos quant à l'élimination des surnuméraires sur la planète, voire de greffer les personnes d'un implant nanoscopique (Voir infra, p. 143, 146,151 à 155, 162).

C - Un recadrage pour appeler un chat un chat, là où les échecs des dirigeants se muent en catastrophes pour catalyser les esprits vers des priorités qui n'existent pas

Afin de replacer les institutions internationales dans le bon ordre, rappelons qu'il existe déjà, au registre des questions mondiales, une organisation supranationale avec les Nations Unies, dont la finalité fut initialement établie par la Société des Nations* en 1919 pour promouvoir la coopération internationale et obtenir la paix et garantir la sécurité dans le monde. La dissolution de la SdN* en 1946 donna naissance à l'ONU, dont le noyau réinstalla les États fondateurs constitués en Conseil de sécurité. L'ensemble, avec son Assemblée générale regroupant les États membres,

44

indépendants, est coopté par six branches, dont le Conseil économique et social (ECOSOC). D'autres rameaux s'y ajoutent, avec l'humanitaire pour œuvrer dans différents domaines, dont le Conseil de tutelle chargé de de garantir et de préparer les territoires à l'autonomie ou à l'indépendance, puis le secrétariat pour assurer la cohésion de l'action de l'Organisation. Pour l'essentiel des autres secteurs d'activité, la Cour internationale de Justice de La Haye, se présente comme l'organe judiciaire des Nations Unies.

Mais il existe encore bien d'autres ramifications que contrôle l'ONU comme l'OMS pour la santé, l'Action climat (COP) pour la planète, le Haut-Commissariat aux droits de l'homme (HCDH), le Haut-Commissariat aux Réfugiés (HCR), l'Unicef pour les actions caritatives aux familles et les enfants, puis les programmes de soutien au développement durable, comme pour la science et la culture en charge de l'Unesco, puis la Banque mondiale constituée de la BIRD pour accorder des soutiens financiers et des projets d'investissement, et de l'Association IDA pour les prêts, notamment en faveur des PMA. Quant aux casques bleus, cette force d'interposition dédiée pour chaque conflit, demeure un organisme pacificateur et dédié à chaque conflit, aux fins de faire cesser des guerres entre les États par les moyens coercitifs de l'ingérence humanitaire que décide l'AG de l'ONU.

Si je prends le soin d'énumérer l'existence de ces organismes internationaux d'intervention ou de réflexion, c'est précisément pour recadrer l'existant que le *WEF* voudrait supplanter de son initiative, y compris se mêler diplomatiquement aux interventions militarisées, une action qui revient de droit à l'organe exécutif de l'ONU (Conseil de sécurité) en corrélation avec les décisions de l'Assemblée générale souveraine. Ce doublon prendrait tous les risques de contrarier les résolutions supranationales légitimes de l'ONU, en prétendant gérer les conflits planétaires sur la base de récupérations politiques et territoriales, comme à ce jour avec l'Otan et l'UE, dans un conflit ukrainien interne, lesquelles s'opposent avec les États de la Fédération de Russie et nombre de ses alliés asiatiques. Même s'il est déplorable de constater à ce jour le peu d'influence des Nations Unies dans un arbitrage qui tarde à se mettre en place, l'ingérence du *WEF* ne peut que jeter de l'huile sur le feu, en se portant partisan des euromaïdan ukrainien déjà en guerre civile dans le Donbass (l'Ukraine orientale) depuis avril 2014. À l'appui de l'Otan, le *WEF* agit dans l'ombre martiale de ses moyens financiers et industriels colossaux, dont les apports d'armement et de logistique, puis des communications, énergies et carburants, dont les principaux fournisseurs sont membres du *WEF,* lequel se fait le cœur névralgique dans cette guerre hybride.

Comment faire confiance à cette organisation tentaculaire aux ramifications politico-financières et martiales pour maintenir la paix dans le monde, ou ne pas jeter de l'huile sur le feu au cœur des conflits déjà existants, alors que ces mêmes individus fortunés et puissants, sont producteurs d'équipements d'artillerie (canon, missiles, roquettes, fusils mitrailleurs etc.) et des arsenaux lourds (marine de guerre, chars d'assaut, avions de combat...). D'autres sont propriétaires de puits de pétroles et/ou exploitants de raffineries des ressources fossiles pétrolifères et gazières, mais aussi de mines de charbon, de métaux et de terres rares, avec leurs commanditaires politiques corrompus qui leur fournissent la clientèle ; les mêmes qui s'enrichissent déjà de cette manière avec le conflit ukrainien ?

N'est-ce pas précisément ce qu'il se produit à l'instant dans cette partie du monde en fusion, où des sectateurs du *WEF,* comme Ursula von der Leyen, Emmanuel Macron et tant d'autres soutiennent une crapule depuis Kiev aux commandes de cette guerre civile ; Volodymyr Zelensky, un pilleur de banque proche de la mafia locale (Voir p. 21 à 29, « *L'idéologie néfaste du Président Macron* » en bibliographie *in fine*) ? Ces félons parviennent à convaincre leurs propres électeurs de leur prétendue probité, tout en pratiquant à leur aise bien des formes de prévarications que sont, à l'instar de la Présidente de la Commission UE, les concussions, les abus de pouvoir et le népotisme (père et fils), avec au bout les conflits d'intérêts et le trafic d'influence, ainsi qu'il en va avec cinq membres du Conseil européen (Voir p. 50, 89/90, 185, 197, 200 à 203, 214, « *Emmanuel Macron - Une anomalie présidentielle* » en bibliographie). À l'échelle de l'UE, cette corruption à caractère politique et crapuleuse fut évaluée en 2009 à ± 1 000 M^{ds} d'€ par an.

Sur ce registre, rappelons que le *WEF* n'occupe pas une place légitime dans ce couloir plénipotentiaire douteux, car il enferme sans aucun doute tous les ingrédients industriels et financiers pour s'enrichir aux dépends des civils en Ukraine qui se font déjà massacrer depuis près d'une décennie par leurs coreligionnaires euromaïdan. l'Union européenne et les États-Unis, tous des génuflecteurs de la secte *WEF,* y participent activement depuis l'entrée de la Russie sur ledit territoire voisin le 24 février 2022. Quant aux actions caritatives, sanitaires et de sécurisation pacifique aux frontières, seules les Organisation non gouvernementales (ONG) y ont un rôle légitime, sous le bénéfice des instances internationales donatrices et pourvoyeuses de moyens. Ce pourquoi les fondations et autres partenaires affidés au *WEF,* si elles sont autorisées par les Nations Unies dans une opération d'interposition, sont indistinctement assujetties aux règles coutumières du droit international humanitaire, lesquelles enferment 161 dispositions, ayant vocation de protéger autant les forces belligérantes que les intervenants. En quoi le *WEF* se permet-il, sous quelque mandat informel de l'UE et/ou de l'Otan, pour se substituer à l'ONU, de livrer des armes *via* ses adhérents, à grand renfort d'exhortations partisanes au sein de son *Forum,* dans une guerre entre États ?

Comment confier la paix dans le monde à des fabricants d'armes à travers le *WEF,* ou sa diplomatie est en lien avec des corrompus politiques impliqués avec des conspirateurs perfides, eux-mêmes engagés dans l'idéologie de cette secte ? Cette présentation de l'avenir avec cette Fondation se confond certes à un scénario catastrophe, mais une direction pétrifiante qu'acheminent visiblement les évènements d'actualité qui s'orientent irrésistiblement vers l'axe fédérateur du *WEF.* Le pré carré de ces gens de pouvoir s'élargit à bon nombre de fortunes et d'oligarques du monde occidental, et même désormais oriental avec la Chine et l'Inde. L'économie de marché aura fédéré autant les intérêts, que les doctrines politiques même les plus antinomiques. Une sorte de pôle d'attraction semble réunir, dans une accélération concentrique, une poignée de crésus et de chefs d'États qui voudraient prédestiner le monde à leur seule avidité.

N'y voyons pas un non-événement dans cette impulsion des géants industriels et politiques, car la machine à broyer les démocraties apparaît déjà opérationnelle en France et dans l'Union, sous le gouvernail d'Emmanuel Macron et d'Ursula von der Leyen qui tendent vers une position hégémoniste. Ces protagonistes politiques, courroie de transmission du *WEF*, ont pour objectif d'écraser les droits souverains, d'affaiblir économiquement et financièrement les nations en difficulté, cela en détournant les réalités par des informations tronquées. Afin de brouiller la finalité des objectifs visant à engloutir les résistances patriotes des États souverains, les prises de pouvoir élargies à l'Exécutif dilues les populations autochtones dans la nasse islamique de réfugiés prêts à fondre sur l'Occident judéo-chrétien qui jadis les a chassés de l'Europe, depuis la *Reconquista* ibérique à la guerre 14-18 qui éclata l'empire ottoman. Avec l'immigration, l'islam y voit là une vengeance sur l'histoire.

Par ce brassage des civilisations, la politique mondialiste emmenée par le *WEF* dispose ainsi de plus de moyens pour désagréger les velléités patriotes et démocratiques des membres de l'Union de la sorte affaiblis de l'intérieur, dont les frontières sont déjà fragiles, sinon éclatées autant de l'intérieur que de l'extérieur par le Traité de Schengen, d'où la facile pénétration des réfugiés depuis l'Afrique au Moyen-Orient. Nonobstant les annonces de l'UE charriant de belles paroles progressistes, sécuritaires, écologiques, sanitaires et de contributions scientifiques, le tout bardé d'intentions philanthropiques, n'y voyons pas un message de paix, de progrès et de mieux-être pour le monde de demain, mais un *melting pot* explosif. S'il fallait indiquer un élément annonciateur de cet avenir en déclin, la France, sous les coups de butoir de l'État-Macron, ne connaît que la récession, le chômage, l'inflation, la banqueroute, le démembrement des entreprises ou la braderie des fleurons industriels. Puis la dévastation du système de santé, de la justice et de l'éducation nationale, puis encore le paupérisme et l'insécurité ; tous ces fléaux se fixent durablement sur l'Hexagone sous la patte de cette Présidence. Avec le concours de ce chancre du *WEF* qui s'est enraciné à l'Élysée depuis 2017, et même en 2014 au ministère des Finances sous la législature précédente, le pays voit un crépuscule s'installer durablement dans la déchéance d'une Nation décrépite et vidée de sa substance.

Aucune des proclamations dithyrambiques de bienfaisance lancées en meeting par le *WEF* depuis son avènement ne s'est jamais traduite de façon positive. Pour les peuples subjugués et trompés, car croyant avoir trouvé dans l'Union une sécurité et une force économique et monétaire, le XXIème siècle ne fut dominé que d'une volonté d'écrasement du monde libre par les lobbies industriels, financiers et politiques d'Occident et d'Asie. Quelques magnats riches à milliards, marionnettistes de politiciens ambitieux, sont prêts à sacrifier leurs congénères dans les miasmes de leurs projets d'enrichissement personnels. Pour beaucoup , indignes et coupables de spoliation et de tricheries au trésor public, pourrait-on imaginer qu'amasser des fortunes peut se faire sans abattre les plus faibles, et sans piétiner la misère ?

Ce cliché, qui peut paraître simpliste ou désuet, renvoie quelque part à « *la lutte des classes* ». Mais la « *dictature prolétarienne* » n'aura pas davantage aidé l'humanité à vivre mieux et dans la dignité, plutôt sous la menace des oppressions, des internements, de tortures et d'exécutions sommaires. Ce pourquoi je ne saurais indiquer une critique du capitalisme derrière une morale politique à sens unique, alors qu'il faut des capitaux et des possesseurs dans une société active pour faire vivre et prospérer une Nation, bénéficier d'un système de santé, même si les cabinets conseils sont là pour esquiver les impôts et les charges sociales. Puisque l'argent, selon une formule consacrée, se pose comme le nerf de la guerre, le *Forum de Davos* aurait pu imprimer une meilleure destinée pour la civilisation. Pendant que 820 millions d'âmes souffrent de la faim sur la planète, 12 millions de Français vivent sous le seuil de pauvreté, 42 milliardaires nationaux se sont enrichis de ± 200 M^{ds} d'€ sur le dos de la crise dite sanitaire. Bernard Arnault a doublé sa fortune durant cet intervalle, passant de 85,7 M^{ds} d'€ à 179 M^{ds} d'€ (Source : L'Observatoire des inégalités, 2022).

Entre Elon Musk, Jeff Bezos, Bill Gates, Warren Buffet, Larry Page, Sergey Brin, Steve Ballmer, Murkesh Ambani… cette palette de super-nantis pèse chacun ± 1 000 M^{ds} d'US $. Larry Fink ; BlackRock, une société en bourse new-yorkaise, la plus puissante du monde ces deux dernières années, collectionne 9 500 M^{ds} de US $ d'actifs adossés à des consortiums bancaires, assureurs et fonds de pensions. Mais nul ne sait vraiment ce que cachent ces fortunes démesurées. Chaque année, les analystes économiques y vont de leur pronostique pour classer en tête leurs leaders ou leur champion dans ce cortège de multimilliardaires. La Couronne d'Angleterre, Vladimir Poutine et tant d'autres chefs d'États, dont il faut ajouter les têtes en keffieh de la péninsule arabique, ne figurent peut-être pas, ou plus, dans le top 10 (classement Forbes 400) des homme les plus riches, quoique figurant au sommet des 2 668 grandes fortunes recensés en 2022. Tandis que la France s'enfonce inexorablement dans le rouge, les 42 milliardaires nationaux ont vu leur fortune grimper avec la crise de Covid, un phénomène observé dans les régions les plus démunies de la planète. Ainsi, *Oxfam* déplore, selon son dernier rapport d'enquête, que « *les 1 % des plus fortunés ont capté 63 % de toutes les richesses produites depuis 2020, début de la pandémie* » (Source : *Reporterre*, 16 janvier 2023). *L'ONG* susvisée craint un risque majeur pour les démocraties au vu de la concentration actuelle des richesses ; facteur de soulèvements, d'émeutes et de coups d'État.

Cette étude, révélée à l'occasion du Forum économique mondial 2023, fait état que les secteurs agro-alimentaires et énergétiques ont réalisé ensemble de superprofits, pour plus de 300 M^{ds} d'€., d'où la mixité de nouvelles énergies agrovoltaïques. Pendant que 20 % des Français ne réussissent plus à honorer leurs factures de gaz et d'électricité, dix milliardaires français ont augmenté leur fortune de 189 M^{ds} d'€. Grâce à la déréglementation des tarifs, au nom d'une concurrence entachée d'ententes glauques, l'Exécutif a fait un phénoménal cadeau aux 38 fournisseurs d'électricité et de gaz sur le territoire. *Oxfam* a constaté que 5 milliardaires français sur 6 sont bien plus riches qu'avant la crise de Covid. De sorte qu'à la lumière de la gestion de l'État-Macron, les précaires sont encore plus démunis et les riches encore plus riches. Oui mais qui comprendra ; il fut réélu grâce aux miettes de subventions ou de primes qu'il distribue au compte-goutte en prélevant ces générosités sur le dos de ces mêmes contribuables. Avec le mépris qui sied à ce personnage pathétique, le petit peuple vote peut-être pour lui, dans l'ignorance de sa monstruosité ! Quand donc le Président Macron, par son mépris et fatuité, cessera-t-il de juger les Français en demeurés, et quand la Nation cessera-t-elle de l'être et de relever la tête ?

Les miettes de subventions accordées sur le ton d'une générosité feinte par le chef d'État, apparaissent comme une gifle assénée avec hargne depuis l'Élysée à ses concitoyens, alors même que chaque euros sorti, en prime ou en chèque énergie, depuis les caisses de la Sécurité sociale et de Bercy, est le fruit des impôts et des cotisations des Français, non depuis la tirelire de l'Élysée qui ne cesse de se garnir pour financer les voyages et prodigalités en soirées folles dans les salons roses de l'Élysée. Ces augmentations phénoménales du coût de la vie, les pénuries et autres contrariétés majeures que subissent les Français sont aussi le fait de la politique extérieur du Président Macron, en regard du retour de bâton des sanctions appliquées en vain contre la Russie. En s'associant à l'embargo décrété par l'UE, ce qui en aucun cas n'était une obligation puisque nombre de membres de l'Union préfèrent conserver leur neutralité, le chef d'État s'est embourbé dans ses prises de décisions arrogantes et incohérentes qui se retournent à présent contre la Nation.

La Russie est un pays autonome qui dispose d'une force industrielle, énergétique et alimentaire, en retenant que la Chine est son principal soutien dans ce conflit ukrainien. Les échanges commerciaux et technologiques avec la RDC sont innombrables et suffisant pour rendre caduque l'embargo européen et US qui n'effleure même pas son potentiel. En échange, la France est fortement dépendante des énergies fossiles, de l'industrie électronique et informatique, ainsi que de la plupart de ce qu'elle fait produire et achète avec la Chine. Autant admettre l'incroyable absurdité d'un embargo décrété contre la puissante Fédération, qui se traduit par une véritable disette de moyens pour la France, avec un déficit commercial et financier accru, et des industries qui ne peuvent plus assurer leurs commandes, faute d'approvisionnement. Les graves problèmes que subit la France derrière cet embargo s'étendent par ricochet sur les secteurs sociaux, sanitaires, l'emploi, le pouvoir d'achat et l'inflation sur le coût des importations, principalement chinoises. Le déficit commercial de la France entre les échanges avec la RPC s'élève à 39,6 M^{ds} d'€ en 2021.

Lorsque le Président Macron annonça des temps difficiles en 2022, il en désignait la Russie comme responsable, pour masquer la récession et la crise économico-financière et sociale qui sont le seul produit de sa négligence, de son incapacité et surtout de son esprit porté ailleurs que dans les intérêts de son pays. Son incompétence doublée d'une absence totale d'anticipation et de la démesure de ses prétentions, sont lisibles sur l'internet (Insee, info.gouv.fr, service-public.fr, OCDE/OECD, ORS, et autres observatoires ou baromètres), car la télévision et la presse serviles à l'État-Macron ne restitue plus aucun des chiffres du chômage, des comptes de l'endettement public ou de quelques situation économique ou d'indice sur l'inflation. Les échecs à répétition de ce chef d'État le rendent directement responsable de l'intégralité des problèmes que rencontrent ses concitoyens, par suite de l'effet boumerang de l'embargo contre la Russie, mais aussi à la suite de l'ensemble de la corruption que génère une gestion aussi catastrophique depuis 2017.

La France a traversé les miasmes de ce même scénario avec la crise de Covid, lors de son annonce en mars 2020, alors que toutes les mesures restrictives et oppressives prises par la suite à cet égard par l'Élysée : état d'urgence, confinements, couvre-feux, vaccins, discrimination sanitaire et ± 100 M^{ds} d'€ gaspillés sur les fonds publics, etc., ne sont que le produit de ses mystifications ou menteries. Tout a échoué du côté des campagnes de vaccination, mais une opération réussie pour le *Big Pharma,* les politiciens et médecins zélés, avec en toile de fond le *WEF* et les élus de l'UE. Pour preuve, puisque jamais l'épidémie ne fut stoppée ni même ralentie, jamais les contagions n'ont cessées avec les séries vaccinales, lesquelles inversement se sont plutôt révélées préjudiciables pour la santé des victimes vaccinées, même mortelles pour des milliers d'entre elles, selon les résultats d'enquête publiées par les instituts de vigilance ; veille sanitaire et de contrôle des médicaments (Voir p. 116 « *La République en danger* » ; « p. 45 et 89 « *Overdose de vaccins et voyoucratie* » ; p. 64/65, 96/97 et 153 « *Covid - La poule aux œufs d'or* », en bibliographie *in fine).*

La seule chose qui ait cessé dans cette crise de manipulations et de tricheries d'informations, fut l'arrêt des propagandes et des mystifications de l'État-Macron. Non que l'oligarchie l'ait souhaité, mais parce que la pandémie a fini par jeter le masque sur les affabulations, comme l'étiologie « *Covid* » subornée dans l'énoncé des causes sur les certificats de décès (de 10 à 50 fois majorés selon l'aveu de l'OMS), et que la prévarication industrialisée par ce régime régalien ne pouvait que cesser faute de moyen par suite de la banqueroute financière de la France. Plus d'argent, *exit* les commissions occultes et les royalties ! L'omertà aura pris la relève sur une pandémie fabriquée par l'homme avec sa prétendue prophylaxie vaccinale. Puis une autre crise est venue à point nommé pour supplanter la *Covid* : la guerre en Ukraine qui réclame des armes et des munitions afin qu'Emmanuel Macron puisse jouer à une autre guéguerre, puisque celle contre un virus et le CO_2 fut perdue. Autrement dit, lorsque le Président Macron annonce une catastrophe, les Français doivent s'attendre à ce qu'il en soit l'auteur, et le dispensateur de fables pour couvrir ses échecs. Le profil magistral de l'individu, trompeur et

55

saillant, laisse entendre que « *Le mensonge est vérité de Macron* ». Cet apophtegme de Sacha Guitry désignait plutôt la femme ; mais avec un penchant LGBT, voilà bien un voisinage qui colle à l'idiosyncrasie du sujet.

Le *WEF* fut indiscutablement le générateur de toute cette gabegie, en retenant que ses principaux atouts sont les sociétés conseils qui donnèrent le ton quant à la gestion des crises et des choix de priorité nationales. Pour le Président Macron, les dépenses de consultings ont dépassé le milliard d'euros en 2021, avec au cœur de l'État *McKinsey & Company* ; une société de consultants qui aura obscurément remisé la plupart des ministres du Gouvernement au placard. Or la priorité dans un club de riche, *McKinsey* via le *WEF,* c'est la santé des comptes bancaires et du cours des actions des propriétaires industriels et financiers. La France durant la crise n'aura pas échappé à l'avidité de ces puissants, et le Président Macron, courroie de transmission de cette secte, ne manque pas d'ardeur lorsqu'il s'agit de liquider son pays sous la formule *The Great Reset ;* où l'argent prend la place des urnes.

Disposer d'incommensurables fortunes en valeurs corporelles et incorporelles, additionnant des centaines de milliards de dollars et d'euros, apparaît non seulement excessif, mais inapproprié, sinon indécent et indigeste en regard de la misère mondiale et du déclin des pays jadis riches comme la France. Mais comme vu plus haut, l'argent est apatride, surtout lorsqu'il se thésaurise ou se mue en monnaie virtuelle depuis les connexions des sociétés offshore, dispensatrices d'impôts et de charges sociales pour faire vivre un État. C'est ainsi que les contribuables lambda viennent au secours des plus riches, car « *La nature a horreur du vide* » selon Aristote.

56

Reste qu'une grande partie de ces immenses fortunes est investie dans les outils de travail (usines, laboratoires, chantiers…) et font vivre des millions d'emplois. De sorte que jalouser le luxe de ces magnats ne saurait constituer une réponse congruente, puisque derrière les biens les plus somptueux, il y a des industries, des commerces, des arts et des plaisirs. Depuis les temps anciens, le troc fut l'instrument de la monnaie, et son étalonnage aura permis à la société humaine de se développer, de construire, mais aussi de s'engluer dans des conflits entre conquêtes de territoires, appropriations ou spoliations, en retenant que l'expression consacrée veut que l'argent soit le nerf de la guerre. Mais en rappelant que la famine ou la malnutrition, les maladies endémiques, l'insalubrité et l'absence d'eau potable tuent neuf millions de gens sur la planète par an (25 000 par jour), ce constat replace néanmoins sur les rails les priorités humaines, sachant bien que nous ne naissons pas tous égaux.

S'il est utopique d'imaginer pouvoir répartir équitablement les richesses numéraires et matérielles entre les États et les populations, la question qui se pose est de comprendre à quoi sert autant d'argent entre les mains de quelques individus isolés, lesquels n'auront jamais assez de temps à vivre, ni de besoins et de caprices pour vider le coffre de Picsou. Un seul milliard d'euro est quasiment impossible à liquider par individu vivant 90 ans. Il semble donc qu'amasser des devises à profusion serait une sorte de jeu compulsif, comme jouer en Bourse ou au Casino selon le côté du guichet ou du tapis où l'on se trouve. Or ce jeu* consiste surtout à échapper aux griffes du fisc, escamoter son magot ou receler ses profits dans les coffre anonymes des banques *offshore* sous la gestion discrète de sociétés extraterritoriales, spécialement détenues par les banques nationales ayant pignon sur rue, mais dont l'ouverture d'un compte numéroté est réservée à l'élite disposant de sommes d'argent conséquentes. C'est précisément ce jeu-là* qui est inadmissible quand des vies humaines sont en jeu.

Ces banques et sociétés financières des paradis fiscaux insulaires relèvent d'établissements dont les PDG sont des personnages influents représentés au sein du *WEF*. Alors comment imaginer que cette institution ait quelque chose à voir avec un esprit caritatif, écologique ou philanthrope, dès lors que ne sont protégées depuis Cologny que les fortunes abritées à l'ombre de la misère du monde ? Sachant que ces trésors enfouis ou virtualisés en produits transactionnels et cryptés, sont souvent le produit du travail et de l'essor des PMA, pourquoi ces pays en voie de développement n'auraient-ils pas un accès légitime à ce retour d'investissement, précisément pour consommer mieux, et rejoindre la vitrine des pays riches ? Doit-on se contenter des boniments des avocats-conseils de ces grandes fortunes, pour se convaincre de leur grandeur d'âme et la générosité de leurs kermesses, où quelques miettes de leur magot irons, pour se dédouaner, garnir les caisses des ONG, avec lesquelles elles tiennent un partenariat lucratif ?

D - Quelle est la vraie nature du *WEF* et quels corollaires du mondialisme, entre ciel et Terre, hommes et satellites ?

Une poignée de Crésus, de dirigeants nationaux et intracontinentaux, notamment au sein de l'Union européenne, gangrènent les démocraties occidentales fragilisées par ce contrepoids de pouvoir et de moyens exorbitants pour imposer leur domination financière, leur poids économique, puis *de facto* leur prépotence politique. Cette élite de fortunés, d'intellectuels, de notables et de politiciens agrippée aux préséances géopolitiques, s'agglomère à l'intérieur d'une secte mondialiste sous l'enseigne de la Fondation *World Économique Forum*. Ce panier à crabes regroupe des personnages influents, mais pas toujours respectables ni même doués de bonnes intentions, comme les milliardaires George Soros et Bill Gates, mais aussi les têtes couronnées, ainsi le Prince Charles devenu Roi de Grande-Bretagne et le Prince Andrew Duc d'York.

Dilués dans cette soupe de puissants décideurs, des scientifiques et écrivains s'y font connaître, ainsi Sir David Attenborougt, puis un nombre d'industriels tel Carlos Ghosn, ex-PDG du groupe Renault-Nissan, réfugié au Liban après son implication dans plusieurs escroqueries, et Mohammed Sanusi, Secrétaire général de l'OPEP. Enfin, quelques représentants de la finance mondiale et des patrons de banques centrales s'y retrouvent, ainsi Luis Alberto Morini, Président de la Banque interaméricaine de développement, Christine Lagarde ancienne ministre à Bercy, ex-Directrice du *FMI* et présidente de la BCE, Roberto Azevêdo, Directeur général de l'*OMC*. Du côté géostratégique, le secrétaire général de l'Otan, Jens Stoltenberg se mêle à ce conglomérat ; un émissaire du conflit ukrainien.

Du côté politique s'y retrouvent Mark Rutte Premier ministre des Pays-Bas, Shinzö Abe ancien Premier ministre du Japon, Jacinda Ardern Première ministre de Nouvelle-Zélande, Kyriacos Mitsotakis, Premier ministre de la Grèce, Sanna Marin, Premier ministre de Finlande, Mark Ruth, Premier ministre des Pays-Bas, puis des chefs d'État comme Angela Merkel,

59

le conseiller fédéral helvétique Guy Parmelin, Pedro Sanchez, Premier ministre d'Espagne, Simonetta Sommaruga, ex-Présidente (2020) de la Confédération helvétique, Emmanuel Macron pour la France et la Présidente de la Commission européenne Ursula von der Leyen, puis encore Xi Jinping, président chinois, Narendra Modi, premier ministre indien, Olaf Stolz, chancelier allemand, Kishida Fumio, premier ministre du Japon, Paul Kagame, président du Rwanda, Tony Blair ancien Premier ministre de Grande-Bretagne, Antonio Guterres, secrétaire général de l'ONU etc. Quand le monde plénipotentiaire cherche à rayonner dans une organisation informelle car non officielle, comprenons que le *WEF* devient incontournable.

Au *Forum* 2023 en Suisse, Il s'y compta ± 2 500 participants appartenant à divers secteurs et intérêts généraux, dont ± 600 très grandes entreprises sur les 1 300 d'importances diluées. Le monde des affaires le plus prépondérant grouilla dans le canton des Grisons de la commune de Davos. Ce patchwork d'invités compta même un président de la FIFA et un violoniste parmi d'autres présences sans rapport avec l'objet du *Forum*, lesquels y apportent une note différenciée, tiers-mondiste, écologue pour nuancer et agrémenter le décor vis à vis des médias sur la réalité pragmatique du capital et du pouvoir politique au cœur de cette marmite d'intérêts. Dans ce cercle d'initiés, nombre de participants occasionnels au *Forum,* s'ils paient leur cotisation astronomique, sauf à y être invités pour le décorum, pourront par suite être admis dans le sacrosaint collège des membres permanents, au titre de collaborateurs honoraires désigné « *Forum Fellow* ».

Par-delà la matrice de cette ruche d'affairistes et de gens de pouvoir, environ 300 personnalités de haut rang, dont les chefs d'États, les premiers ministres et les princes, puis des représentants plénipotentiaires et hautes personnalités onusiennes, bénéficient durant les *Forums* d'une protection rapprochée en vertu du droit international, le tout coiffé de 400 journalistes choisis ou triés en rapport à leur profil, pour couvrir l'événement. La sécurité liée à cette rencontre début 2023 aura coûté ± 9 millions de francs suisses* à l'organisation *WEF*, en retenant que la charge de l'engagement militaire et policier pour les rencontres annuelles du *WEF* 2024 et suivantes prévoient un budget qui frisera les 32 millions de FS* par rencontre.

Autant dire que ce lieu d'échanges et de débats n'est pas loin de rivaliser avec l'armada de la sécurité satellisée et militarisée des *task forces* et *check points* qu'exige habituellement l'organisation d'un *G7*, face aux altermondialistes et autres enseignes militantes qui se déplacent pour s'opposer à ce type de réunion internationale, avec des restrictions d'accès et des contrôles drastiques et sélectifs. Pour décongestionner et désamorcer la meute des contestataires et collectifs qui se collent au *Forum*, des salles de meeting leurs sont même dédiées à distance respectable. Ce grand-messe inorganique, avec le rendez-vous des prétendus nouveaux maître du monde et leur aéropage, même si le chiffre d'affaire annuel du *WEF* ne s'élève qu'à 383 millions de la devise locale*, suscite de légitimes interrogations devant la dépense incommensurable de l'investissement public dans cette cour privée. Les États paient, donc les contribuables, pour assurer la sécurité autour des risques qui se concentrent à l'occasion de cette parade de milliardaires et du gotha.

L'énumération de ces *think tanks* réputés les plus influents de la planète, dans la démesure d'une débauche de *cocktail party,* loin d'être exhaustive, met en lumière l'arborescence que prend le pouvoir à travers cette concentration de fortunes qui s'auto-protègent en s'agglutinant autour de l'exégète Klaus Schwab ; le gardien du temple. Les résultats qui ressortent de ces rencontres officieuses sur la scène politique internationale s'affichent sur une grille de lecture avec ses courbes, ses variables et logarithmes informatiques, suggérant des réflexions et ententes privées diffusées dans un espace polysémique, entre des bureaux d'étude en stratégie et marketing, des opérateurs de marché et des agences de notation (rating). Derrière ceux-là s'activent des acteurs privés et des décideurs publics autour desquels gravitent des professionnels politiques venus là exprès pour se faire remarquer et se vendre aux groupes industriels les plus estimés. Cependant, le *Forum* demeure une entité intrinsèquement limitée, car distante des institutions représentatives de la vraie vie des nations, nonobstant un concile d'individus susceptible de faire basculer le monde des affaires et la souveraineté des États.

Le *WEF,* se targue d'être une organisation apolitique ; une entité mondialiste, un électron libre derrière une congruence sociétale indéfinissable. Ces cadres se considèrent au-dessus des institutions nationales, cultivant parmi les membres de leur communauté un sentiment d'appartenance élitiste, avec des responsabilités dans la démesure de leurs ambitions sans frontières. L'avenir du monde se jouerait à Genève *via* Davos, suscitant l'ivresse du pouvoir à travers une dynamique qui se voudrait une valeur ajoutée, pour accéder à de nouvelles sphères d'autorité et de puissance. Plongés dans la facétie d'une uchronie hallucinante, ces pionniers non étatiques prétendent disposer de la capacité de jouer avec le devenir de l'humanité, ce qui n'est pas faux. Les cerveaux sont échauffés par les notoriétés qui se pressent les unes aux autres dans un mouvement d'émulation. Cette assemblée conspire dans cette bulle onirique où les ambitions coagulent et fleurissent. L'objectif serait de guider une gouvernance mondiale.

Jacques Attali expliquait que : « *Le Forum est avant tout un hôtelier qui permet de gagner du temps ; c'est un économiseur de voyages d'affaires* ». De fait, peu de participants sont venus pour engager une réflexion philosophique et sociétale pour aérer les strates du sédiment que durcit cette bourse aux affaires. Dans le cuir de ce salon, beaucoup s'installent pour faire du business, où seulement quelques illuminés se donnent en spectacle pour s'inventer une dimension alternative de la politique-fiction. Mais dans une autre réalité plus pragmatique, le *badge blanc* du *Forum* autorise l'approche de personnalités sans en passer par un protocole rigide et contraignant. Les quotidiens américains, ainsi *Washington Post* et *Wall Street Journal* levèrent le voile sur la face cachée de cette Fondation, en mettant en exergue les intérêts particuliers de son fondateurs, Klaus Schwab et ses principaux piliers financiers comme Georges Soros et Bill Gates, ainsi que l'éminence grise de cette secte qui n'est rien d'autre que le président désigné de cette confrérie de milliardaires depuis 2017, le norvégien Børge Brende.

Le multimilliardaire Elon Musk, qui dirige un réseau d'échanges d'images en ligne, *4chan* (Yotsuba Channel en Japonais), a persiflé sur les orientations et la tenue du Forum de Davos, en comparant ce modèle économique et politique de « *skateholder capitalism* », textuellement en anglais « *capitalisme de porteurs de patins* » ! Dans l'axe des résolutions intellectuelles et

63

pragmatiques du *WEF*, les bonnes idées se noient et se détournent derrière leurs annonces dithyrambiques, car sans lustre les salles se vident. Ainsi, Emmanuel Macron, fasciné par les objectifs du Forum de Davos, se targua de suivre le cheminement du mythe social du grand maître, le Professeur Klaus Schwab, en s'inventant le rôle d'initiateur dans un univers sans inégalité* après la période post-Covid. Sauf que cet hurluberlu durant la crise, aura légiféré la ségrégation en France, une « *étoile jaune* » revisitée au travers ses fumants délires jupitériens (lois du 31 mai 2021, 5 août 2021, 10 novembre 2021 et 31 juillet 2022). Entre les ausweis (attestations puis certificats de vaccination à jour) pour autoriser les Français à vivre sur leur propre territoire, voyager, consommer, travailler et se faire soigner, les inégalités de traitement médical et civique - dans une prétendue démocratie ou de ce qu'il en a fait - firent pléthore ! Des idées sans corps, c'est de l'esprit malin, du vent où les promesses* s'envolent telles les feuilles d'automne au destin composté.

La mauvaise conscience de certains fortunés qui gravitent dans ces milieux d'affaires, se sentent parfois rattrapés par un sentiment de culpabilité envers le monde d'en bas, laissé-pour-compte dans ce parterre de privilégiés. Ce pourquoi, en guise de repentir, des ateliers d'action sociale, écologiste et humanitaire s'y sont constitués en marge de ce sommet, comme pour plagier *l'effet Bono,* caricaturant le showbiz qui exhorta les protagonistes des pays influents à se tourner vers la misère africaine et le sort létal des victimes du *VIH*. Cependant la mayonnaise prend mal ou retombe vite, car moult manifestations et rassemblements sont venus ternir cette parade, en particulier depuis 1999. Ces métastases du *WEF* auront même contaminé le corps de cette Fondation, en injectant des congruences au tableau, comme en démystifiant les dessous de cette tapisserie d'honorabilité et de bienfaisance sur la scène du *Forum*. En se dédouanant derrière cette sous-représentation d'écolos et d'humanitaires, cependant fortement médiatisée, les objectifs environnementaux, caritatifs et sociaux auront ainsi bénéficié de l'effet d'annonce… alors même que tout reste à faire.

Afin de redorer le blason du *Forum*, le cercle des invités s'est entrouvert aux protagonistes syndicaux et militants écologistes de la planète pour la parade, justifiant la présence incontournable la *Bill & Melinda Gate Foundation,* à l'épicentre des âmes charitables. Cependant, les médias critiques, instruits quant à la réalité de ce travestissement qui ne couvre que 1 % du plateau, ne sont jamais accrédités à l'occasion de ces rencontres. Véritable auberge espagnole, le *World Economic Forum* voudrait apparaître comme la voie représentative de la meilleure société humaine dans le monde, mais en prenant garde que ce décor incongru, entre écolos et tiers-mondistes, ne prenne pas trop de place sur la scène. Cette planète, pour un passage de quelque jours dans l'espace des helvètes, ne doit néanmoins pas apparaître ni trop rouge ni trop verte afin de ne pas déteindre sur la polychromie de l'or et de l'argent qui scintille au paradis *offshore.* Ce grand syndicat des élites mondialisées par et pour leur profit, se doit, pour parfaire la mosaïque du *WEF,* donner le change, même si pour ce faire, tous doivent ou devront en passer par la démagogie, le mensonge et la trahison.

Ceci expliquant cela, ce pôle mondialiste se couvre d'une réputation charitable, mais avec une image surfaite sous les projecteurs des médias choisis, auréolée d'enseignes humanistes et généreuses, des projets environnementalistes, et un mythe de société où rayonne l'arborescence des idéaux de papier les mieux ciselés. Mais dans une autre réalité, cette coterie de gens riches et puissants est animée d'un leitmotiv ; celui de détricoter le monde en s'arrimant à la sentence machiavélique qui consiste à diviser pour régner (*divide ut regnes*). Les droits individuels, exposés comme *prima de facto* par les DDHC, constituent un garde-fou contre la collectivisation des pouvoirs et la réunion des intérêts par les plus forts. Souhaitons que le collectivisme et le capitalisme n'y retrouvent pas un même projet de société « 2.0 ». Antoine de Saint-Exupéry exprimait : « *La termitière future m'épouvante. Je haie leur vertu de robot. Moi j'étais fait pour être jardinier* ». Rien de pire que de diluer les États et les fondre dans une nasse réductrice en perte d'identité.

ᵒᵒᵒ

S'il existe un corollaire pour exprimer le mondialisme, le *WEF* se pose comme la proposition évidente d'un théorème qu'il serait superfétatoire de vouloir ici démontrer. Entre l'espace numérique et l'espace satellitaire de la Terre, un autre lien peut désormais s'attacher à ce postulat, où l'information et le renseignement peuvent cohabiter à la faveur de l'internet, et où la surveillance se fait discrète depuis le ventre d'un satellite. C'est du moins ce qu'il ressort de la nuée des satellites Starlink américains avec leurs programmes d'observation terrestre, auxquelles s'ajoutent des missions *ad hoc* lancées et planifiées par l'Agence spatiale européenne (ESA), avec une vingtaine de *Geos*, *Sentinelles* et autres objets déjà en orbite et onze autres engins prévus d'ici 2025 à 2028.

Un programme encore plus ambitieux de l'ESA rejoindra plus tard la dimension de SpaceX d'Elon Musk. La plupart de ces instruments spatiaux, dont certains en coopération avec d'autres pays comme la

Chine et le Japon, faisant office de navigation et de télécommunication (Artemis, Galileo, European Data Relay Satellite System, Eutelsat Quantum…, et Iris en 2024), sont actifs et opérationnels pour exécuter un programme dédiés de surveillance et d'alerte, dès lors qu'ils sont tournés vers le globe terrestre. Mais ne soyons pas naïf, d'autres satellites consacrés à diverses missions spatiales peuvent aussi bien pivoter depuis les centres de commandement terrestres, dotés de moyens d'observation passifs ou d'action offensive, notamment à l'aide de canons laser en orbite, de défense antisatellite du projet russe « *Kalina* » de « *Space corps* » US, et de différents types de contrôle de l'espace terrestre de satellites kamikaze et d'abordage.

De surcroît, une nouvelle race de sentinelles de l'espace rode déjà en basse orbite terrestre, et une armada d'autres est en chantier, voire prêts à s'envoler sur les rails de leur site de lancement. Des robots connectés et les antennes relais de télécommunication et de l'internet vont progressivement balayer toute la surface de la planète, au mètre carré près. Des modules lancés tous les mois qui suivent vont déployer - à la façon d'un cocon d'araignée d'où se libèrent de la soie des centaines d'autres - depuis leurs compartiments internes jusqu'à la zone spatiale choisie, des centaines de milliers de microsatellites que dirigeront ces stations géostationnaires. Équivalents aux drones de surface, car équipées de nano-cellules intelligentes, ces balises cubiques et mobiles de l'espace vont fourmiller et quadriller chaque recoin de la sphère terrestre. Avec SpaceX qui déploya initialement 7 500 nouveaux satellites Starlink, d'où les services internet activés par Elon Musk, s'ajoutent les projets de l'*Enropean Space Agency* (ESA) qui viendront relayer IRIS[2] destiné aux services gouvernementaux en cas de crise majeure.

Ces constellations satellitaires multi-orbitales seront capables de créer des synergies avec l'existant, où s'y trouvent 4 000 satellites opérationnels parmi les 4 000 en orbite, entre 700 m à 1 100 km d'altitude. Mais avec les quanta du futur, des milliards d'objets connectés sur le plancher des vaches seront la cible d'une surveillance terrestre et sans faille, depuis des milliers de ces satellites mouchards. Parmi ces objets connectés inertes ou vivants, figure l'humanité où plus rien n'échappera à la vigilance accrue de cette armada d'émetteurs-transmetteurs d'ondes et de messages cryptés. Outre les caméras à reconnaissance faciale, le contrôle terrestre se fera donc depuis l'œil attentif de ces miniatures à moins de mille km d'altitude (Low Earth Orbit), invisibles et dotées d'une IA au champ optique élargi et à la réactivité instantanée (5G).

Les smartphones seront accessibles, via les plateformes terrestres, à ces microsatellites par la voie d'internet. Or leurs applications, aisément craquées, seront saisies et renvoyées au sol, pour être distribuées avec toutes leurs données contenues et décodées, d'abord aux pouvoirs publics. Par indiscrétion ou malveillance, des hackers incontournables opèrent à la faveur de cette piste spatiale, aux fins de capter, trier, stocker et piller toutes les informations installées dans la mémoire de ces mobiles. L'ère quantique promet de sécuriser ces données privées, avec la promesse d'une inviolabilité absolue. *Oups,* car en même temps, cette technologie des quanta aura la capacité inverse de tout reconnaître, décrypter et pirater, ce qui ramènera la confidentialité à son point de départ ; analogique et numérique ! Serait-ce ici le syndrome du docteur Mabuse, où les inventeurs de produits dopants ont toujours une longueur d'avance sur les dépistages ?

Ces investigations minutieuses depuis le ciel de notre Globe, prélude un contrôle intégral sur la civilisation ; des moyens de renseignement sur les mouvements et les intentions de chaque individu. *Exit* le journal intime ! Les communications entre l'espace et la Terre s'appuieront prochainement sur un savoir-faire à chiffrement quantique, d'où les transmissions infiniment plus rapides. Cette technologie utilise la lumière des photons, avec des rossignols de cryptage, version XXIème siècle d'Enigma Turing, au décodage des messages interceptés. Ces clés virtuelles seront la propriété des États et des startups, dès lors qu'ils sont détenteurs de ces cybersycophantes microcosmiques. Cependant, l'interception et l'espionnage, censés provoquer leur destruction, ne saurait éternellement être garantis, car les hackers et barbouzes peuvent aussi se terrer et agir depuis l'intérieur, où les fuites et les données volées se commercialisent chèrement.

Le réseau Starlink repose sur des myriades de satellites évoluant autour de la Terre en orbite basse. De fait, SpaceX dispose de 3000 de ces mini-stations, et en prévoit 12 000 autres d'ici 2025, puis encore de 30 000 dans un proche avenir, pour parvenir à ficeler la Terre avec 42 000 de ces cyber-satellites. Le conflit en Ukraine accélère cette vague de fond observable depuis le ciel. Ce pourquoi cette conflagration, qui fut d'abord une guerre civile, est devenue un chantier d'opportunités et de novations technologiques. Ce terrain d'entrainement en direct et d'expérimentation militaires, s'est constitué un couloir pour l'Amérique et l'Europe d'un côté, et la Fédération de Russie et la Chine de l'autre, chacun s'employant à une nouvelle course à l'armement. Cette belligérance entre deux antagonismes qui s'affrontent indirectement, font fi des ressortissants du pays qui siège au milieu et subit les impacts mortels des missiles. En raison d'une partition inachevée, voire même pas négociée par la conscience internationale, l'ONU semble distancée et inopérante. Pour cause, le Conseil de sécurité est divisé et s'oppose, laissant l'Assemblée générale de l'ONU dans l'impasse d'une résolution impartiale, seulement capable de condamner l'incursion russe à l'Est, mais sans préjuger des armes conventionnelles qui pénètrent depuis l'Ouest du pays en guerre civile.

Pour cause, car le motif de l'invasion russe de cette guerre de clan occulte le vrai mobile qui consiste à faire avancer la recherche scientifique que suppose les trouvailles technologiques d'un conflit armé, en commençant par l'espionnage satellitaire. *Quid* du viol des droits légitimes à l'autodétermination et à la partition de l'Ukraine ? La secte *WEF,* à défaut des Nations Unies qui ont décidé de regarder ailleurs, s'est constituée le point de ralliement de cette synergie martiale, car les capitaux et les décideurs politiques de l'Ouest y sont présents et actifs pour coopérer depuis cet *headquarters* implanté dans un pays prétendument neutre : la Suisse. Quant au martyr des citoyens ukrainiens, leur devenir repose sur l'autel sacrificiel du progrès qui ne profite qu'aux seuls antagonistes exogènes, qui se font mutuellement un bras de fer ! Dans une civilisation judéo-chrétienne évoluée et respectueuse des valeurs basiques, que sont la vie, le respect et la tolérance, avec les Droits de l'homme, les fondements humanistes et la morale à l'épreuve des massacres et des horreurs guerrières de l'histoire, faut-il rappeler qu'une seule vie humaine vaut bien davantage que toutes les stratégies militaires du monde, idem des intérêts stratégiques, financiers et économiques de quelques-uns ?

Par ailleurs, pour ne pas émouvoir les bonnes consciences, il est prétendument avancé, par les concepteurs techniciens et politiciens de ces engins flottants dans cette partie terrestre du continuum, ont pour destination de combler les zones blanches, peu ou prou câblées et non pourvues d'antennes relais ou de fibre optique pour l'internet et la communication, comme en Afrique encore sous-équipée notamment. Il fut même évoqué dans la propagande diplomatique autour de ces petits crabes propulsés dans le vacuum orbital de la Terre, qu'ils ont été conçus pour prévenir des risques de catastrophes naturelles (subduction ou failles sismiques, cyclone, orage solaire…). Dès lors qu'une partie de ces nono-robots dispose de canons laser ou de rayons X, d'altimétrie radar, de PREM (calcul sismique radial de propagation des ondes, ou de cisaillement par onde sismique) etc., reconnaissons qu'ils ont été élaborés pour servir une bonne cause. Cependant, faut-il y voir en filigrane des alibis tronqués à hauteur du *greenwashing* industriel ?

Côté écologie, le modèle statistique de l'ESA a recensé en 2022 des volumes de débris perforants et polluants en errance dans le vide spatial orbital du Globe, avec 900 000 fragments de plus d'un cm, 130 000 de plus d'1 mm, et plus de 36 000 de plus de 10 cm, et cela depuis moins de 65 ans que se dispersent des morceaux de satellites inertes, depuis des lanceurs russes, américains et chinois essentiellement. Outre les bouchons et les risques majeurs de percussions dramatiques entre ces objets et les stations en activité, la sanctuarisation jadis évoquée pour protéger les zones orbitales de la Planète, l'encombrement et les risques mortels de ces petites bombes contre les parois et les scaphandres des cosmonautes, ne semblent pas émouvoir les puissances industrielles qui se toisent et de confrontent dans ce ballet spatial.

Là où naviguent ces satellites, telles des auto-tamponneuses, ces créatures en peau d'aluminium et en fibre de carbone sont souvent privées de l'énergie épuisée de leurs propulseurs, donc incapables de changer de cap, nonobstant leurs panneaux solaires, pour éviter les perforations d'une collision frontale. La nuit, la constellation de ces débris fait concurrence avec la pléiade étoilée qui peint de la voute céleste, jusqu'à masquer le spectre visible du firmament aux observatoires optiques des bases de recherche à des fins universitaires. Reste les télescopes à rayon X, à infrarouge, à neutrinos ou à muon, ainsi que SETI (Search for Extra-Terrestrial Intelligence), au cas où il se trouverait quelque part dans l'Univers des esprits de concorde et de raison, moins vindicatifs et plus humains que l'espèce terrestre qui porte son nom. Il faudra désormais être aveugle, à défaut d'être sourd, pour y voir clair à travers le macrocosme !

Revenant au *WEF*, ce balayage internet sur le Globe prélude une couverture pixélisée, géopolitique et géostratégique, qui coiffera l'humanité de demain, avec déjà quelques centaines d'engins opérationnels qui ont commencé leur travail de fourmi ; une opération de surveillance militaire à ce jour dédiée à la Corée du Nord et à l'Ukraine entre autres, et de contrôle des sociétés civiles au sens le plus large. Ce *Forum*, qui rappelons-le, est au cœur de ce projet avec ses partenaires de droit public et de droit privé occidentaux, enferme suffisamment de milliardaires et d'hommes politiques aux commandes de leur nation, pour conduire des projets les plus inattendus. Il s'agira de relayer en *live* l'information les microprocesseurs

72

nanométriques implantés dans le corps des humains, aujourd'hui avec les téléphones modulaires. C'est précisément par ces voies spatiales, en relation directe avec la nanotechnologie communicante sur Terre, que se prépare le mondialisme du futur ; un concept politique qui prend la main sur un collectivisme *erga omnes.* À la différence du termite, évoqué ci-dessus par Antoine de Saint-Exupéry, l'homme ne pourra pas se camoufler dans sa structure biogénique, s'il veut conserver sa vie privée, à l'abri des indiscrétions.

ooo

Pourquoi cet oratoire d'élus, de technocrates et de nantis fomente-t-il le projet de désindividualiser la société, de confisquer les identités citoyennes, de déraciner l'histoire des nations en leur ôtant leurs frontières et leur perception patriotique ? N'est-ce pas pour se présenter comme une puissance politique supranationale, un pouvoir monopolistique industriel doté d'un comptoir financier plus lourd que les États individuels, et qui coifferait l'Occident à la façon d'une entité fédérale ? Lorsqu'un pays se voit peu à peu coupé de ses racines, l'arborescence de son influence s'étiole, l'écorce de son histoire se disperse jusqu'à ce que la souche de son espèce se disloque. Depuis les ruines d'une société déchue et humiliée, la promesse d'une « *renaissance* » (ex-LeREM) est appelée par des opportunistes, tel Emmanuel Macron qui après avoir abattu la France durant un premier quinquennat, promet de la redresser le second, encourageant ainsi le peuple aux abois à parachever son propre déclin.

C'est bien connu, les autocrates aspirent à régner sur un monde défait pour mieux le dominer et le corrompre, tout en faisant constamment peser un climat anxiogène, voire un frisson de terreur sur les populations, dont l'honneur national aura été altéré et les citoyens humiliés. Dans un tel cocktail de honte et de flétrissure, d'aversion et de frustration, la colère fait naître des sentiments défiants et belliqueux dans les populations écartelées. Ces valeurs patriotes perdues ou détricotées sont insidieusement récupérées par les despotes pour abuser les foules avec des promesses et d'espérance. Lorsqu'une patrie est dissoute, le rapport entre les hommes se disloque, tandis que le régime qui les a anéantis cherchera à incarner d'autres valeurs, à l'aide d'un puissant charisme idéologique qui passera pour une providentielle réunification supranationale.

C'est dans la promesse haranguée, sans fil ni canevas, durant les pires moments de découragement et d'abandon que peut renaître l'espoir, en usant de la faiblesse, la déception, l'amertume, les tourments, la naïveté, l'ignorance et de la peur que s'édifient les plus monstrueuses dictatures. N'est pas ainsi que fit carrière Adolf Hitler au lendemain de la Grande Guerre, avec une Allemagne au chômage, ruinée, rasée et affamée par le Traité de Versailles qui épuisa les maigres ressources d'un peuple exsangue ? N'est-ce pas aussi la raison pour laquelle le Peuple germain aura choisi, sans conjecturer, la pire des solutions ; celle de la ségrégation, de l'holocauste, de la guerre totale ? Tel se présente à ce jour le lit politique de l'État-Macron, lequel aura préalablement épuisé l'économie, asséché les finances et « *déconstruit* » le pays ainsi qu'il l'annonça le 5 mai 2021 sur la chaîne américaine CBS. Michel Euler de l'AFP fit en écho une réponse intéressante : « *C'est embêtant, à la fin, de ne pas aimer son pays dont on est le Président…* » !

○○○

N'est-il pas impérieux, avant que l'Europe finisse irrémédiablement par sombrer, de destituer ces personnages dont manifestement le fond est mauvais,

74

tels Emmanuel Macron pour la France ou Ursula von der Leyen pour la Commission européenne, parmi tant d'autres encore, avant qu'ils n'aient le temps d'enfoncer encore davantage les nations de l'Union qui les ont si imprudemment portés au pouvoir ? Éviter le pire pour l'Europe et l'Ukraine, consisterait dans un premier temps à se retirer de la guerre. Il est urgent, après huit ans de guerre civile, de négocier un accord de paix avec l'ONU et les belligérants, pour opter vers une partition raisonnable du pays, en cessant d'alimenter cette guerre des deux côtés ; une escalade qui pourrait gangréner le vieux continent.

Sous la manche du *WEF* qui rassemble de nombreux décideurs politiques et de puissances financières, dont l'influence pèse sur les juridictions nationales et subcontinentales, cette engeance de va-t-en-guerre, principalement entre l'Élysée, Bruxelles et la Maisons Blanche, pourrait tomber sous le coup de commissions d'enquêtes parlementaires, puis devant les tribunaux d'exception que les démocraties seraient capables d'opposer à cette folie démoniaque. Quant à la démesure de leurs alarmants projets martiaux et des forfaitures dont ils sont responsables devant l'histoire, notamment durant la crise de Covid, tout reste à faire pour éloigner ces individus de la scène politique, car achetés par une secte ; un ordre nouveau projeté par le *WEF*, aux intentions prédatrices et pernicieuses.

°°°

La secte *WEF*, convertie en Fondation, incarne la toute-puissance de l'argent et les dérives d'un ultra-libéralisme en rupture avec les normes démocratiques des États souverains. Les seuls frais d'adhésion à cette intrigue s'élèvent à soixante mille US $, ce qui laisse entendre ô combien l'argent est roi chez ces nantis qui écartent ainsi un éventuel contre-pouvoir populaire.

Mais pour édulcorer cette réputation richissime, le *WEF* s'est attaché la présence d'ONG afin d'apporter un lustre populaire à cette assemblée d'*happy few.* Tels des maîtres du monde, une coalition de nababs et de dirigeants se prend à vouloir régner sur une société docile, captive du *Big Data,* où le moindre message ou mouvement est instantanément capté par une *IA.* Ce pouvoir tentaculaire instrumente les populations par la peur, via l'accueil massif de réfugiés vecteurs d'insécurité, ou d'une pandémie fabriquée avec des vaccins pour réduire les populations à la soumission.

Rien de plus efficace que de détruire les fondamentaux d'une Nation, son histoire et sa culture, par un « *Grand remplacement* » (Renaud Camus ©) ou autre psychose fabriquée pour la circonstance. En outre, les nations multimillénaires du vieux continent sont sclérosées par la stratification de leur législation héritée des âges hiératique, cultuel, révolutionnaire et contemporain. Cette soupe de mutations sociétales incessantes, qui achoppe en droit et en jurisprudence, pèse sur les administrations et les régions. Le social et les entreprises ont peine à évoluer dans les arcanes juridiques sans frontières, et le labyrinthe des enjeux économiques intercontinentaux, en particulier en droit international public, où les juridictions arbitrales prennent le pas sur les pouvoirs judiciaires locaux.

À présent, les normes et les valeurs *Data* se réassortissent aux frontières industrielles, monétaires, commerciales et politiques, réappropriées par les échanges (OMC et propriété industrielle, les accords douaniers du GATT…). Cette guerre économique, certes pacifique, conduit souvent à des affrontements entre les concurrences sauvages déloyales (Discount, dévaluations monétaires, surtaxes etc.), mais avec la pollution et les surcoûts que génèrent les transports, les délocalisations et la consommation galvanisée par la poussée d'un progrès qui ne peut certes pas profiter à tout le monde. Il s'agit là d'un terrain de jeu propice pour le *WEF*, où les États isolés ne font plus le poids.

E - Quand le mondialisme, emporté par le *WEF*, colonise progressivement les États occidentaux

Comment les suppôts du spectre mondialiste ordonnancent-ils l'ordre nouveau d'un collectivisme qui refonde une colonisation expansionniste amarrée au pouvoir de quelques de puissantes fortunes ? S'il fallait synthétiser la philosophie politique du spectre mondialiste, ce noumène suppose trois exigences directrices. Entre la virtualité de cette intellection et son application, il faut d'abord en dresser le décor. Un « *État mondial* », à l'instar d'un empire dont la frontière serait le Globe terrestre lui-même, se prédispose pour assembler des idéaux antagonistes (communisme et capitalisme) et fondre leurs intérêts respectifs dans un pot commun, ce qui en aucun cas participerait d'une paix planétaire et durable. Si le pouvoir par l'argent est contraire aux principes fondateurs du marxisme, et qu'à l'opposé le droit de propriété est indissociable du capitalisme, le sceau du collectivisme s'y ajuste dès lors qu'il participe à l'usure des libertés individuelles. Les principes fondateurs d'une telle utopie divergent, car de prime à bord non miscibles. Or le mondialisme fait le lien dans une transversale altermondialiste. Ce pourquoi, l'harmonie et l'unité dans ce paradigme n'étant pas compatibles ou durables avec la nature compartimentée de l'homme, cette utopie le restera.

- La première de ces exigences installe le décor sur le plateau d'un théâtre universel, derrière le rideau avant qu'il ne soit levé. L'ambiance que restitue un tel panorama alterne entre la purgation de l'émoi et le silence de la peur comme dans une tragédie grecque. Car il faut une intrigue politique pour focaliser la multitude afin qu'elle s'exprime d'une seule voix, mais que cette foule ne parle pas tous en même temps, ce qui rendrait la pièce inaudible. Tandis que le cœur chante des palabres dithyrambiques, il fuse des promesses démagogiques ou populistes, procédant du même art lyrique où siège le mensonge au-devant de la scène. En arrière-plan, le destin du peuple est déjà joué, car les dés sont déjà jetés avant le décompte des voix. La somme des candidats n'est qu'un faire-valoir pour une démocratie galvaudée, puisque seuls les riches marionnettistes tirent les ficelles pour agiter leurs candidats marionnettes qui, perdant ou gagnant, attendent leur récompense pour leur servilité.

Pour transposer dans le vrai monde le spectacle navrant de cette saga, évoquons le voile de l'omertà, un cryptique où s'insinue l'ombre inquiétante d'un simulacre d'épouvante, une peur de l'inconnu qui subjugue les populations. Cette psychose peut être suscitée par un conflit armé même ailleurs que chez soi, comme il en va avec l'Ukraine à ce jour. Ou ce peut être le syndrome de l'hypocondrie que provoque un virus conçu en laboratoire, entretenu de *variants* en *variants* par des vaccins expérimentaux dont la chimie fut réalisée en même temps que le poison fut diffusé, répandant durablement un climat anxiogène, aliénant et destructeur. Sous le couvercle étanche du silence, les simulacres échauffent les esprits subornés jusqu'à la paranoïa. Cette poussée d'adrénaline mobilise les ralliements à l'État providence, faisant l'arme fatale d'une dictature en gestation. Le mondialisme est alors prêt à se constituer sur cette chape de mystifications.

- La seconde de ces exigences reposerait sur la formulation des régimes collectivistes, en instaurant un délit d'opinion puis en resserrant les mailles inquisitrices autour de la vie et les données privées. Cette étape procède concomitamment au verrouillage du droit d'expression et de l'information, quel que soit l'emprunt du support ; papier, numérique ou hertzien. La liberté de s'exprimer et s'informer serait annihilée par la censure, avec des mesures comminatoires entre l'asphyxie financière et la recherche de l'invisibilité du censeur, sachant que dans une dictature accomplie, la censure se mue en violence. La culpabilisation contre tout ce qui est jugé *politiquement incorrect* fait l'objet de rumeur, de dénonciation et de calomnie. Un régime mondialiste ne peut aboutir que par la suppression des libertés citées par Franklin Roosevelt : le respect du droit d'expression et la liberté de vivre à l'abri de la peur et du besoin. L'éviction de ces droits ouvre grand les portes à l'autorité d'un ordre nouveau. Cette norme se bâtit sur le capital, le collectivisme ou la théocratie ; un pouvoir qui s'élargit aux charisme d'un cicérone se retranchant derrière une symbolique républicaine, mais un alibi opportun et transposable.

- La dernière étape exigerait la disparition de la notion de patriotisme vu sous le prisme de la Nation-État, avec ses frontières, sa culture et son histoire. La boucle serait ainsi bouclée et la dictature mondialiste se refermerait sur chaque individu en déficit de liberté, d'individualité, de racine physique ; disloqué de sa Nation et de son patrimoine en perte de citoyenneté. Il ne subsisterait que des sujets neutres, transparents et aphones dans un espace sociétal indéfini et chaotique, au lieu et place d'une démocratie avec ses citoyens, alors emportés par un pouvoir sans corps (sans patrie)

79

et sans âme (ou identité), dont l'horizon dépourvu de tracé serait le même partout, uniforme, monochrome, sans originalité. Mais là où il n'y a pas de frontière, il n'existe plus un seul terroir où l'on se sent chez soi.

ooo

Le mondialisme a cependant ses vertus. Si le corps politique est compartimenté dans l'ukase d'une Nation-État, qu'il pourrait individuellement devenir agressif, intransigeant et même conquérant sous couvert d'un patriotisme exacerbé ou d'une religion intolérante ; en revanche les domaines de la recherche fondamentale, des arts, des lettres et des sciences humaines s'attirent mutuellement entre les esprits du monde entier qui se croisent, s'admirent et s'inspirent. Lorsque les talents s'expriment d'un côté à l'autre de la planète, ils aboutissent dans l'émerveillement par-delà les frontières. Ceux-là sont plutôt pacifiques et même fraternels dans l'échange profitable de leur savoir et les étapes du progrès qu'il reste toujours à accomplir, entre le microcosme et le macrocosme.

Les domaines du savoir et de la culture - qui ne s'engagent pas vers des sciences appliquées que protègent des brevets et des licences d'exploitation commerciales et industrielles - échappent aux ressorts de la vénalité et de la fatuité. Ce couloir des sciences qui n'amène pas ses chercheurs aux profits, s'oriente plutôt vers un déploiement de coopérations, rend les esprits fraternels dans l'étude et la réciprocité de leurs découvertes respectives. Parmi ces voies disciplinaires citons la géophysique, l'archéologie, l'anthropologie, la météorologie, l'astrophysique, la sismologie ou la volcanologie, la philologie, puis les sciences cognitives dont chaque rameau s'exprime par la littérature, entre l'histoire et les sciences humaines. La sobriété de ce savoir nu cohabite donc mal avec l'*avoir* et le *pouvoir*.

Ces parents pauvres de la recherche, un labeur captivant certes mais souvent sous-payé, fait la preuve de l'abnégation de scientifiques, où le risque d'une corruption par la politique et l'argent est beaucoup moins fréquent sur ce registre. Même certaines sous-disciplines des neurosciences, ainsi la linguistique computationnelle, échappent au feu des puissants. Les ateliers, les laboratoires, les échanges que facilitent les outils numérisés d'information et de communication modernes, entre les sites et les conférences, favorisent le challenge et les rapprochements intellectuels, qui font évoluer la société dans la concorde. Dès lors que l'éthique, les droits naturels y sont respectés, et que la politique et la cupidité n'interfèrent pas dans cette sapience, la mondialisation par la connaissance se fait un projet d'avenir ; mais une piste inconnue du *WEF*. Inversement, lorsque la recherche devient l'outil de la malveillance et de la corruption, le brassage du savoir, dans la marmite des sciences appliquées, ne profite qu'à une poignée de gens malfaisants sans âme ni conscience, seulement capables de transformer des milliards de leurs semblables en rats de laboratoire.

Ce fut vraisemblablement un cas d'espèce avec la pandémie du SARS-CoV-2, où la vertueuse prophylaxie du vaccin fut galvaudée par l'âpreté du gain. Entre le lobbying hard du *Big Pharma*, les prévarications des grands élus et le détournement des instances internationales comme l'OMS et l'Unicef ; tous furent trompés et stipendiés de façon crapuleuse et criminelle. Avec des vaccins qui non seulement furent inefficaces, ils s'avérèrent dangereux pour nombre de personnes vaccinées, tombées gravement malades voire décédées. Ici, la recherche soutenue par la mondialisation du *WEF* donna la mesure de la dangerosité de telles expérimentations, sans recul ni respect des principes élémentaires de précaution.

∘∘∘

Sur un autre registre, la guerre en Ukraine est devenue un autre terrain d'essai, profitable pour expérimenter les outils et les bombes de la guerre sur la tête et le domicile des malheureuses familles. Mais pour cette conscience internationale, faire évoluer les techniques et les stratégies du combat, revient à enrichir les consortiums de l'armement avec leurs trafiquants. Le mondialisme y connaît-là ses heures de gloire avec le *WEF* comme porte-drapeau, où les peuples qui financent cette guerre avec leurs impôts, sont de dociles et ignorantes victimes qui s'ajoutent aux vraies martyrs de cette conflagration. Dans ce conflit fratricide, où les millions de réfugiés, de blessés et de morts ne pèsent guère dans la balance des profits, les milliardaires deviennent multimilliardaires.

La France se trouve lourdement impliquée dans ces schémas nauséabonds, avec le régime présidentiel instauré par l'État-Macron ; un despotisme qui n'a eu de cesse que de ruiner le pays en asséchant les finances nationales, le système de santé et de protection sociale, gagnant en paupérisme par l'effondrement du PIB, entre récession, inflation et chômage. De sorte que la doctrine du mondialisme, qui a grand besoin de ce préambule pour s'épanouir, fut ainsi mieux préparée et instruite sur l'Hexagone, en droit et dans les faits. Durant les régimes d'exception adossés à un état d'urgence pour un motif dit « *sanitaire* », mais tronqué et outrageusement transigé avec des licenciements et des contraventions iniques ; les confinements, les couvre-feux, les masques et les ausweis donnèrent l'illusion nécessaire pour faire passer pour vrai ce qui ne fut qu'une mascarade. Des allégations et des

82

échappatoires fallacieux de la Présidence entravèrent l'exercice démocratique du Parlement et de la justice du pays. Si le cheminement de ce *déconstructeur* fut tracé par son gourou Klaus Schwab, fondateur du *Forum,* honte à la France qui se laissa éconduire sans réagir contre la folie de ce mondialiste antipatriote, lequel persiste dans ses funestes desseins depuis le palais de l'Élysée, contre les Français désarmés par la confiance qu'ils maintiennent en leurs institutions !

ooo

Quant à la liberté de la presse en ligne, les sites d'information libre, comme *Boulevard Voltaire,* furent privés de recettes publicitaires, en raison du chantage exercé par des activistes anonymes, les *Sleeping Giants.* Ceux-là menacent les annonceurs de campagne de dénigrement et *de facto* d'interdiction de publication, puis de diffusion de clips publicitaires dans la presse écrite et les médias de l'audiovisuel subventionnés et autorisés. Sous le bâton de l'Arcom, ces indésirables ne peuvent plus compter sur des publicités qui sont leur seule vraie ressource pour survivre financièrement, nonobstant leurs abonnés payants dont la recette demeure aléatoire et insuffisamment lucrative.

S'agissant de la presse écrite, le couperet du Gouvernement s'abat sur l'intrus sans devoir en passer par une décision de justice. Les journaux libres sont privés d'exonérations et des aides d'État. Par ce procédé inique, une concurrence déloyale condamne inexorablement à la faillite cette presse insoumise, face à leurs confrères obséquieux qui gagnent ainsi du terrain commercial. Dans cet océan de la pensée unique, les médias qui seraient tentés de s'exprimer librement sur l'immigration, le chômage ou la gestion catastrophique de l'Exécutif, se verraient obligés, sous cette menace et intimidation, à pratiquer pour eux-mêmes l'autocensure, en se détournant des principes directeurs de leur métier, comme d'informer le public dans le droit fil de leur déontologie corporative. Quant à l'audiovisuel, ce berlusconisme fiscal procède de la même manière, en ajoutant le risque pour les mauvais élèves, d'une interdiction du droit d'émettre par la confiscation ou le non renouvellement de leurs canaux par l'Arcom ; ainsi en va-t-il avec *C8* et *CNews*.

La loi *Avia* (n° 2020-766 du 24 juin 2020), censée « *lutter contre les contenus haineux sur internet* », au prétexte de faire front à la violence des mots et des images, tels des appels à l'attentat sur le *Net,* d'où des attaques terroristes de l'islam (jamais traduites en clair dans les textes officiels), fut à ce point liberticide qu'elle fut vidée de sa substance par le Conseil constitutionnel. Mais il en subsiste l'« *Observatoire de la haine en ligne* » rattaché à l'Arcom. Ce gendarme politique pénalise sans discernement les dérives à caractère pénal de l'opposition politique, rappelant les pratiques de la Stasi. Derrière ce mobile opportun pour le régime, cet outil de censure généralisé sur l'internet cible toute information contraire à la bien-pensance de l'Élysée, en la faisant disparaître dans la disgrâce. Mais il ne s'agit pas ici de prestidigitation, mais d'un terrain essai pour la dictature *en marche*.

Le « *délit d'entrave numérique* » instauré par cet oligarchie a été électroniquement réinitialisé depuis les cabinets de consultants privés et les techniciens du numérique, pour reléguer les sites politiquement indésirables, aussi loin que possible dans les pages des moteurs de recherche, afin de laisser toute la place aux sites labellisés dispensateurs de la propagande de l'État-Macron. Ceux-là disposent de la faveur et du soutien du régime régalien. Cette technique insidieuse procède de chantages fiscaux et/ou d'ententes illicites entre la machine à broyer de l'État d'un côté, et les fournisseurs d'accès (FAI) avec les navigateurs Web (GAFAM ou Big Five) de l'autre. L'information n'est pas encore interdite par l'inquisition d'État, tant qu'elle demeure accessible dans une visibilité légale. Mais sous le marteau censorial du pouvoir dominant, elle devient simplement invisible, écartée faute de ne pas pouvoir abroger la Constitution... pour le moment. Pour réponse, l'internaute reçoit des codes indiquant un défaut ou un refus d'accès alpha-numérisé, sans savoir s'il s'agit d'une censure (Voir p. 11, « *Emmanuel Macron - Une anomalie présidentielle* », en bibliographie *in fine)*. À ce jour les procédés sont plus radicaux, puisque la page est aussitôt voilée par un plein écran privé du curseur de navigation. La menace se précise par un avertissement solennel qui bloque l'ordinateur et l'internet par le serveur d'accès, via le navigateur web, sans que l'on sache pourquoi et par qui fut provoqué cette coupure, et les dégâts sur le matériel.

Avec la « *certification des médias* », initié par l'UE et voulue par l'État- Macron, qui a donné lieu à deux propositions de loi (Texte n° 614 du 14 décembre 2022 ayant abouti à la loi n° 2022-309 du 3 mars 2022 pour la mise en place d'une certification de cybersécurité des plateformes numériques destinées au public, et la Résolution n° 62 du 17 janvier 2023), l'invisibilité est le sort qui est réservé à toute information contraire à l'esprit du pouvoir en place. Il ne s'agit nullement d'une volonté initiale de sécuriser les usagers du *Web* comme le titre l'indique, puisque ce texte s'inscrit sans contrepartie de recours contre l'État, dans le seul code de la consommation aux articles L 111-7-2 et L 111-7-3 ; lesquels décident d'un droit unilatéral de trier et de censurer, sans indication du pourquoi par le censeur.

Le risque d'être soumis à la traque des pirates du Gouvernement dans les recherches thématiques des internautes ou de travaux de publication, n'a donc jamais été autant présent dans notre monde binaire et pixélisé, avec d'un côté des médias « *labellisés* » dont la visibilité est incontournable, et de l'autre des pages sanctionnées et/ou supprimées par les hackers des ministères de tutelle. Au mieux, les cibles jugées *politiquement incorrectes* se retrouvent reléguées tout en bas des résultats affichés des moteurs de recherche, et deviennent quasiment invisibles pour le public.

Quotidiennement, des militants écologistes, immigrationnistes, LGBTQIA+, et autres thuriféraires serviles au régime, s'activent pour « *signaler* » toute publication heurtant leurs convictions, à dessein de faire sanctionner les médias qui refusent de se plier aux diktats de l'ordre établi par l'État-Macron. Quant aux recours en justice, les travaux censurés deviennent très vite obsolètes eu égard à l'actualité perdue devant la durée d'une procédure incertaine. Dans le meilleur des cas, le réseau social sera rétabli et le distributeur d'accès affichera ses excuses, mais le mal irréparable sera consommé. De surcroît, les logarithmes intuitifs font souvent des confusions d'interprétation, grisant des textes étrangers aux violations reprochées, que le dédale procédurier ne permettra jamais de redresser à temps les droits de la victime censurée par un robot. Quant à débusquer le fantôme invisible, les barbouzes intouchables et visqueux placés au service de l'État demeurent introuvables dans le dédale alambiqué des mandataires de droit privé sous contrat copieusement rémunéré entre Matignon et l'Élysée, en passant par la rue de Valois, la place Beauvau, et le bateau de Bercy. Comprenons que la vile astuce du Président Macron consiste à financer les services de sociétés privées, discrètes car peu repérables, en charge de conseils par des consultants parfois coupables de népotisme, du fait de leurs liens de parenté avec ces mêmes dirigeants ; ainsi Victor Fabius et David von der Leyen (Voir infra p. 177 et p. 20 à 24, « *La République en danger* », en bibliographie *in fine)*. Ce business glauque autorise ainsi le chef d'État à passer entre les mailles des parlementaires et celles de la justice, comme de dissimuler ses indélicatesses en Conseil des Ministres.

Nombre de réseaux sociaux qui relaient ces informations de la presse non subventionnée, font constamment l'objet de censures ou de blocages. La suppression de comptes, *via* l'intervention exécutoire d'une AAI ou API et régulateur institutionnel à la botte du Gouvernement, sur la soixantaine de ces médias est devenue habituelle (Source : Boulevard Voltaire, extrait de la pétition lancée au premier trimestre 2023). Ce que la loi de l'Élysée ne peut pas interdire en droit, ce pouvoir autoritaire en contourne l'obstacle ; *Exit* le droit positif ! En procédant à des interdictions, des floutages et des coupes sombres par le canal de personnes de droit privé non traçables, ces hackers mandatés par l'oligarchie pilotent sans risque et dans l'ombre une corruption imperceptible.

ooo

Une exigence qui postule pour l'universalité du mondialisme politique porte sur la désintégration géopolitique des États-Nation (Voir infra, p. 263), avec ce que cela entend d'occultation d'héritage culturel et historique des pays souverains, attachés à leur histoire multimillénaire. Si le multiculturalisme est louangé par la social-démocratie, ce *melting pot* se fait souvent le chancre du communautarisme. Mais lorsque les mondialistes font la gloire des globe-trotters, du nomadisme et autres citoyens du monde, ceux-là ne réalisent pas que ces derniers transportent avec eux leurs racines ethnique et géographique comme d'un patrimoine endémique qu'ils véhiculent, et non qu'ils abandonnent. Il en va des bédouins et des peuples qui transhument d'une région à l'autre avec leurs bétails, ou des Mongoles qui suivent la trace des troupeaux sauvages. Chacun porte en lui l'atavisme de ses gènes sociaux, alors que le mondialisme du *WEF*, qui veux les arracher aux hommes, prend le risque de déraciner les autochtones. C'est ainsi que le mondialisme convertit les citoyens en réfugiés ou déplacés.

Une nation est en soi une famille, même si tous ceux qui la constitue sont pour la plupart d'origine éloignée. La perte d'identité que prêche le *WEF*, par idéologie antinationaliste, ne peut que déstabiliser les individus qui se perdent dans un brassage hétérogène peu miscible, en perte de langue vernaculaire qui les retenait encore à leur socle. La culture et la religion ne peuvent que s'exprimer collectivement. Les frontières, qui précisent les tracés séculiers d'une nation, permettent à tout un chacun de se retrouver dans le fondement de ses origines, et par là de conserver un repère social, même à l'épicentre d'un brassage urbain congloméral. Éloigner ces individus les uns des autres, en les dispersant sans attache, ce serait les inciter à se rechercher ou à refonder des communautés à leur image, lesquelles par définition finissent en ghettos, comme il en va des migrants en terre inconnue. C'est dans la nature humaine que de se reconnaître dans l'autre, mais c'est inhumain de les isoler pour les priver de leur environnement, de les soustraire à la collectivité dans laquelle ils se sont épanouis. Le mondialisme, c'est la méconnaissance des couleurs, l'absence d'âme, la perte de conscience fraternelle ; l'uniformité pour étalonnage et la dislocation plutôt que le partage ou l'échange. D'aucuns subodorent que le patriotisme serait le détonateur des conflits. Pourtant, ce sont des réfugiés musulmans, déracinés ou apatrides, qui assassinent avec haine et sauvagerie les autochtones d'une nation qui les accueillent sur leur territoire. La guerre n'est pas dans l'esprit des patriotes, mais dans celui qui cherche à l'abattre.

On peut tout dire et son contraire, mais les faits sont têtus ; chaque tentative de constituer un empire sur la planète, autrement dit de tendre vers un mondialisme, eut pour dessein et résultat d'éliminer les différences. D'Alexandre le Grand, Rome, l'Empire Mongol, la dynastie Han, le califat des Omeyyades, en passant par les empires ottoman, perse, Byzantin, britannique, puis l'Urss et le IIIème Reich et j'en passe, les conquêtes mondialistes toutes se disloquèrent ou furent anéanties après en avoir décimés tant d'autres. Cette nuance culturelle, politique ou confessionnelle qui caractérise une Nation-État, donne le ton de la résistance depuis le tréfonds des mémoires. À travers un patchwork des genres, de cultures et d'ethnies qui se reconnaissent dans un étendard ou un chant, donc d'une patrie, ceux-là en oublient leur différence dans la défense de leurs valeurs communes et standard de vie. L'universalité appartient à la mosaïque des peuples, où la multitude doit replacer chaque pièce de l'échiquier dans son carré. L'harmonie est à ce prix.

Plus les États sont vastes et peuplés, plus il est difficile de gérer un territoire, et moins la démocratie est respectée. Les exemples de l'Union soviétique hier et de la chine aujourd'hui font la démonstration que le collectivisme tend inexorablement vers des régimes autoritaires. En échange, les pays comme les États-Unis, le Canada, l'Inde, le Chili et l'Argentine, parce ces pays sont constitués d'États, de provinces et de territoires bénéficiant en général d'une autonomie économique, ces nations réussissent à maintenir leurs droits constitutionnels qui protègent toute démocratie. Disloquer un pays ou territoire peuplé d'autochtones de même souche, ainsi que cela se produisit après l'ère coloniale d'Afrique au Moyen-Orient, fut une terrible erreur. Les plans de partage d'entre les deux grandes guerres mondiales, auront mis à mal l'unité des pays mal reconstitués en regard de leur histoire originelle (Voir p. 125 et bibliographie *in fine*, « *L'histoire vraie sur Israël*). D'autres furent démembrés sur des bases géopolitiques qui écartelèrent tantôt une civilisation, tantôt une culture, ou en provoquant des conflits xénophobes et inter-religieux. L'Afrique postcoloniale et les Balkans en furent des exemples criants.

Voilà pourquoi le dogme mondialisme est un échec assuré, en retenant que c'est l'exception qui fait la règle. Si l'histoire ne saurait se dupliquer, la nature humaine conserve ses mêmes atours depuis la nuit des temps, avec ses traditions, une mémoire symbolique persistante autour de cultes, de rituels et de folklore. Or, le mondialisme se pose comme l'antinomie de ces architectures culturelles locales et historiques. Pour ces hégémonistes de la planète, le brassage doit être uniforme et la personne dépouillée de son altérité, de sa dissemblance originale, de ses caractéristiques contrastantes. Ici, nous entrons tout droit dans un collectivisme pur et dur, où seuls la fortune et le pouvoir émergent de cette soupe populaire. Le *WEF* n'est rien d'autre qu'une dictature en gestation, avec un crédit social chinois, un ausweis identifié par un *QR Code* comme durant la crise Covid, puis une carte carbone alternative d'une écotaxe : « *Pay as you go* » !

ooo

90

La France fut autosuffisante, donc produisait suffisamment pour satisfaire ses besoins durant les années de croissance (les trente glorieuses de 1946 à 1975), où l'endettement public était quasiment nul avec 14,5 % de son PIB. Alors qu'avec la Présidence Macron, il faut comprendre qu'il s'agit d'une faillite abyssale avec la cessation des paiements de l'État qui a franchi la barre de plus d'un an de son PIB pour ± 111,6 %* (2 950 M^{ds} d'€ fin 2022 ; Insee : 27 mars 2023 : + 4,7 %). Ce record fait de la France la championne de l'UE par habitant du surendettement (Voir p. 183). Rien ne saurait autrement expliquer ce désastre, sinon une volonté présidentielle délibérée d'occire la France. À rapprocher du bilan statistique de l'*OCDE Data*, ce déficit publique de la France serait plutôt à hauteur de 137,7 %* ! Tel est la conséquence catastrophique d'une politique mondialiste pour le pays, où presque tout est importé et trop peu exporté. La France y perd son prestige industriel d'antan, mais aussi la confiance de ses fournisseurs, des banques et son poids diplomatique sur la scène internationale. L'autosuffisance revient désormais aux grandes nations comme la Russie (la moins endettée du monde après l'Estonie), la Chine et quelques autres petites géographies qui n'incluent pas l'UE effondrée de l'intérieur, avec des gestions aussi calamiteuses qu'en France cette dernière décennie. Si le royaume de France fut la première puissance mondiale sous le règne de Louis XVI, vers 1787 (Source : *Institut pour la longue mémoire européenne* d'Artur Van de Waeter), ce qui ne lui épargna pas d'y perdre la tête, sa chute s'examine à ce jour autour du règne jupitérien de l'État-Macron, amorcé par François Hollande (PS).

Il fallut attendre les années 1980 pour que le pays, après la reconquête de son économie sous la révolution industrielle, se place au 4ème rang mondial en termes de PIB nominal (OCDE Data), puis à la 7ème place en 2018. Mais en regard du pouvoir d'achat, du PIB par habitant et de l'endettement public confondus, la France a dégringolé à la 28ème place des pays les plus compétitifs, juste adossée aux PMA. C'est précisément à la jonction de ces deux critères d'appréciation de l'état de santé économique et social des États les plus faibles, que les mâchoires des géants de la finance et de l'industrie fondent sur le déclin des anciens pays industrialisés et du tiers-monde. En d'autres termes, le mondialisme est devenu le nouveau colonisateur des États occidentaux, à la façon des pays d'Europe dont la France, la péninsule ibérique et la Grande-Bretagne jadis, avaient investi des territoires sous-peuplés et sans État d'Amérique, d'Afrique et du Moyen-Orient.

Plus près de nous, la cupidité, la vanité, la perfidie et la malhonnêteté font bloc depuis l'Élysée et la présidente de la Commission UE* pour forcer les verrous des droits élémentaires, comme l'abandon de la souveraineté de la France au profit de ladite Fondation *WEF*. Ursula von der Leyen*, à l'appui des élus du Conseil européen, impose désormais son dictat en politique intérieur de l'Hexagone et de bien d'autres partenaires européens. S'agissant des droits fondamentaux si chèrement acquis depuis 1789, Emmanuel Macron ne cesse de laminer tout ce qu'il subsiste de dignité à la France, comme en grattant les fonds de tiroir de la Trésorerie de l'État, en dilapidant les recettes fiscales avant même de les avoir encaissées. En attendant de savoir qui remboursera un jour ces dilapidations et caprices d'un Président qui ne cesse de casser la tirelire du bateau de Bercy à coup d'emprunts bancaires, l'Exécutif se fait le *trader* de *blockhain*, de Fonds spéculatifs, de titrisations (dont le rachat de dettes du tiers-monde), et autres valeurs risquées en bourse, voire les obligations foncières ou les billets à ordre non garantis en banque, sinon assis sur les privilèges de certains prêts à usure, nonobstant aléatoires, et à haut risque pour le petit porteur.

ooo

Emmanuel Macron, devant le désastre de sa gestion financière, fait revivre la lugubre histoire médiévale de Philippe IV (le premier des rois maudits selon la légende), le tombeur des Templiers qui se fit traiter de « *faux-monnayeur* » par le prélat Bernard Saisset. Ce monarque, qui suscita des révoltes pour ses tricheries, avait toujours un besoin compulsif d'argent. Il fit réduire la quantité de métal précieux dans l'alliage des pièces de monnaie, mais sans en modifier la valeur ; une inflation avant l'heure, car il fallait néanmoins davantage de pièces pour payer son dû. Mais peut-être qu'en ajoutant son effigie sur cette monnaie, croyait-il y apporter une valeur ajoutée ! Aux dettes représentées en devises « *sonnantes et trébuchantes* », s'y ajoutent désormais des monnaies de singe à faire valoir sur les revenus des contribuables d'aujourd'hui, de demain et d'après-demain. Sur ce chapitre, les cryptomonnaies sont assimilables aux fantaisies du *Livre des métiers* en usage au XIIIème siècle ; un tour de prestidigitation qui permettait aux débiteurs de payer leurs créanciers avec des grimaces.

Ce danger d'incompétence et de malveillance récurrentes du chef d'État se prolonge avec la même intensité, entre la centaine de milliards d'euros l'an que coûte l'immigration du tiers-monde qui se déverse à sceau sur le territoire, qu'en politique étrangère où d'autres milliards d'euros sont investis en armements et munitions, pour participer à une guerre qui n'est pas la nôtre. Certes, les conflits armés entre les grandes puissances apparaissent désormais peu probables, eu égard à la dissuasion nucléaire. Mais l'économie de guerre, avec en aval ses périodes de reconstruction et d'expansion, se ressource désormais dans une autre lugubre bataille de salon, celle d'un pouvoir politique exorbitant retrouvé depuis les monarchies d'antan, ou des républiques bananières du XXème siècle. Cette kleptocratie, entre régime autoritaire et corruption, s'exprime différemment selon l'angle d'approche.

L'école mondialiste se fonde en une doctrine politique globaliste, laquelle rejoint paradoxalement le collectivisme - plus dans la forme que dans le fond - en annihilant les identités individuelles et les aspirations patriotiques, requalifiées par la diabolisation social-démocrate de nationalistes, de souverainistes ou de populistes. Dans l'esprit néo-colbertiste des régimes totalitaires, cette œcuménicité prédatrice animée par le pouvoir de l'argent, tend à se coaguler entre des personnes douées pour gagner et dominer les masses, d'où un symbole fort pour une prééminence initiatrice d'un ordre nouveau. Cette auberge espagnole, entre membres influents ; financiers, industriels, politiciens intellectuels de gauche, syndicalistes, se mêlent au sein de la secte *WEF* ; un lobbying qui se développa en 1971 sous la glose de Klaus Schwab. En filigrane, voyons ici un tropisme récurrent entre gens puissants et fortunés, lesquels s'agrègent avec l'objectif de soumettre les libertés inaliénables des États souverains au dictat d'une idéologie dominante et partiale.

Le processus consiste à prendre la main sur les dirigeants nationaux, d'abord en les convainquant, puis en les soumettant aux desseins supérieurs et ambitieux de cette puissante nébuleuse qui convoite de dominer le monde, tel un suprémacisme de genre

94

riche ou de souche patricienne. Dans ce continuum d'individus porté par la vanité et la cupidité, lesquels surestiment une dimension qu'ils n'ont pas, d'autres groupes de pression se positionnent en embuscade pour capter les élus et les institutions publiques en standby, tels des cibles exposées à ce champ de tir. Sous des dehors honorables, la stratégie porte sur la flatterie, un pharisaïsme de paroles en l'air et de démagogie outrancière, comme en faisant figure d'écologie, de lutte contre la pauvreté, ou encore pour contribuer à la recherche dans les domaines de la santé et du mieux-être social. Mais en toile de fond, tout ce qui nuit à la montée en puissance de ce pouvoir régalien doit être écarté, gommé. *Exit* la démocratie et les droits cardinaux que sont les libertés, la vie privée, la sécurité et la résistance à la pensée unique et aux contraintes jusqu'à l'oppression !

Emmanuel Macron est de ceux-là qui a rejoint le clan *des « Youg Global Leaders of tomorrow »* (GLT) de 2004 ; de jeunes recrues de moins de 40 ans, des petits seigneurs à la dent longue, mais un leadership catalyseur qui prône la *« grande réinitialisation »* (The Great Reset). Ce pourquoi ce chef d'État usa du vocable *« déconstruction »* pour exprimer son mépris des valeurs historiques de son patrimoine et le dénie de la culture de son pays ; une crispation derrière *« l'héritage commun jugé indivis »* par Ernest Renan (Conférence du 11 mars 1882 : *Qu'est-ce qu'une Nation*). Aux antipodes de la réalité et de l'honnêteté, l'État-Macron, c'est avant tout le théâtre du simulacre et du néant intellectuel, le rejet viscéral de l'indigénisme, tout ce qui rappelle le terreau des hommes et de leur histoire. Sa pulsion viscérale pour la mémoire de la vieille Gaule lui aura fait vomir sa morgue le 28 août 2018 devant la Reine du Danemark, Margreth II.

Emmanuel Macron aspire à rejoindre les grands de cet empire planétaire sous le gouvernement du *WEF*, car la France, pour lui devenue trop petite, étouffe ses prétentions mondialistes. Alors il lui faut éclater ses frontières, déliter, abattre, ruiner, arracher l'Hexagone de sa souche multimillénaire pour la livrer à l'anonymat d'une ruche d'insectes sociaux, après l'avoir bradée aux puissances étrangères et livrée à l'anarchie islamique par la voie des réfugiés. Sa réélection en 2022 n'est qu'une étape obligée dans son ascension mondialiste, car à terme, ce qui restera de la France se consumera de l'intérieur sous le lobbying des sociétés conseils. Pour parvenir à embraser ce qu'il reste encore debout de la France, l'État-Macron joue la carte de la partition, comme en jetant l'opprobre sur des citoyens circonspects et résistants, faisant des uns des mercenaires contre leurs compatriotes qui pensent différemment, même dans la légitimité du droit. Nous entrons ici dans une logique de discrimination et de ressentiment sous l'empire de la peur et du désarroi.

La démocratie confisquée au Peuple français, illusionné et vidé de sa substance révolutionnaire, s'y substitue désormais un régime présidentiel sans partage avec les mêmes prérogatives que les dictatures aristocratiques et impériales d'antan. En dépouillant les cotisants sociaux, en saignant les contribuables et les consommateurs, en instillant l'hypocondrie et la paranoïa dans les chaumières, puis en indiquant aux électeurs le seul cheminement qui mène à la fortune de leur favori, l'apprenti dictateur s'est constitué le champion dans ce jeu de rôle électoral, où la joute finale intronise le plus grand menteur et le plus incapable de toute l'histoire de la 5ème République.

La dégénérescence morale et intellectuelle de ce pouvoir régalien, éveille l'histoire médiévale des trois Rois maudits du XIVème siècle, après le sortilège lancé par Jacques de Molay sur le bûcher, grand maître de l'Ordre du Temple, trahi par Philippe IV, dit *Le Bel* ou *Roi de fer,* comme Jeanne d'Arc le fut en son temps par le roi Charles VII qu'elle avait diligemment servi. Dans cette allégorie, gageons que le bras séculier n'est autre que le relapse qui, depuis l'Élysée, n'a jamais cessé de trahir sa patrie par le mensonge et lui jeter l'opprobre, la dépouillant, l'asservissant et en brisant ses forces vives. Voilà donc un roi de plus, à l'instar de Louis le Hutin (Louis X ; un décérébré) qui fit tomber la France, vu dans la saga des rois maudits de Maurice Druon.

De Clovis jusqu'au dernier des Capets, puis du despotisme à l'autoritarisme de certaines présidences, à chacun de ces préalables la corruption fut la pierre d'achoppement de notre civilisation dont la vieille Gaulle hérita ; et même sans jeu de mot, celle que sauva Charles de Gaulle des griffes du nazisme, avec l'aide majeure de ses alliés contre les forces de l'axe. Mais qui nous sauvera d'Emmanuel Macron, un avatar des rois maudits susvisés ? En ayant réinstallé cet imposteur dans ses fonctions le 24 avril 2022, la corruption et la *déconstruction* du pays instrumentées par ce fossoyeur de la République, parachèvera cette entreprise de défrancisation patrimoniale du pays. S'y ajoutèrent le déni de la culture et de l'histoire française le 21 février 2017 à Londres, par Emmanuel Macron.

ooo

De la dénationalisation de la patrie gauloise à la conversion des standards démocratiques de la France, y passèrent en plus la déchéance des normes sociales, l'effondrement du système de santé, puis encore le déni du pouvoir législatif avec la succession de 411 ordonnances dès juillet 2017 (nombre arrêté le 8 février 2923) et le couperet de l'article « *49 alinéa 3* » de la Constitution par 12 fois ; 11 sous le Gouvernement d'Élisabeth Borne (Loi retraite, LFSS, LFI, LR, LPFP, LFR) et 1 sous Édouard Philippe. Le Président Macron, despote à n'en pas douter, n'a de cesse que d'appuyer sur le bouton de l'arme nucléaire anti-législative :

 - au nom d'une dictature rampante au chevet du *WEF* en embuscade,

 - aux puissances financières et industrielles étrangères, également aux starting blocks,

 - aux restes de la France jetée en pâture à la migration islamique, avec ses razzias et sa shari'a.

Le dessein le plus remarqué dans toute forme de dictature fut de démontrer qu'en organisant une captation des consciences, en fourbissant des coups d'assommoir ininterrompus de propagandes, puis en installant une phobie sans cesse renouvelée enfumée de menteries et de menaces, cela pouvait modifier les comportements et pérenniser la confiance populaire. Avec la rupture de la séparation des pouvoirs par un état d'urgence (Voir p. 189 à 196, « *L'antipatriotisme d'un chef d'État* » en bibliographie *in fine)*, sous l'empire d'une psychose orchestrée par le *Big Pharma*, puis encouragée par la pieuvre du *WEF*, il fut asséné au Peuple français le coup de grâce avec la montée en puissance de l'interventionnisme querelleur et martial de la Présidence de la France dans le conflit ukrainien.

Moult agissements iniques se produisirent avec la complicité inexcusable de nombreux élus du Peuple corrompus par l'Exécutif, y compris au sein du Conseil constitutionnel frappé à sa tête par le népotisme de sa présidence, Laurent Fabius. Tandis que la crise dite sanitaire aura asséché les finances de l'État par la gabegie d'un Exécutif irresponsable et affabulateur, le conflit ukrainien est devenu une guerre de territoire dont la France n'a aucun intérêt à revendiquer, sauf pour le chef d'État français qui se voudrait incarner Saint-Louis adossé à son chêne de justice. Ce premier paracheva le délitement d'une démocratie devenue inopérante, car seulement rescapée sur le papier.

L'état d'urgence fut une stratégie politico-sanitaire d'enfermement, voire de réclusion en Ehpad des séniors, la confiscation des audiences publiques aux pouvoirs législatif et judiciaire placés en sourdine, puis le détournement et la récupération du droit d'expression et à l'information des médias par le processus pervers d'un berlusconisme fiscal. Ces gesticulations n'eurent pour résultat que d'affaisser la France sur tous les tableaux. Pour comprendre le sens que prend un régime politique durci par un esprit totalitariste, puis encouragé par le silence des citoyens tourmentés sur leur devenir immédiat et le climat anxiogène que l'État-Macron infligea sur la Nation, selon l'analyse d'Hannah Arendt (« *The origins of Totalitarianism* », 1951), seul peut y répondre le « *culte du chef* » ; une dissociation de la personnalité qui rappelle la publicité des lessives : « *Le tout en un* » !

En s'accaparant de l'ensemble des pouvoirs, le dictateur use de son leadership pour s'assurer tous les rôles ; de l'Exécutif au législatif en passant par le judiciaire. Pour confondre le sens de ce cas d'espèce, il faut remonter au régime du IIIème Reich, nonobstant des détonateurs différents ; l'un étant la crise de 1929 en Allemagne avec le Traité de Versailles, l'autre la crise sanitaire fin 2019 en France. Mussolini, Staline, Castro, Pol Pot, Ceaușescu et bien d'autres entrèrent dans ces sphères du totalitarisme, là où Emmanuel

Macron semble s'être inspiré, comme en usant de certains outils constitutionnels, ainsi l'état d'urgence, les confinements et les couvre-feux. Puis ce furent les ausweis sous forme d'autorisation de sortie, les pass-sanitaire et les *QR Code TAC* sur smartphone qui interdisent les accès à une vie normale. Mais d'autres instruments, entre prévarications et abus de pouvoir, auront servi ce totalitarisme, depuis l'Élysée qui a sévi de la pire des manière, en s'adossant à l'enseigne d'une démocratie galvaudée, dès 2020.

Il en ressort que l'ensemble de ces privations de liberté mis en place sur trois années de crise n'ont eu pour seul effet, à défaut d'avoir été prophylactique, que de permettre une montée en puissance de la psychose, de l'hypocondrie et de la sinistrose dans les foyers, dont tous les yeux sont braqués sur le poste de télé… la bouche ouverte pour tout avaler ! À l'appui de ces facteurs psychologiques anxiogènes qui brouillent le sens des réalités, puis anéantissent autant l'esprit de discernement que le courage de s'exprimer, puis enfin rompent les moyens d'accéder à une juste information qui ne soit pas dirigée et censurée par un État qui se dit « *Providence* », cette camarilla de *sachants* et de *possédants* sont prêts à fondre sur le monde tel un essaim de criquets pèlerins sur un champ de blé. Tous ces conjurés prêts à bondir attendent en embuscade. Cette ligue d'imposteurs aux dents longues intrigue depuis l'antichambre d'une nouvelle ère œcuménique au pouvoir transcontinental ; une révolution emmenée par des marionnettistes dont le patriotisme est initié sous l'idéologie de frontières virtuelles retracées par la secte *WEF*. Les biens sont transplantés dans les coffres anonymes des paradis fiscaux, sinon numérisés en cryptomonnaies dont la seule valeur d'échange est convertible en spoliations boursières pour les petits

100

porteurs naïfs, en échange de monumentaux profits pour leur émetteurs initiateurs et initiés. Soyons persuadés qu'aucune compromission, entre le passage d'une démocratie à celui d'un régime autoritaire sous couverture d'une crise fabriquée de toute pièce, quelle qu'en soit la nature et l'heure, ne saurait aboutir sans l'indifférence et l'incrédulité d'un Peuple qui, à ce jour, aura baissé la garde par absence de lucidité, de vigilance ; une apathie qui confine au renoncement.

F - Les impacts économiques et financiers depuis la sphère de décideurs occultes figurent comme les premiers reliefs d'une déconfiture des États occidentaux

Tandis que s'épuisent peu à peu les capacités de gouvernance des États démocratiques et souverains, au profit de la prééminence des pouvoirs financiers transnationaux, depuis :

- historiquement la rupture représentative bimétallique des monnaies depuis l'accord de Bretton Woods de juillet 1944 ayant réuni 44 pays, autrement dit l'abandon du système de convertibilité du dollar américain lors de la Conférence de Washington au Smithsonian Institute le 18 décembre 1971*,

- l'obsolescence du Conseil de sécurité (un avatar des 23 derniers membres de la Société des Nations dissoute le 20 avril 1946) des Nations Unies de plus en plus prégnante, eu égard aux différends économiques et politiques des membres permanents,

- la perte d'influence des institutions comme le *FMI*, la Banque mondiale ou la BEI, où le tiers-monde n'y trouve absolument pas le ressort approprié en termes de sécurité alimentaire et de développement, alors que le *GATT* et l'*OMC* fonctionnent à plein rendement pour les pays industrialisés ;

101

... une nouvelle dynamique se profile à ce jour avec la fusion des intérêts industriels et monétaires à l'Est, sans qu'il fût entendu un projet d'alliance diplomatique et géostratégiques entre la Russie et la Chine. Mais depuis 1971* à l'Ouest, une nouvelle entité politico-financière, adonnée au *WEF*, se fait jour de façon de plus en plus prégnante, faisant corps avec montée en puissance des décideurs industriels et financiers. Ceux-là sont de mieux en mieux armés, à la faveur des zones de franchise fiscales offshore et à la fabrique des puissances multimilliardaires apatrides, capables d'ébranler les souverainetés nationales lorsqu'elles s'avèrent en difficulté, afin de les amener à rejoindre le clan mondialiste sous l'autorité du *WEF*.

Cette montée en charge supranationale se heurte aux réticences nationales et souverainistes des États de l'Europe, d'Occident en Orient, encore accrochés au symbole fort de la chute du mur de Berlin le 9 novembre 1989. Cet évènement marqua la fin de la guerre froide avec la dissolution du pacte de Varsovie, faisant disparaître peu à peu les grandes frayeurs du communisme qui furent spécialement marquées aux États-Unis par un maccarthisme implacable et féroce. Signe des temps, le collectivisme renaît, mais cette fois en Occident, sous des dehors mondialistes avec le *WEF*, où la gestion globaliste des États démocratiques avalent progressivement les Droits de l'homme sous des prétextes sécuritaires, sanitaires ou écologiques, pour soi-disant lutter contre les fléaux du terrorisme, des pandémies et du changement climatique.

Sur un autre registre, nous remarquerons la correspondance - sinon une corrélation révélatrice - entre la rupture de l'indépendance nationale des États

102

dispersés, donc fragilisés par leur faible potentiel, et l'abandon de la convertibilité de l'or en dollar, là où en juillet 1944, l'étalonnage de la richesse d'un pays se mesurait en fonction de son poids en métaux précieux. Or à ce jour, les accords déterminant les grandes lignes de la puissance financière des États se mesurent à la position du curseur économique du pays ; « *du dollar Gap au dollar glut* ». Comprenons aussi pourquoi les vieilles nations d'Europe héritées de leur histoire souvent multimillénaire, s'agglutinent les unes aux autres ; un phénomène qui se rencontre sur le vieux continent avec la constitution de l'Union européenne, mais aussi avec la Fédération de Russie qui reprit une place cependant plus modeste que l'URSS. Puis encore des alliances d'Asie et du Pacifique à prépondérance économique fusionnent, ainsi le partenariat régional global réunissant quinze pays sinon plus, entre l'Asean *(Association des Nations de l'Asie du Sud-Est)* et l'APEC *(Asie-Pacifique Economic Cooperation).* Le tout sous l'impulsion de la Chine, on y retrouve autant les pays d'Amérique du Nord, l'Australie et la Russie entre autres, sous l'égide de l'*Asean regional Forum.* Cependant, au regard de la géographie, du PIB, de l'état des finances publiques et de la démographie volumétrique des consommateurs, comprenons que l'UE fait aujourd'hui figure de petit poucet.

Outre le sursaut dynamique, sous la présidence américaine d'Harry Truman, de l'*Economic Cooperation Administration (Plan Marshall,* ou en anglais *European Recovery Program* du 12 mars 1947) d'endiguement antisoviétique, et l'année suivante la création de l'*Organisation européenne de coopération économique* du 16 avril 1948 cooptée pour redresser les désastres de la guerre ; cette simultanéité ne fut pas le fruit d'un hasard. De fait, cette action conjuguée constitua la clé de voute de l'*Oncle Sam* et des fortunes émergeantes pour consolider les intérêts énergétiques et industriels de plus en plus prégnants sur le vieux continent. Ce fut sur cette nouvelle base d'expansion qu'apparut, non par le plus grand des hasards, une matrice du *WEF* : alors l'*European Management Symposium*.

Vraisemblablement introduit dans une logique de plateforme internationalisée, ce symposium y fit douillettement son lit tapissé de monnaies aux spéculations plus élastiques et transnationales. Des premiers milliardaires s'y intéressèrent, et la réponse de l'Europe ne se fit pas attendre. De sorte que la fin de la règle des taux fixes, sous l'actualité brûlante du conflit israélo-arabe qui fit frémir les taux d'échanges, aura permis l'installation discrète de cet observatoire industriel, financier et monétaire entre l'Europe et les États-Unis. Les deux grandes puissances industrielles et financières, avec le Japon de nouveau émergeant sur la scène économique passé le chaos de l'après-guerre, se retrouvent désormais en compétition sur la scène internationale avec la venue inattendue de la Chine exorcisée de son Livre Rouge ; « *Quand la Chine s'éveillera, le monde tremblera* » (Alain Peyrefitte). Puis s'y ajoutent la Russie désincarcérée de l'URSS, puis encore l'Inde et les pays traversés par *la Route de la soie*.

Cependant en Europe, le Traité de Rome et d'Euratom de 1957, précédé par la CECA qui traça la voie de l'UE en passant par la CEE, n'aura pas fait de vieux os, nonobstant la résistance des monnaies nationales puis de l'« *ECU* » *(European Currency Unit)*, une monnaie fictive de compte unique, panier moyen des monnaies locales face à la nouvelle donne du serpent monétaire international (SMI) durant l'Europe des Neuf. Il en résulta que le serpent monétaire européen (SME), de mars 1979, fut une transition obligée avant l'avènement de l'euro à l'aube du XXIème siècle. Face à la récession, les crises entre l'OPEP avec les deux chocs pétroliers, la pandémie-Covid et la réapparition de la guerre froide entre les territoires tampons de l'Ukraine, l'UE s'approprie de nouveaux instruments monétaires, tels les crytomonnaies, pour combler la dette publique, le déficit des liquidités et relancer la consommation, donc de la production.

Face aux interrogations et inquiétudes que suscitent les improvisations de l'Union, un début d'explication se dessine à travers les faits d'actualité qui bousculent l'Europe. Un réflexe d'autodéfense se fait jour devant ce changement de paradigme entre les puissances industrielles. Passé le traité de Maastricht de 1991/1993 qui institua notamment la citoyenneté européenne, les accords de Schengen de 1999 sur la libre circulation des biens et des citoyens de l'Union, et quasi simultanément l'introduction d'une monnaie unique européenne, l'euro, après la création de la Banque centrale européenne (BCE), nous entrons à présent dans l'ère du troc sur l'internet à l'aide des plateformes d'échange. De surcroît, de nouvelles monnaies de singe envahissent les marchés financiers. Or, ces dernières, non adossées à des biens corporels, peuvent s'évaporer comme les bulles de savon en Bourse, auxquelles s'ajoutent des actifs titrisés peu liquides, des obligations en portefeuille de dettes, *Value at Risk* ou VaR et monnaies virtuelles en crypto-actifs qui s'improvisent aussi comme des instruments d'échange, cependant quasiment jamais garantis, sauf par la banque européenne d'investissement (BEI) qui les reconnaît. Ces pratiques soufflent un regain d'intérêt en période de faible rapport de dividendes sur investissement, et l'affaissement des revenus face à la hausse des prix. Comprenons que le *WEF* ne joue pas un rôle tampon entre les échanges transactionnels, mais plutôt s'auto-protège entre multimilliardaires à l'aide de niches fiscales, où des fortunes se coagulent, placées à l'abri des secousses géostratégiques qui refont surface passé l'éclatement du rideau de fer.

Le *WEF* se présente comme l'administrateur-placier des fortunes, dont les sociétés conseils et de cabinets de consultants à sa botte, tous agissant en mandataire ou en fusible pour alerter et changer de cap lorsque des évènements apparaissent opportuns. Ces entités, bras articulés du *WEF,* distribuent leur compétence auprès des chefs d'État pour orienter ou manipuler les politiques intérieures. Ainsi en est-il entre Emmanuel Macron, la Commission UE et la société *McKinsey* qui fait grand bruit dans les médias, en regard des délitements qui secouent la France en première ligne. Dans ce jeu des corruptions, McKinsey travaille pour le compte d'Emmanuel Macron depuis dix ans, sans que cette société-conseil n'ait payé d'impôts, ni facturé sa participation active aux campagnes électorales de son employeur deux fois candidat à l'Élysée. Échange de procédés : l'un efface des sommes d'argent de ses comptes de campagne pour tricher, l'autre s'est enrichi de 1,3 M^{ds} d'€ en retour de ses prestations entre 2011 à 2021 en payant « *zéro* » impôt jusqu'en 2020 (Source : Cellule d'investigation du service publique de *Radio France).* Cette corruption s'étend depuis l'Exécutif à l'ensemble des opérateurs privés, le tout administré depuis les sphères du pouvoir informel du *Forum ;* sorte de marionnettiste qui conditionne le spectacle en tirant les ficelles des marionnettes politiques.

Pour compenser l'affaiblissement des finances publiques érodées par ces trafics crapuleux, les valeurs à risque, présentées avec des plus-values rapides aux intérêts alléchants, sont généralement le fruit de spéculations entre les émetteurs initiés (délit) sur les marchés financiers. Ces donneurs d'ordre ne se font jamais prendre au filet de la justice, mais ils ne manquent jamais de détrousser les petits porteurs au profit des noyaux durs, via des entreprises de trading (*hedge funds* et maison de courtage spécialisés en produits d'investissement). Réalisons que l'ingénierie financière qui gère les mastodontes en bourse, doivent peser sur tous les continents à la fois depuis les plateformes boursières les plus actives. Telle une toile arachnéenne, les curseurs sont poussés depuis les écrans des sociétés de courtage, sous les boutons animateurs des opérations sur titres des instruments financiers. En bout de course, le petit porteur se pose en réceptacle que l'on appâte puis que l'on gruge.

La *COB** n'est qu'un paravent pour dédouaner les pouvoirs publics, car les tricheurs en bourse ne se font quasiment jamais prendre, sinon, pas moins d'un délit d'initié serait démasqué par jour ! D'ailleurs, la police a débusqué des affaires de délit d'initié au sein-même de la Commission des opérations boursières* en juin 2000, portant entre autres sur une opération d'OPE, où des agents responsables de la surveillance des marchés furent épinglés au motif d'enrichissement personnel après avoir profité des informations dont ils avaient le privilège d'accéder. D'autres escroqueries de cet ordre firent l'objet d'enquêtes *a posteriori* par le parquet financier de Paris. Mais nul ne sût l'ampleur des fraudes, les fuites d'informations et les complicités politiques qu'emportèrent la confidentialité sous le sceau de l'amnésie au sein de cette institution (AAI créé en 1967 ex-Comité des bourses de valeurs [CBV]).

De telles lugubres affaires, aussi affligeantes que répétitives, laissent un affreux doute planer sur cette institution, quel que soit le patronyme qu'elle porte, car précisément chargée de contrôler la probité des mouvements en Bourse, alors qu'elle n'est même pas capable de s'autocontrôler. Pour laver tout soupçon ultérieurs, un remaniement de cette Autorité donna lieu à une fusion, trois ans plus tard, avec le Conseil des marchés financiers (CMF) pour former l'Autorité des marchés financiers (AMF). Malgré la perméabilité dissolue de la COB, il fut repris les mêmes têtes pour tôt ou tard recommencer, puisque le dirigeant de la COB fut reconduit à son poste à l'AMF, pourtant responsable, juste après cette restructuration. CBV, CMF, COB, AMF ; même combat, mêmes risques, mêmes illusions car l'argent n'a pas d'odeur, surtout lorsqu'il est numérisé, donc volatile.

Il ne fait guère de doute que si les marchés boursiers de la planète s'entendaient afin de créer un réseau tentaculaire de surveillance internationale pour contrôler la probité des mouvements de fonds, les indicateurs seraient vraisemblablement plus fiables pour déloger les corrompus. Certes, une directive concernant les droits des actionnaires (SRD 2) pour une transmission d'informations coordonnée à toute l'Union, et la facilitation de l'exercice des droits des actionnaires, dont la création de l'*European Security and Markets Autority* (ESMA) répond à cette nécessité intracontinentale. Mais ô combien est-ce encore très insuffisant et peu opérationnel, car pour ces fraudeurs, ce serait se tirer une balle dans le pied. En l'absence d'une surveillance planétaire simultanée, tout reste possible pour servir les malversations, lesquelles comme aux échecs, ont toujours un tour d'avance !

Car il reste encore les plus gros morceaux comme la *Financial Servicesd Authority* à Londres, la *Securities and Exchanges Commission* aux États-Unis, la *Financial Services Agency* au Japon et en Allemagne le *Bundesanstalt für Finanzdienstleitungsaufsicht* etc. Puis encore, c'est sans compter la Chine et de nombreuses places fortes de la finance boursière dans le monde qui s'imbriquent les unes aux autres, ne laissant aucune chance aux contrôles nationaux comme l'AMF de se doter d'un filtre efficace à 100 %. Les acteurs de la distribution transfrontière des fonds d'investissement ne manifestent d'ailleurs aucun désir à coopérer, donc à se livrer à un partage de leur pré carré respectif, à peine, sous cette transparence, de ne plus pouvoir manœuvrer dans l'ombre et à s'enrichir sans compter !

Il ne fait absolument aucun doute que les petits investisseurs resteront les cibles privilégiées de ces mouvements spéculatifs entre les dirigeants (tous) initiés. Leurs traders programment et déclenchent dans la plus discrète confidentialité des transactions spéculatives pour vider, d'un krach boursier à l'autre, spéculations, *OPA-OPE-OPR- OPV* et augmentation de capital, les portefeuilles de valeurs des millions d'investisseurs non professionnels. Par l'effet des vases communicants, garnir les avoirs des noyaux durs d'initiés, des géants constitués de sociétés et de personnalités multimilliardaires, se traduit par tirer les ficelles des mouvements de fonds, sachant que ces manœuvres obscures vidangent les avoirs des petits.

ooo

Depuis les années 80, un déséquilibre ostensible s'installe au cœur des pays-membres de l'UE, et plus largement dans le concert des nations depuis l'Otan, car les superpuissances russes et chinoises pèsent désormais plus lourd en termes financier, industriel et démographique. De surcroît, la Russie met en place un panier de devises de réserve du BRICS ; une monnaie alternative qui regroupe des pays partenaires à l'Est et Sud Est asiatique, Chine, Inde, Brésil, Afrique du Sud, Turquie, Algérie, États de la Péninsule arabique… pour *dé-dollariser* à terme les échanges internationaux (Source : Soveregn Rating). Voilà comment s'organise la planète depuis les années 2020, entre les deux-tiers du monde que représentent d'une part ; les puissances asiatiques et slaves russophones, souvent d'obédience politique autoritaire mais économiquement solidaires avec l'APEC, l'OCS, l'OTSC… (Voir, « *La République en danger »,* p. 119 à 123), et d'autre part ; l'Europe judéo-chrétienne qui cherche confusément à se raccrocher au socle hiératique et sa suprématie impérialiste d'antan.

À dessein de récupérer cette architecture politico-industrielle qui s'est nourri de vingt à trente années d'expansion autour de la superpuissance américaine d'après-guerre (entre le Plan Marshall et les chocs pétroliers de 1973 et 1979 qui auront fortuné les plus riches), et fondre les pays souverains dans le brasero d'un mondialisme intercontinental, la secte *WEF*, aux prétentions redoutablement liberticides, s'évertue à mettre en place un système politique totalitaire dans une économie kleptocrate fondée sur un régime ploutocrate, entre oligarques et despotes. À la faveur de forfaitures et trafics noyautés entre marchés altérés d'ententes et de concussions, une pyramide de sociétés extraterritoriales prend le relais des systèmes fiscaux nationaux, en détournant les profits industriels, commerciaux et crapuleux dans la manne des comptes numérotés offshore ; un no man's land de la finance internationale où s'est installé le *Forum Économique Mondial (FEM* ou *WEF* en anglais).

La nature ayant horreur du vide, les impôts et les charges sociales que ne paient pas les consortiums sur leurs profits cumulés dans leur pays respectif, seront fatalement déboursés par les contribuables et les cotisants nationaux, et pour une part plus large par le déficit public cumulé des États dont l'aboutissement se traduit par leur insolvabilité et la banqueroute au bout, ainsi la France d'aujourd'hui sous l'État-Macron. En appauvrissant les États privés de cette ressource productive de biens et de services, le *WEF*, soutenu par la Commission européenne sous l'indigne présidence d'Ursula von der Leyen, participe à cette mainmise des membres de l'Union qui perdent leur souveraineté économico-financière. L'érosion de l'indépendance de ces États affaiblis profite donc audit *Forum*, lequel absorbe les pouvoirs perdus par les États sombrés dans la déconfiture, se posant en donneur d'ordre comme en vidangeant les populations autochtones par l'exode d'un grand remplacement de migrants. Tel un rouleau compresseur, cette stratégie écrase un à un chaque reliefs d'une démocratie résiduelle.

Comprenons qu'il ne s'agit pas, de la part de cette entité conglomérale retranchée en Suisse, d'une volonté politique, même si elle est hypocritement exprimée, de restaurer une période de prospérité populaire héritée de la reconstruction de l'Europe passé la seconde Guerre mondiale. Il en résulte que le *WEF* n'a d'autre ambition enfouie que d'exploiter des opportunités géopolitiques à la faveur des immenses fortunes occidentales conglomérées les unes aux autres. Ces thésaurisateurs se sont constitués durant cet intervalle d'opulence, même s'ils se sont gavés en butinant sur la pauvreté, les guerres et les maladies des PMA (pays les moins avancés), des PVD (pays en voie de développement), NPI (pays nouvellement industrialisé), et même ces dernières années au cœur des États industrialisés en perdition (encore sans acronyme sur les fiches techniques de la *Vie publique)*. Les annonces déclamatoires de cette organisation souterraine, comme de prétendre améliorer la santé, réduire la faim dans les PMA, pourvoir à la recherche fondamentale et industrielle, ou de se consacrer à assainir le climat, investir pour l'environnement et autres balivernes, ne sont que des fables et impostures aux antipodes d'une réalité gouvernée par la cupidité et l'arrogance de quelques fortunés.

G - Cibler la santé et la sécurité des citoyens s'avère un procédé radical pour écraser toute velléité du Peuple pétrifié par l'appréhension de coercitions prétendument protectrices et d'un conflit armé

La crise mondiale de fin 2019 à nos jours, autour de la pandémie du SARS-CoV-2, un virus qui fut fabriqué en laboratoire, et prétendument combattue par des vaccins tous autant dangereux que le virus lui-même, furent élaborés par ce même *Big Pharma* aux laboratoires solidaires dans le profit, mais beaucoup moins dans le respect de la santé et de vie humaine. Ce stratagème illustre l'influence planétaire de cette coterie de gens de politique et de fortune quasiment tous complices à la manœuvre, ajouté au *Big Data*, à la *Big finance* ; une société « 2.0 » de l'ère industrielle « 4.0 ». Toute cette fraternité de corruption aura manipulé le monde entier, en passant par la mainmise sur des chefs d'États et des corporations influentes, pour la plupart stipendiée tels des mercenaires au service de cette débauche organisée, d'autres rattrapés par le chantage des alliances qui les phagocytes. Dans ce rôle de gendarme européen, Ursula von der Leyen s'est constituée la courroie de transmission de *WEF*.

Pour accélérer ce processus de reconquête suprématiste des pays euro-américains face aux géants asiatiques, le mode opératoire devait en passer par une fabrique de crises en série ; sanitaire, écologique et énergétique, puis des revendications territoriales au parfum martial comme il en va avec l'Ukraine. Après les traumatismes hypocondriaques de la pandémie, la coupable consommation des citoyens dénoncée par le lobbyisme écologique, le rationnement de biens alimentaires et les pénuries énergétiques, vient s'ajouter désormais la psychose d'un nouveau conflit mondial au prétexte de la guerre civile en Ukraine ; autant d'ingrédients délétères et paranoïdes pour « *déconstruire* » (État-Macron) ou « *réinitialiser* » (WEF) les démocraties en perdition.

Cette arithmétique assaisonnée d'un climat de psychose et de paupérisation des citoyens entre ; l'insécurité liée à l'immigration intensive de réfugiés islamiques, pépinière de terroristes, fomenteurs d'émeutes urbaines et de désordre social, le tout lié à la désindustrialisation du pays, donc le chômage, puis l'inflation d'où la baisse du pouvoir d'achat, a pour dessein, vu par le *WEF*, d'affaiblir les démocraties occidentales, de gommer les frontières physiques, et de surendetter les États indépendants du vieux continent, jusqu'à les asservir par la banqueroute publique et l'assistanat des citoyens laissés-pour-compte. Ici encore, la peur sert de modérateur dans l'opinion publique, de sorte que les citoyens de l'UE ne réagissent plus. Ils subissent et capitulent devant le pire que leur promettent ceux-là mêmes qui instaurent cette chute des valeurs sociales, la rupture des droits fondamentaux, la disette des moyens et les pénuries.

Les subventions et les allègements de l'État-Macron (chèque énergie, ristourne d'État provisoire à la pompe à carburant, prime à vie chère, offrande de quelques euros pour ceci et pour cela…), sont de ridicules compensations souvent suspendues à des conditions très restrictives. Cette aumône fait illusion dans un peuple suborné et méprisé à son insu par leurs élus. Cependant, dans l'intervalle de cette soi-disant générosité, les prix auront doublé pour remplir la cuve à fioul domestique afin de se chauffer, et le coût du kilowatt s'est envolé de cinq à dix fois plus cher pour les professionnels, au motif dissimulé de fournir du matériel de guerre à un pays étranger avec lequel ni France ni l'Union européenne n'avaient auparavant signé d'alliance diplomatique, ou conclu quelque lien géostratégique. Emmanuel Macron se joue de la naïveté du Peuple français de plus en plus angoissé. Si les médias avaient l'honnêteté d'accomplir leur devoir d'informer, les forfaitures de l'oligarque auraient été depuis longtemps démasquées. Mais une presse qui se vend au Gouvernement, pour mériter des aides et des allégements fiscaux, n'est plus un journalisme, mais un relai assidu de la propagande d'État.

°°°

Même si ce n'est pas la première fois que des journalistes se font expulsés, un fait sans précédent depuis la dernière guerre mondiale vient de se produire en France le 17 mars 2023, à l'occasion des défilés de rue relatifs à la réforme des retraites. Deux reporters, Paul Ricaud et Chloé Gence qui couvraient l'information, mandatés par leur comité de rédaction, furent arrêtés avec force et violence, nonobstant la présentation de leur carte de presse, jusqu'à ce que des CRS étranglent la jeune femme pour l'immobiliser à terre comme une délinquante, alors que ces deux journalistes couvraient l'événement, certes interdit par la préfecture de Paris. Leur collecte d'informations et les clichés rapportés de la manifestation ne souffraient pas d'une intention propagandiste, mais d'un travail professionnel mandaté par leur bureau de rédaction. Sachant que si le cortège était empêché de défiler par arrêté administratif, cet évènement ne pouvait se voir écarté, donc confisqué de l'information publique, à peine de dénoncer un dénie de la loi du 29 juillet 1881 sur la liberté de la presse, de violer l'article 11 de la liberté d'expression et d'information de la Charte des droits fondamentaux de l'UE, où la liberté des médias et leur pluralisme doit être respecté (alinéa 2), puis encore de contrevenir aux articles 10 et 11 de la DDHC en préambule de la Constitution française. Mais ce jour-là à Paris, nous avions l'impression de rejouer les scénarii de films de Costa-Gavras : « Z » et « L'aveu ».

En dépit de cette légitimité couverte par le droit national et international, le placement en garde à vue des journalistes indépendants susmentionnés, dont le reporter photographe pour le Média, ne fut même pas interrompu, ni justifié ou excusé par le ministre de l'Intérieur, puisque malgré l'intervention de la défense judiciaire et de la hiérarchie du comité de rédaction, cette rétention politique fut de surcroît prolongée, avec l'intention d'une procédure de comparution immédiate pour ne pas avoir l'air de se désavouer (Source : Midi Libre - Publié le 18 mars 2023). Mais avec le relai des représentants corporatifs, notamment du Syndicat national des journalistes*, les prévenus furent enfin libérés le dimanche suivant sans autre imputation réquisitoriale du parquet. Il fallut attendre le tollé scandalisé et solidaire de leurs confrères français et étrangers, pour que les poursuites engagées soient abandonnées, faute de délit avéré. Devant cet arbitraire évident, la preuve est ainsi faite que cette

115

dictature emmenée par l'État-Macron est bien *en marche* ; une *renaissance* de la monarchie autocratique.

Le SNJ* déplore que cette pratique inexcusable de la puissance publique contre la liberté de la presse soit de plus en plus fréquemment répliquée dans l'actualité, et les professionnels de l'info réprimés, voire molestés. Appréhender, violenter et humilier des journalistes dans l'exercice de leur fonction, même lors de mouvements de collectifs interdits, constitue une entrave flagrante aux droits fondamentaux dans une démocratie instituée. Le prétexte contrefait d'évoquer une collusion entre la presse et des manifestants n'est qu'un amalgame inique, car sans motif plausible pour un journal d'informations généralistes et non partisan. De telles agissements indignes d'une république, devenue totalitaire, sans doute télécommandés depuis le sommet de l'Exécutif, gomme l'idée que la France soit encore un État de droit et une démocratie depuis que l'Élysée s'est constitué en État-Macron. Par la voie des ministères de la culture et des finances, l'oligarchie rétribue et accorde des privilèges fiscaux la presse qui lui est servile, mais *a contrario* censure à outrance les médias d'opposition à ce régime drastique, qui eux n'ont droit à aucun allègement ni exonération.

Or, un État sans journalisme indépendant n'est plus une démocratie. Jacques Chirac croyait que : « *Le mensonge est une pratique détestable contre laquelle nos démocraties occidentales sont largement protégées, grâce notamment à l'action de la presse* » (voir p. 106 à 112, « *Emmanuel Macron - Une anomalie présidentielle* », en bibliographie *in fine*). Dans ce climat anxiogène, il est indiqué qu'il vaut mieux chuchoter que de dire les choses telles qu'elles sont, car la Constitution ne protège plus la Nation contre le foisonnement de lois

116

injustes promulguées par un système de gouvernance autocrate. De fait, le chef de l'Exécutif ne respecte même plus la séparation des pouvoirs avec l'abus du « *49-3* » et des centaines d'ordonnances pour évincer le pouvoir législatif (Voir supra, p. 76).

En l'occurrence, il s'instaure un délit d'opinion devant toute opposition qui s'exprime à l'aide de la censure et des moyens numériques (IA, 5G, CRF) pour tout surveiller et gommer du Web l'information qui disconvient à la pensée unique de l'establishment (Voir p. 160 à 165, « *Covid, la poule aux œufs d'or - le business des vaccins* », bibliographie *in fine*). Cette inquisition, ourlée d'avertissements censoriaux contre ceux qui s'arcboutent contre cette police de *politburo,* se dédouane au motif du terrorisme que l'Exécutif introduit lui-même sur le territoire avec le déferlement ininterrompu de migrants islamiques. Emmanuel Macron, épaulé par la Présidente de la Commission UE, y parvient avec une habileté démoniaque, après avoir épuisé un premier mandat, le second servant à transformer comme il se dit au rugby.

°°°

Afin de replacer dans le viseur une réalité qui échappe à bien des Français, tant l'habitude dans le paysage finit par estomper le délabrement d'une France qui change furtivement d'horizon, de visage et de culte, faisons une incursion sur le site de l'Insee. En 2021, ±7 millions de migrants vivaient en France, ce qui amène un taux de ±10 % de la population nationale. Ce qui n'est pas indiqué, car interdit par le politiquement correct, et ne pas susciter l'émoi en regard de l'insécurité montante, c'est la proportion de réfugiés d'islamistes qui se monte à plus de 90 % de cette population exogène. De surcroît, cette déferlante annuelle venue d'Afrique et du Proche-Orient occulte

117

une autre réalité qui se fond dans le décor obscurci des zones urbaines ; celle des migrants musulmans, encartés ou non dans une proportion égale entre réguliers et irréguliers (un euphémisme du langage d'État pour désigner les délinquants clandestins). Une part importante de cette population mahométane ne parvient pas à s'assimiler avec les autochtones ; en témoignent les razzias urbaines, les assassinats par des loup solitaires qui font l'actualité au quotidien.

Le coût de cette immigration islamique fut avouée par les statisticiens du Gouvernement autour de 40 M^{ds} d'€ en 2012, mais avec une progression si fulgurante que sous les mandats de l'État-Macron, toute statistique fut gommée des informations de l'Insee. Mais si l'on s'en rapporte à l'accélération de cet envahissement derrière le mobile de l'accueil de réfugiés pour moitié clandestins (+ 64 % depuis 2017), dont peu quantifiables, puis le coût des attentats, entre les préventions *vigipirate* et les indemnisations de victimes, hors de toutes les charges qui gravitent autour de l'hébergement, l'alimentaire, l'habillement, l'alphabétisme, les formations, le coût sanitaire, les subsides en liquides, les frais de justice et les retours aidés, le regroupement familial, etc., la note ne saurait autrement qu'excéder 100 M^{ds} d'€ par an. Enfin, pour achever ce tableau qui conduit la France à son « *grand remplacement* », l'avocat Pierre Lellouche, député et secrétaire d'État chargé des affaires européennes, fit le constat que « *40 % des enfants de 0 à 4 ans, qui naissent et vivent sur le territoire français, sont d'origine migratoire, d'ethnies africaine ou moyen-orientale, tous de religion islamique* » (Voir p. 83 à 84, « *Emmanuel Macron - Une anomalie présidentielle* », en bibliographie *in fine*). Un phénomène plus récent, qui fut révélé au public puisqu'impossible désormais pour l'État à dissimiler :

118

Les mineurs non accompagnés, souvent apatrides car sans papiers, dont l'accueil et la nationalité accordée aussitôt ne souffrent d'aucune exception, nonobstant les menteries sur l'âge et leur origine que ces réfugiés taisent. Les prélèvements osseux pour déterminer de quelle jeunesse il s'agit sont impossibles à mettre en œuvre. La délinquance souvent criminelle qui ressort de cette catégorie de migrants est exponentielle. Le coût de cette prise en charge, entre les mesures *ad hoc* d'accompagnement, les incarcérations en structures d'accueil fermées pour ces MNA sont en constante croissance (Voir l'ouvrage précité, p. 56 à 62).

°°°

Pour illustrer cette discrète collusion entre la Commission européenne et la présidence française, la prétendue *Europe forteresse* arborée par Ursula von der Leyen, n'est en réalité qu'une vraie passoire. De sorte que cette dernière, qualifiée dans l'ombre des initiés de « *Madone des migrants* », sut jouer son rôle de veuve éplorée après la tragique noyade de 59 migrants en Méditerranée en février 2023, alors même que sa politique de migration participe à ces traversées de la mort en incitant les États membres de l'Union à accueillir autant de réfugiés que possible. Cette dame patronnesse appelle les pays européens à « *redoubler d'effort* » pour qu'ils adoptent sans réserve son « *Pacte sur l'immigration et l'asile* ». Au lieu de mener une lutte implacable contre les passeurs, les associations qui soutiennent ce déversement effroyable de réfugiés sont soutenues et financées par l'UE et la France, sous le patronage d'Emmanuel Macron et son égérie de la Commission européenne (Source : *Valeurs Actuelles - Le Club,* 9 mars 2023, signé Charlotte d'Ornellas).

Gageons que d'autres membres de l'Union européenne suivront le même tragique parcours dans la décennie à venir si rien de bouge dans l'esprit embrumé des électeurs, qui souvent ne comprennent même pas ce qui leur arrive. Dès lors que sera réalisé ce plan machiavélique qui consiste à injecter la psychose et la désinformation pour enfumer les évidences de cette gabegie, taillée dans l'incurie et la malhonnêteté des dirigeants, il ne restera plus qu'à placer ces États libres, sacrifiés à cette déchéance programmée, sous la tutelle politique et financière d'une nouvelle superpuissance : celle de la secte *WEF*, emblème du *pouvoir* et de l'*avoir*, mais aussi une érosion transatlantique des valeurs et des frontières, car l'argent est apatride. Les puissances économiques qui occupent cette place forte en Suisse sont déjà très bien implantées dans les États souverains d'Europe et d'Amérique du Nord *(Big Finances, Big Pharma, Big Data,* consortiums transnationaux), lesquels attendent en embuscade le coup de sifflet du starter que détiennent ensemble les élus et les sociétés conseils à la botte de ces marionnettistes riches à milliards.

En février 2023, il fut annoncé que le PIB par habitant de l'Italie et de l'Espagne dépasse celui de la France, ce qui n'a jamais été constaté depuis les cent dernières années. Avec ± 3 000 M^{ds} de dette publique (Voir p. 91), un millions de chômeurs en plus en deux ans et ½ million d'entreprises, commerces et artisanats coulés par les charges supplémentaires imposées par l'incurie de la gestion élyséenne, l'incapable et le suffisant pensionnaire de l'Élysée, ne dispose d'aucun plan pour faire face au trou abyssale des finances publiques et de la Sécurité sociale. Ce vidangeur des fonds publics, doublé d'un fossoyeur des épargnants privés, selon le terme qu'il convient, a déjà envisagé de dépouiller les avoirs des particuliers déposés dans les comptes d'épargne de la Caisse des dépôts et consignation, pour détourner ce pactole aux fins de financer les centrales nucléaires EPR qu'il avait envisagées fin 2022. *Quid* des logements sociaux attachés aux économies des Français sur leur maigres livrets, sachant que les assurances-vie sont des pots-pourris de magouilles boursières qui ne rapportent même pas un penny, car les capitaux sont rongés par une inflation qui grimpe chaque mois de l'année ?

Bien entendu, cet esbroufeur ne réalisera vraisemblablement pas ce énième forfait, car il ne réfléchit même pas à qu'il dit devant les micros et caméras, emporté par ses délires de réussite ou de victoire, alors que de telles annonces n'ont jamais fait l'objet de concertation avec le Gouvernement qu'il ignore et méprise souverainement. Ce charismatique Auguste, mais seulement d'effigie, pas de cervelle, ne tiens jamais ses promesses et n'a aucune capacité à diriger la France. Et c'est encore heureux que ce mal virtuel, entre promesses jamais tenues et mensonges, n'ajoute pas aux autres forfaitures de l'Exécutif bien réelles, car les dégâts qu'il a déjà infligé à son Peuple sont déjà insupportables, et peut-être même à ce jour irrécupérables. Entre ses duplicités à l'emporte-pièce, vaticinations, élucubrations et digressions, ce chef d'État fait figure d'insensé sur la scène internationale.

Irrationnel, versatile et déstabilisé par le vertige du pouvoir (syndrome d'*hubris* ou d'impérialisme), par ailleurs gagné par le trouble borderline et autres pathologies névrotiques entre narcissisme et fièvre mégalomaniaque, le danger couru n'est pas pour le psychopathe lui-même, mais pour le Peuple qui confia à cet oligarque un destin national, avec en arrière-plan une autre nostalgique des grandeurs ; une forcenée du pouvoir à l'échelle de la Commission européenne :

Ursula von der Leyen. Ancienne ministre des armée en Allemagne, une jusqu'au-boutiste blindée en talon aiguille quoique cérébralement peu cuirassée, cette lilliputienne du cortex ose provoquer la plus grande puissance nucléaire du monde. Cependant corrompue entre concussion et népotisme avec l'un de ses fils et son époux, la blonde décervelée drive et encourage les États-membres à persévérer dans cette voie martiale.

Avec une politique funeste comme celle menée autour de la pandémie Covid qui l'autorisa à tous les débordements et moult gabegies financières, nous y trouvons pêle-mêle ; prévarications, prises illicites d'intérêts et abus de pouvoir, concussion et népotisme. Voilà autant de fléaux éthiques, sanitaires et politiques qui conduisent inexorablement au suicide les nations du vieux continent qui auraient encore l'imprudence de se laisser éconduire par cette réviviscence tronquée - car peu convaincante - de la Pucelle d'Orléans ! Car en prétendant vouloir sauver le monde, cette excitée ne fait que l'embraser, d'une part à travers ses distributions de vaccins aussi nocifs que le virus, tous deux livrés par des laboratoires privés associés à la corruption du *Big Pharma,* et d'autre part avec ses commerces d'armes vers l'Ukraine, pour participer à égale distance avec Vladimir Poutine, au massacre des populations entre frères-ennemis d'un même État.

Rappelons que l'Europe, pas plus que la France, n'a rien à voir dans ce conflit, sachant qu'aucun lien politico-diplomatique ne lie notre communauté avec un pacte d'alliance avec l'Ukraine, et que d'autre part les échanges industriels et économico-financiers entre l'Occident européen, dont l'Hexagone (1,8 M^d d'€ d'échanges en 2019), autrement dit quasiment rien, et ce pays slave d'Europe orientale ne justifie un quelque intérêt notable, pas même historique, pouvant justifier un protectorat bilatéral, autre que des considérations d'ordre plénipotentiaire et humanitaire. Dans ce couloir de non-agression mutuelle et d'amitié entre les peuples, rien - mais absolument rien - ne saurait justifier une interposition armée de l'Europe, de l'Otan, des États-Unis et de la France en Ukraine. Le seul mobile vraisemblable qui explique cette ingérence de l'Europe dans ce conflit, n'a d'autre source que le rattachement géopolitique de ce pays à l'UE.

La Russie est la seule puissance directement concernée par l'Ukraine de par son histoire de 862 à 1598 avec la dynastie des Riourikides, 1er tsar de Russie, sa dénazification et la proximité géographique de ce pays en guerre civile à ses frontières depuis 2014. De surcroît, des millions de réfugiés ukrainiens se déversent depuis la région orientale du pays vers la Russie, avec une partition culturelle de cette nation en conflagration intestine, réclamant de part et d'autre une souveraineté territoriale, soit entière ou partagée. Les Russophones souhaitent leur rattachement à la Fédération de Russie, plébiscité par référendum, comme il en fut avec la Crimée et Sébastopol quelques années auparavant (Voir infra, p. 197 à 199 et p. 84, « *La République en danger* », en bibliographie *in fine)*.

Pour entrer dans le détail des négociations historiques vers la fin de l'*URSS,* Il y eut un tête-à-tête et des communications apaisantes en février 1990 entre le secrétaire d'État américain, James Baker et le Président Mikhaïl Gorbatchev, à propos du statut de l'Allemagne réunifiée au sein de l'*Otan*. L'expression controversée « *pas d'un pouce* » existe formellement dans une déclaration entre les deux protagonistes susvisés. Elle fut exhumée d'un mémorandum américain déclassifié : « *Nous comprenons la nécessité de donner des assurances aux pays de l'Est. Si nous maintenons une présence dans une Allemagne qui fait partie de l'Otan, il n'y aura pas d'extension de la juridiction de l'Otan pour les forces de l'Otan d'un pouce à l'Est* », indique ce document (Sources, *Spiegel*, *CheckNews, Libération* et *Sud-Ouest*). Même l'*Otan* était censée être dissoute, selon les termes de ces ententes, à la sortie de la guerre froide. Ce pourquoi, cet accord, même s'il ne s'inscrit pas au titre d'un traité onusien, il doit être prudemment respecté à peine d'ouvrir la boîte de Pandore. Si d'aucuns reprochent à Vladimir Poutine de s'adosser à un conservatisme historique ; ce clivage demeure un droit correct, quant à refuser d'adhérer au paradigme mondialiste postulé par une social-démocratie occidentale expansionniste.

Prendre parti pour l'un ou l'autre camp ne fait que jeter de l'huile sur le feu, en interférant dans un différend étranger dont la France n'a ni la dimension politique ou de mobile historique pour s'y mêler, ni de légitimité géopolitique eu égard à un accord qui ne concerna que Donald Reagan et Mikhaïl Gorbatchev puis son successeur Boris Eltsine ; soit-dit une priorité géostratégique qu'il reste prudent de respecter. Il en ressort que la présidence française, l'UE et les autres membres de l'*Otan* ne doivent en aucun cas prendre le risque de violer un seul paragraphe du Traité de désarmement Est-Ouest en date du 19 novembre 1990, convenu entre les pays du Pacte de Varsovie et l'Alliance atlantique (Otan), au risque de ranimer le spectre de la guerre froide, face au géant de l'Est le plus redoutablement armé au monde. Il ne s'agit pas de pusillanimité, mais d'un devoir de bon sens et de circonspection, sachant que les exhortations et les menaces n'auront aucune prise sur le chef du Kremlin.

124

Bien des guerres se sont déclarées pour avoir écartelé une ethnie, une histoire collective avec ses traditions, sa langue et sa religion. Ces conflagrations naissent ; soit par conquêtes territoriales (royaumes, empires et paradigmes politiques comme l'URSS), soit après le démembrement d'une ancienne colonie, dont le territoire fit l'objet d'un plan de partage pour refonder des nations originelles, telle la Palestine avec Israël, berceau du judaïsme avant l'apparition de l'islam. En débitant le tronc ancestral d'un peuple, comme il en fut après le démembrement du rideau de fer avec les Balkans, c'est prédestiner l'Ukraine au sort de la Yougoslavie qui fut écorchée vive par trois fois ; entre les troupes de l'axe, son absorption soviétique puis la rupture du panslavisme régional. Telles des lignées dans leur terroir, la généalogie des peuples se transmet par atavisme culturel, qui se renforce dans l'espace commun d'une patrie comme racine, et d'une culture pour frontière (Voir p. 90).

H - L'esbroufe du climat, une écologie fondée sur le greenwashing *versus* le greenhushing

Si l'écoblanchiment (*greenwashing* en langue anglaise) procède d'une vaste illusion consumériste pour servir un prétexte écologique aux fins de *verdir* un produit ou une activité en vue de promouvoir une image soi-disant respectueuse de la planète à l'endroit du fabricant, de l'exploitant ou du commercial, ce subterfuge fait à ce jour honteusement recette auprès des consommateurs désinformés. Cette mystification mercantiliste entre sans résistance dans un processus pervers qui devient suspect, dès qu'une étiquette ou une publicité affiche l'appositif « *éco* », « *bio* », ou s'honore du qualificatif « *responsable* » ou « *équitable* », même protégée par un label, sinon usurpé avec parfois l'encouragement du pouvoir politique dominant. Pour illustrer ces propos, présentons deux horreurs qui se cachent sous les labels *écolos* et *équitables* que des fondations (ONG), sous couverture verte et charitable, offrent à leurs partenaires industriels. Le premier est révélé par la chasse, sinon le massacre des peuples autochtones en République démocratique du Congo, où les razzias forestières et les excavations à ciel ouvert dépouillent et empoisonnent ce que la Terre offre de généreux aux populations humaines et animales. Sous couvert du gouvernement, les indigènes sont expulsés et les résistants massacrés par des miliciens armés par les industriels qui exploitent tout ce qui peut profiter à la société de consommation exogène au pays.

Avec l'appui de l'armée régulière, les dirigeants politiques locaux laissent faire derrière leurs magots de bakchichs et les dividendes qu'ils perçoivent pour eux-mêmes, sans que les populations endémiques y trouvent le moindre avantage. Quant aux Massaï, ces indigènes se font expulsés de leurs terres, les villages brûlés et les survivants tués sur place, pour récupérer des territoires achetés aux gouvernements kényans et tanzaniens, afin de remplacer ces réserves naturelles et animalières en terrains de chasse privés que se partagent une poignée de princes en keffieh enrichis aux pétrodollars. Voici l'aboutissement atroce de prétendues politiques charitables qui rayonnent sur le *WEF,* lequel soutient l'*écoblanchiment* aux motifs du progressisme et du libéralisme à l'occidental. Les exemples à rapprocher d'une telle pratique contrefaite font pléthore, comme il en va des voitures électriques et tout ce qui fonctionne avec du lithium-ion, certes dotés d'une énergie massique décuplée en rapport aux batteries au plomb. Or, ces accumulateurs dégagent

126

des émissions gazeuses de dioxydes de carbone dès l'extraction des terres et métaux rares qui provoquent, de graves à mortelles, des pathologies en aérosol ou en manipulation des procédés chimiques de raffinage, de transformation et de transport des matériaux servant à fabriquer lesdites batteries. Ces contaminations et pollutions font en amont des dégâts considérables sur l'environnement, dont les ouvriers sur les chantiers de forage et les populations riveraines de ces mines à ciel ouvert, autant que les véhicules fonctionnant à propulsion thermique durant toute une vie d'usage.

Pourtant l'Union européenne sous l'impulsion du *WEF*, dont les États comme la France, incitent par tous les moyens et artifices à développer et à vendre ce nouveau savoir-faire prétendument écologique, lequel ravage les paysages naturels des régions exploitées, empoisonne les milieux hydriques (fleuves, rivières, lacs et eaux souterraines), les terres arables, les forêts et l'atmosphère environnant des riverains. Dans ces zones d'exploitation des gisements, plus rien ne peut pousser. Un paysage lunaire s'installe, l'élevage meurt sur pied, les étendues lacustres jusqu'aux nappes phréatiques se chargent en acides, sel, cobalt, arsenic, mercure et phosphore. Les boues toxiques et les rejets chimiques colorent les surfaces des eaux en bleu et marron/jaune fluorescents. Les cancers, les maladies pulmonaires, neurologiques, hormonaux et ORL se multiplient par absorption ou inhalation. Depuis le forage au produit fini, les véhicules électriques auront pollué, désertifié et tué sans que cela se voit loin des stands aseptisés d'exposition, dans le silence coupable qui enveloppe cette économie croisée (Voir p. 389 à 398, « *Le chaos démographique - La conspiration du silence et le cri de la Terre* », en bibliographie *in fine*).

Avec ± 225 tonnes de matière première pour une batterie lithium, cobalt ou manganèse de ± 450 kg, et où il est nécessaire de souiller 2,2 millions de litres d'eau pour obtenir une tonne de lithium parmi ± 27 matériaux, chacun des acteurs, exploitant, producteur et marchand qui gravite autour de cette industrie de l'électromobilité affiche sans honte sur les vitrines d'exposition aseptisées des vendeurs, des annonces lénifiantes sur panneaux ou clips télévisuels : « *zéro CO_2* ». Au fin de commercialiser des voitures ou les bus réputés propres, car que sans pot d'échappement, mais avec une délocalisation de la pollution, cet exemple publicitaire de l'écoblanchiment prouve ô combien les politiciens élus, écologistes et industries s'entendent bien comme larrons en foire ! Lorsqu'il s'agit de berner le client, en laissant planer l'idée que tout le monde est sensible à l'écosystème et à la santé de l'habitat céruléen de notre portion stellaire.

L'AFP, qui est un organisme de presse centralisateur à la botte de l'Exécutif français, prétend que les publications fournies par les ONG s'agissant des volumes d'extraction nécessaires aux composants des batteries lithium-ion sont très exagérées (Voir *AFP.com*, par Astrig Agopian du 22 septembre 2021, « *Non, il ne faut pas 225 tonnes de matière première pour fabriquer une batterie de voiture électrique…* »). Or, ce type de contrevérité s'avère inutile puisque même si l'on devait minorer de moitié les chiffres derrière les rapports de ces militants pour la nature, cela resterait encore insupportable pour la planète (Voir *Reporterre* du 1er septembre 2020, « *Non, la voiture électrique n'est pas écologique* », par Celia Iozard). Cet attaque, dont l'argumentaire ne parvient même pas à infirmer les études écologiques dès lors qu'elles ne sont pas financées par l'industrie énergétique, met en lumière

128

cette partisannerie. Il en ressort que les *fake news* sont plus souvent le fait des gouvernements qui font la promotion de ces nouvelles industries couvertes par la propagande du *greenwashing*, cette même intoxication mercantile que centralise et propage la secte *WEF*.

Le *greenwashing* (écoblanchiment ou stratégie *ecofriendly*, francisé éco-amical) consiste à illusionner les consommateurs candides en adoptant un profil industriel écoresponsable à l'aide d'argumentaires écologiques mensongers, puis d'une stratégie de communication et de promotion marketing dévoyée. Le *greenhuching* (écosilence) est une méthode honnête des entreprises qui appliquent de bonnes techniques de production industrielles dans le respect des normes environnementales, mais sans en faire état pour ne pas évoluer à contre-courant de la politique délétère du *greenwashing* que protège et favorise le lobbying emmené par le club des milliardaires de Davos. Ce renoncement à entrer dans une communication utile, sincère et dans le détail envers un public pourtant demandeur (quelle utilisation de matières premières naturelles, locales, biodégradables et les prélèvements respectueux de la biodiversité pour la fabrication de produits, etc.), place donc ces entrepreneurs dans une situation inconfortable, dans un monde où la vérité est exigée, mais qu'elle dérange la discipline obligée, car conduite par les géants de l'économie mondiale.

En ne cherchant pas à associer ses affaires avec des partenaires qui savent user de l'écoblanchiment, le couloir de fonctionnement se rétréci pour les partisans de l'écosilence*. Ce racket intellectuel, commercial et financier est largement soutenu par le *WEF*. La contremesure employée par cette secte procède à faire circuler la rumeur que l'utilisation de produits

129

réellement écologiques amoindri leur efficacité, leur goût ou leur longévité, ce qui, dans le prolongement commercial, rend l'engagement du *greenhushing** contre-productif. En se refusant de déployer assez d'informations quant aux moyens écologiques pour présenter un produit, donc pour éviter les sanctions d'un marché global favorable à l'écoblanchiment, pourrait passer pour un manque de transparence envers le consommateur. Sur ce point d'orgue, les meilleurs intentions et pratiques écologiques ne sont donc pas récompensées, voire s'exposent cruellement à la fronde corporative, politique, syndicale et médiatique emmenée par la mafia du *WEF*.

Cette faiblesse de l'écosilence est grandement exploitée par les détracteurs favorables au business de l'écoblanchiment, ainsi aperçu dans le journal *Travel Research* en 2020, sur une étude menée en Autriche, mais aussi lors de la *COP 27* en Égypte en 2022, puis encore par l'ONU. En conséquence, selon un sondage réalisé par le consultant South Pole : « *Sur 1 200 compagnies sondées dans douze pays différents en phase avec les objectifs de l'accord de Paris* (COP 21 du 12 décembre 2015), *¼ ne compte pas publier les détail de leur plan et de leur engagement* ». De surcroît, aucun législation, nationale ou internationale n'ose encore à ce jour adopter des résolutions pour réglementer la publication desdits détails sur les avancées et les progrès écologiques relevant de techniques et de l'origine naturelle des produits ou matériaux, quant à fournir des documents vérifiés et comparables. En l'occurrence, bien que de nombreuses entreprises font l'effort d'œuvrer dans le bon sens de la morale et du respect de la planète, les impostures et la félonie des partisans du *greenwashing* font leur loi et l'impose *erga omnes*, puisqu'aucun plan d'action international n'est

130

engagé en faveur de l'environnement et du marketing vert. Les COP, une fois encore, ne font que servir les intérêts assis sur l'écoblanchiment plutôt productif.

Par voie de conséquent, des entreprises, pris au piège de cette conjuration emmenée par les tenants du *greenwashing,* et de la demande de transparence des clients qui les place en position inconfortable devant les groupes de pressions concurrents et antagonistes, se trouvent dans l'obligation de ralentir et baisser le volume de leur production, voire d'interrompre leurs objectifs de développement. Selon Jason Jay (Directeur de Sustainability Initiative au MIT Sloan), « *Seulement 160 grandes entreprises sur la planète seraient responsables de 80 % des émissions mondiales. Placées sous haute surveillance, celles-ci ne seraient vraisemblablement pas responsable d'une épidémie mondiale de greenhushing régressif* ». Il fallait oser le dire ! Ce qui tend à rendre plausible la puissance infernale d'un système global emmené par la mondialisation de l'industrie, de l'énergie, de l'économie et de la finance qui ne saurait s'exprimer avec une telle audace si elle n'était pas placée sous la protection du *World Economy Forum.*

La plateforme d'intelligence stratégique du *WEF* laisse poindre une foule de mécontentements d'industriels qui prennent au sérieux leur rôle environnementaliste dans le lancement commercial de leur production, et cela même parfois à contre-courant des mouvements écologistes qui se sont eux-mêmes noués un fil à la patte en se compromettant avec les lobbies industriels et financiers dudit *WEF.* Lucides et courageux, bien des intervenants à ce symposium indiquèrent qu'il y a du *greenwashing* dans les COP : « *Nous pouvons voir comment les entreprises sont prises au piège… Ce professeur de comptabilité dit que choisir de rendre compte ou non des progrès sur les objectifs de développement durable se résume à : "Qui vous voulez mettre en colère" !* » s'exclama un intervenant signé Wharton (Source : Centre Nature et climat, 18 novembre 2022, Action ESG, par Jean Letzing).

I - Entreprise caritative, tiers-monde réinvesti par une colonisation industrielle, environnement et climat : qui joue la carte gagnante ?

Sur un autre chapitre, les milieux d'affaire affirment leur priorité engagée depuis le début du siècle : une *Economy First* et accessoirement l'aide au tiers-monde. Sauf que l'ONG *Oxfam international* constate dans son manifeste du 20 janvier 2018, que 26 des plus grandes fortunes détiennent autant d'argent que les 3,8 milliards des plus pauvres gens de la planète. Non seulement le quart-monde n'a jamais profité de cette manne, mais de surcroît la crise de Covid, dont le *WEF* se targue d'avoir su gérer - certes à son avantage - aura creusé le fossé entre la misère et l'opulence. Loin des préoccupations sur les PMA, l'impact du *WEF* sur les politiques sociales, en matière de santé, de développement social, de croissance, de la pollution des émissions importées par les trocs du CO_2 (mécanisme d'ajustement du marché carbone* défini au Protocole de Kyoto ; CCNUCC du 11 décembre 1997), les avancées restent inexistantes sur le terrain.

Côté environnement, la politique alibi pour le commerce du monoxyde de carbone vers un prétendu « *développement propre* »* (MDP) procède du scandale écologique revêtant l'hypocrisie la plus calamiteuse de ce dernier siècle. De ce côté de l'écologie, il n'est déploré que des gesticulations stériles d'investisseurs et d'exploitants de matières premières, d'énergie et de

132

production de véhicules électriques avec des batteries au lithium-ion, dont la propreté n'est qu'une illusion une fois parvenu le produit à son point de vente. Cet investissement contreproductif pour l'environnement, est paradoxalement présenté comme une novation favorable à l'écosystème, la biodiversité et le climat. Qu'importe les changements radicaux de la biosphère sur les lieux de production, pourvu que les profondes excavations de minerais produisent des dividendes, même si l'épuisement des sous-sols, des réserves halieutiques et du poumon sylvestre est pour demain !

C'est donc le *greenwashing* qui se dissimule derrière les discours grandiloquents du *WEF*, où il est exhibé en faire-valoir la jeune militante activiste Greta Thunberg, dont le syndrome d'asperger est propre à émouvoir les salles de conférences, et à gratifier ses hôtes d'un bon point d'honorabilité. Alors que rien n'est dit pour dénoncer la supercherie de cette mise en scène qui flatte un handicap, lequel couvre d'un linceul la réalité de la nocuité des rejets dans la nature et les bronches des riverains victimes simultanément empoisonnés par des eaux contaminées. Les particules PM10 et PM2,5 cancérigènes, retenues en aérosol, sont le produit des substances inorganiques en suspension dedans et autour des mines d'extraction : suie de diesel des centaines d'engins qui font la navette, sels et poussières de combustion de la chimie de traitement des matériaux et de minéraux déterrés.

ooo

Ce club de PDG, au cœur de cette Rome du capitalisme, dispose d'une force de frappe financière industrielle et diplomatique à la démesure qu'impose pareillement la Fondation *Bill & Melinda-Gate* à la croisée de ce conglomérat de nantis. Puisqu'il est communément admis que la secte *WEF* est associée au

133

mal, à la spoliation de petits porteurs, à l'écrasement des démocraties et de leurs frontières, puis encore à présent à la guerre, toute formation intellectuelle peut avoir un dénominateur commun avec la politique et l'argent, jusqu'à, dans cet ordre, œuvrer dans la dérive de la vanité et la cupidité. Les risques de débordement peuvent conduire les sectateurs du *WEF* par la pulsion du pouvoir et du profit, à s'adonner à la confiscation des droits essentiels, à suborner leurs victimes et à les piller avec des lois scélérates, comme de procéder à la rétention de leurs économies. Ce fut chose faite en Grèce et au Portugal, et l'Exécutif français a déjà préparé cette sombre manigance dans ses lois de finances. (sous les acronymes LFR, LOLF, LFI, LFSS) et autres discrets aménagements législatifs.

Autre manœuvre spoliatrice consiste à user de l'inflation, et promettant aux épargnants ou aux investisseurs des intérêts significatifs. Sauf que ces intérêts, en parti récupérés par Bercy et l'Urssaf, sont très largement en-dessous de l'usure monétaire, et que les placiers bancaires prélèvent de considérables commissions à l'entrée et à la sortie de ces épargnes et placements, CEL, LEL, assurances-vie et portefeuilles en bourse, voire des frais exorbitants lorsque le contrat est rompu en chemin (valeur de rachat confiscatoire). De sorte que les quelques économie épargnées les citoyens moyens se rétrécissent en peau de chagrin. Voilà ce que protège la Fondation *WEF,* nonobstant une secte qui peut revêtir différentes dimensions et présenter de multiples reliefs, profitant des faiblesses, de la méconnaissance et de l'absence de vigilance des prospects pour en exploiter le produit de leur naïveté, en usant de la désinformation médiatique et des propagandes des gens de pouvoirs ; une étrange coïncidence lorsque l'on apprend que ces derniers sont

134

des sectateurs du *WEF*. Les victimes ou cibles idéales sont les simples citoyens désemparés qui se laissent éconduire par excès de confiance aux institutions et à leurs représentants élus. À une plus large échelle, il peut s'agir de populations nationales affaiblies dans un contexte économique ou sanitaire, comme ce fut le cas avec la crise Covid, sinon à l'épreuve d'autres circonstances communautaires emmenées par la Commission européenne, ainsi la guerre en Ukraine.

Cette Fondation présente de considérables dangers, pas seulement contre les libertés, mais aussi en termes d'annonces mensongères que diffuse la presse servile, recelant des intentions moins louables. Les annonces en trompe-l'œil du *WEF* laissent croire que ses projets sont humanistes, caritatifs et/ou respectueux pour l'environnement. Mais il n'en est rien dès lors que l'on s'en approche de plus près, et que l'on réalise sur le terrain que ces intentions restent toujours en l'état, mais que le produit qui résulte derrière ces duplicités est tissé d'ententes industrielles qui ne profitent qu'aux seuls promoteurs et leurs investisseurs. Par la *Bill & Melinda Gates Foundation**, le fondateur milliardaire aura investi une partie de son patrimoine au profit d'une *ONG** dans le but déclaré de réduire la faim dans le monde, et promouvoir la santé des plus démunis, plus particulièrement en Afrique. Voilà un mobile qui traduit un confort moral (Voir, « *Qui gouverne ? Le Forum de Davos et le pouvoir informel des clubs d'élites transnationales* », par Jean-Christophe Graz, dans « *A contrario* », 2003/2, vol. I).

C'est en grattant sous l'épiderme de ces œuvres de bienfaisance, qu'il apparaît clairement l'intérêt de ces géants financiers et industriels, retranchés sous la couverture d'entreprises bienfaisantes ou écologiques,

135

d'où les bénéficies considérables tirés de leurs statuts dérogatoires, des niches fiscales et sociales. Ces habiles contournement des réalités sont ponctués de régimes spéciaux, d'exonérations d'impôts et d'exemptions parafiscales outre-Atlantique, mais aussi européens sur des paradis insulaires offshore, où il ne s'exerce quasiment pas de prélèvement, puis de permettre ainsi à de nombreux d'investisseurs industriels US et UE de bénéficier d'un raccourci diplomatique pour s'introduire au cœur des régions démunies.

Cet eldorado de richesses en surface et/ou en sous-sol inexplorées, productif de matières premières, entre forages fossiles et fabriques d'armements, avec le soutien des autorités locales soudoyées par des sociétés financières, trusts et joint-ventures, constitue pour ces nouveaux pionniers industriels importés, un retour d'investissement économique présenté comme *équitable* et *durable* pour la galerie. Soulignons que le multimilliardaire Bill Gates est l'un des membres le plus influent du *World Economic Forum*, et qu'il participe, à la faveur de sa Fondation *Bill & Melinda Gates*, à l'honorabilité de cette stratégie d'économie altruiste, où l'investissement caritatif se désigne sous la locution angliciste de « *Venture philanthropie* » (Philanthropie à risque) : ici, tout est dit !

Ces territoires industriellement neufs, rendus à leur souveraineté par les ex-colons européens, restent à reconquérir. De fait, au temps de leur conquête territoriale, leurs sous-sols ne furent pas explorés avec les moyens modernes et l'efficacité de la technologie spatiale d'aujourd'hui, où la prospection s'oriente désormais vers d'autres types d'énergie comme le gaz de schiste, puis de minerais comme les terres et métaux rares qui sont nécessaires à la fabrication des

136

batteries au lithium-ion. Outre la réapparition de cette industrialisation occidentale du XXIème siècle, la Chine concurrente s'introduit partout dans les *PMA*. Elle-même productive à grande échelle sur son territoire de matières premières, ses forages et trafics de déchets industriels ne sont pas soumis aux réglementations écologiques contraignantes des pays occidentaux. Quant à l'extraction du gaz de schiste, la récupération se fait par fracturation hydraulique qui provoque des séismes, des effondrements du sol avec des maisons englouties (*sinkhloes* ou dolines) et des pollutions des eaux de surface ainsi que des nappes phréatiques.

S'agissant de l'émergence industrielle de la Chine, cette puissance économique n'a rien à cacher ni à rendre de compte au plan des Droits de l'homme et des conventions onusiennes, car elle est restée une Nation non-alignée ; une dictature indéboulonnable qui dispose d'un rôle majeur au sein des pays de l'*OMC*. Avec le soutien des autorités locales souvent constituées de régimes politiques soudoyés par des joint-ventures exploitantes, ce no man's land du droit international se constitue un retour d'investissement juteux, mais aussi un partenaire industriel de premier plan pour l'économie occidentale, laquelle se trouve désormais à la remorque de ses délocalisations au pays du Milieu. Le *WEF* en a conscience, de sorte que la pratique de l'écoblanchiment, pour s'aligner avec cette dictature prolétarienne qui n'a rien à redouter de ses propres pollutions qui contaminent ses sujets, ne constitue pas vraiment un obstacle moral pour ce *Forum*. Pas plus que ce détour écologique indélicat des États occidentaux membres de ladite secte, constitue une entrave pour les « *COP* » devant les pratiques peu compatibles avec le respect de la planète par la Chine.

Le maillage industriel, économique, financier et tiers-mondiste de ces exploitations monnayées pour une bonne cause subodorée, corrélativement réputée participer au développement des PMA, se décline aussi du côté des miroirs médiatiques, outre une visibilité allocentrique en termes d'efficience caritative et écologique. Or ici, nous entrons dans un paradigme suspect de *packaging* autour de l'aide privée au développement sous couverture d'écoblanchiment*. Alors que les modes de production n'améliorent en rien l'horizon souillé de la planète, la conjoncture sociale et sociétale de ces pays investis, ce marketing de verdissage, enrobé d'annonces propagandistes lénifiantes, surfe sur d'originales pistes de production, tout en lorgnant vers une concurrence qui précipite l'environnement des pays en voie de développement investis dans un naufrage écologique apocalyptique.

Nous y découvrons des modèles d'énergie renouvelable, la conversion des rejets industriels, en passant par des technologies qui réhabilitent leurs enseignes, car auréolées des postulats surfaits ; *propres, durables, écoresponsables et du commerce équitable.* Or le mercantilisme et le profit n'y perdent rien, puisque le rebond s'anobli de calculs mercantiles, consuméristes et publicitaires estimables et gratifiants en termes de merchandising et de cashflow (Voir en bibliographie, « *L'antipatriotisme d'un chef d'État* », p. 171 ; « *Et si l'Europe avait transité en d'autres temps* », p. 320 à 332). Les enjeux sont exponentiels et les écologistes y participent à leur corps défendant, puisqu'ils s'en font les initiateurs pour vanter les idées et s'en approprier les mérites ; comme le tout électrique, les batteries au lithium-ion pour les véhicules électroniques, les éoliennes etc., même si la planète n'y gagne rien.

S'agissant de la Fondation caritative susvisée garnie par la fortune colossale de Bill Gate, nous retrouvons ici tous les ingrédients et la propagande des pratiques tiers-mondistes agissant pour la cause des PMA, et du *greenwashing** pour se hisser parmi les promoteurs de l'écologie industrielle. Sous une cocarde altruiste, voilà bien un mobile désintéressé et d'une grande portée éthique qui ouvre un confort moral pour les bénévoles et les donateurs, mais ô combien - en filigrane - réducteur de prélèvements sociaux sur les offrandes, legs et revenus sociaux des protagonistes de cette Fondation (Section 501c [3] de l'*Internal Revenue Code* des États-Unis, alter ego des articles 200 et 206 1bis du CGI français).

Donateurs et donataires, tous s'y retrouvent dans une économie croisée ; verticale, horizontale et conglomérale. Nonobstant les serments de gala ou de festin que dispense cette institution pour engranger des dons défiscalisés, le tiers-monde n'aura jamais cessé de s'enfoncer, alors que la Fondation aura généré des M^{ds} de $ US au profit des actionnaires arrimés au moteur industriel du *greenwashing*. Voilà comment fonctionnent les rouages de ce mécanisme triangulé autour de ce type de Fondation ; avec l'aide au *PMA* pour se lustrer, l'écologie pour la gloire, le tout empaqueté pour satisfaire la vénalité industrielle. Les fondamentaux écologiques qui devaient servir autant la qualité du biotope que la diversité du vivant, est devenu l'instrument phare de nouvelles industries, lesquelles auront en surface procuré l'illusion de devenir propres, mais en déversant ailleurs leurs rejets et autres nuisances sanitaire dans un monde loin du regard et des intoxications indigènes. Et c'est dans ce décor de théâtre que l'écoblanchiment prend son essor que relayent les défenseurs de la planète.

139

Derrière ces fondations tiers-mondistes, se dissimulent ou sont légalement dédiés des régimes fiscaux et parafiscaux très avantageux - comme vus plus haut - avec des privilèges exorbitants, mais aussi à l'aide de passe-droits sous forme de lettres de créances diplomatiques que distribuent les ministères de l'économie des États exportateurs des pays industrialisés. Cette parade tiers-mondiste, combinée avec l'intermédiation de ces fondations qui apportent des affaires tout en assiégeant les lieux, permet à des investisseurs industriels et financiers de s'introduire durablement au cœur des régions démunies, avec le concours de la communauté internationale et l'accueil vénal de dirigeants politiques crapuleux de ces *PMA*, généreusement stipendiés aux royalties, via les ONG.

Sous les labels *éco-responsable* et *bio* ceci et cela, les mécènes affluent, les donateurs et les investisseurs desdites fondations (Bill & Melinda Gate, Rockefeller, Ford...) sont concomitamment les noyaux durs de ces sociétés donatrices, sous couvert de conventions ostensibles que dissimule un prête-nom. Le processus est comparable à une toile arachnéenne, où la Fondation à l'épicentre exhorte les protagonistes en affaires à s'y coller - dont les récipiendaires disposant de participations - à investir dans cette fabrique de contrats commerciaux aux promesses mirobolantes. Or, les *Youg Leaders* desdites fondations investissent eux-mêmes dans cette manne carnégienne, jusqu'à entrer, sous des noms d'emprunt, dans le noyau dur des initiés, et se gorger discrètement de dividendes au royaume du profit. Selon le dramaturge français et Académicien Alfred Capus ; « *charité bien ordonnée commence par soi-même et continue par soi-même* » !

Cet aimant états-unien, coordonné, imbriqué et tentaculaire, hormis les services rendus à la diplomatie américaine, fait tout autant dans le *big business* que dans le caritatif, en se servant de l'un à l'autre mobile pour faire recette à coût fiscal quasiment nul. De sorte que les plus riches ne paient presque plus d'impôts ; un privilège couvert par une prétendue munificence qui s'ajoute à celui des niches fiscales adossées aux sociétés extraterritoriales ; des paradis fiscaux *offshore* dispensateurs de comptes dédiés à leurs riches clients. Cette organisation croisée joue gagnant-gagnant sur l'échiquier des ententes transnationales, lesquels partenaires de cœur et de dividendes s'organisent en monopole à la faveur de cette globalisation d'échanges sous couverture altruiste ; plus sûrement lucrative industriellement, que philanthrope et humanitaire.

Cette concentration économique et bancaire colossale écrase un tiers-monde devenu assisté, en dépit de la fin de son histoire coloniale, car dépendant et asservi. Il en va ainsi du marché des semences que couvre les brevets ; une propriété intellectuelle sur le vivant protégée par des banques de données et des clauses arbitrales. Sous la bannière d'une générosité surfaite, quoique présentée pour un *non-profit sector* et des investissements réputés servir le développement, ce type de cartel alimentaire fait fructifier les capitaux et les revenus de ces mêmes bénéficiaires de comptes *offshore*. Ainsi avance la stratégie du *WEF,* ainsi se tisse le filet aux mailles serrées d'un mondialisme sauvage, où le regard candide de l'observateur ne peut se fixer qu'à l'endroit où le *greenwashing* guide l'œil des caméras, en direction des prospects, ou des électeurs médusés par tant de générosité et de respect venant de ces gentils puissants qui refont le monde.

J - Le problème démographique et ses impacts dans tous les domaines de la vie civile, publique et politique

Ne voit-on pas persister, dans les esprits traditionnalistes, une confusion récurrente qui taxe de malthusianisme toute évocation qui stigmatise le sempiternel miracle de la procréation ; un postulat pourtant de tous temps béatifié par l'iconographie cultuelle des castes et des chapelles ! L'humanitaire aurait un objectif court, car il est plus urgent de sauver de la catastrophe des vies en danger immédiat, plutôt que d'empêcher de laisser naître, par la contraception ou l'avortement consenti, des vies surnuméraires pour la survie des autres. Pourtant, il va de soi que l'un ne va pas sans l'autre, car les enfants constituent dans la plupart des PMA dépourvus de système de retraite et de couverture sociale en général, une garantie de survie pour leurs aînés, mais que trop d'enfants dans une même fratrie génère davantage de misère qui compromet l'espérance de vie de toute la famille.

Sur l'autel de la raison et du cœur, il est décidé de secourir dans l'immédiateté, mais en négligeant d'apporter aux familles devenues trop nombreuses, un soulagement aux parents volontaires d'un moyen contraceptif ou une stérilisation durable : vasectomie, désactivation temporaire ou définitive des trompes de Fallope, ou la *Mifépristone* ; un stéroïde synthétique abortif pour l'avortement, moins pénalisant qu'une mutilation. La conscience humanitaire bloque les voies de sauvetage des personnes en détresse sociale et financière, tandis que la religion et les industriels perçoivent respectivement dans la surnatalité un futur grenier de fidèles et de consommateurs. Ce pourquoi la politique caritative fait cause commune contre

142

toutes les initiatives majeures de réguler sans douleur les naissances au nom d'un planning familial ignoré.

Quel est le gain, en termes humanitaire, d'une action généreuse dans les pays nécessiteux, dès lors que ces bonnes œuvres caritatives et médicales génèrent, à la suite de vies sauvées, une fécondité foisonnante à chaque génération suivante, dès lors que davantage d'infortunés sombreront à leur tour dans le même péril ? Tenter de la sorte d'arracher de la mort de futurs géniteurs, sans se préoccuper du rythme endiablé des naissances, précisément issues de cet acte de philanthropie, ne saurait sauvegarder cette part surnuméraire d'une populations promise au même désastre sanitaire et de pénurie que leurs ainés secourus. Pourquoi les dogmes cultuels persistent à diaboliser la contraception ou l'avortement qui soulageraient tant de parents déjà incapables de survenir au besoins de leur famille, et d'engendrer ainsi toujours plus se souffrance à chaque enfant condamné à mourir de faim, de malnutrition et d'absence d'eau potable ? Ce crime d'impéritie n'est-il pas enfoui dans la trame de traditions obscurantistes ?

Mais n'est-ce pas là une cause perdue que de vouloir soulever une telle évidence ? Par cette action à court terme, protéger une vie de la faim, de la soif ou de la maladie, c'est à coup sûr promettre la même misère aux nombreux enfants qui naîtront de cette assistance individuelle, si rien d'autre n'est fait. Jean-Claude Jouhaud (Pascal Sevran) expliquait que, « *C'est le sexe mâle qui fabrique ces grappes de gamins faméliques, lesquelles butinent sur des montagnes d'ordures* ». Face à la souffrance, le secours procède d'une compassion légitime que nul ne saurait blâmer. Devant ce raz-de-marée de gamins faméliques et valétudinaires, sœur

143

Emmanuelle implora le Saint-Père pour légaliser en droit canon la contraception dans les chiffonniers du Caire. Mais le vicaire du Christ demeura sourd à cet appel… et le monde continue à étendre ses souffrances et à pleurer ses morts. Doit-on pétitionner l'Unicef pour que cette organisation charitable accepte enfin de prendre en compte le problème démographique dans sa course contre la mort des petits et de leur famille ?

ooo

- La phytogenèse agroalimentaire qui améliore les qualités des substances nutritives,

- la substitution de l'élevage des bêtes à viande au profit d'un genre nouveau de protéines végétales,

- les OGM moins gloutons en eau douce et plus résistants aux rudesses du climats et aux parasites,

- la montée en puissance des fermes-usine et des imprimantes à viande,

- la désalinisation de l'eau de mer pour combler la disparition ou la pollution anthropique de l'eau de consommation, mais aussi en regard de la sécheresse qui s'étend sur de vastes régions du globe,

… voilà autant de pistes parmi d'autres pour réalimenter l'agriculture et l'élevage terrestre dont dépend l'humanité. Avec des réserves piscicoles, l'aquaculture pourrait prendre le relais des ressources halieutiques épuisées. Mais il reste la désertification des terres arables face à l'assèchement de régions entières sur le globe. Depuis les inventions miracles pour augmenter toujours et encore les ressources énergétiques etc. ; voilà autant de progrès que la science peut apporter, mais seulement pour retarder une échéance inéluctable : la mort de la planète bleue, asphyxiée, asséchée, puis écrasée sous le nombre.

La surcharge démographique de l'humanité est au cœur de toutes les pollutions de la planète. Ne pas

144

reconnaître cette évidence, c'est nier une réalité incontournable. Tous les efforts entrepris pour limiter les déchets, l'acidité des forêts, le fléau du plastique dans les océans, les rejets carboniques et autres gaz destructeur de l'ozone dans l'atmosphère etc., sont possiblement réductibles, bien que toute action ait ses limites. L'humanité peut toujours contingenter les dommages qu'elle provoque, circonscrire ses propres destructions et restreindre la consommation. Mais que peuvent les meilleures volontés devant le flot des natalités qui épuise tous les efforts, les rend caduques sous le nombre et le poids à raison d'un milliard d'âmes surnuméraires tous les douze à dix ans sur la Terre ? Il semblerait logique de combiner ces exploits écologiques avec un contrôle des naissances, à défaut de quoi, nous allons tous et tout droit dans le mur.

Assez de discours démagogiques, de non-dits, de tabous et de préjugés, car à force d'évitement, il deviendra encore plus ardu de permettre à l'humanité de vivre pour les uns, de survivre pour d'autres ! Pendant que des ONG s'acharnent à sauver des millions de malheureux en détresse, une poignée de malfaisants inventent des horreurs, comme des virus et leurs vaccins dédiés depuis les laboratoires, pour possiblement expérimenter un moyen d'écrémer les populations surnuméraires. Puis d'autres sociopathes monstrueux imaginent des puces nanométriques sous-cutanées pour contrôler la civilisation. L'eugénisme sélectif n'est peut-être pas loin de ressurgir dans les esprits éculés de dangereux individus qui se voudraient être les nouveaux maîtres du monde, comme il en existe dans la secte *WEF*. Pourquoi tant de poisons plutôt que des solutions raisonnables et indolores, alors qu'il suffirait d'en parler et d'éduquer pour ramener l'espèce humaine compatible avec

145

l'espace et les ressources de la Terre ; réduire ainsi une pollution que cette planète ne peut plus supporter ?

Là où tout le monde cherche à survivre, il faut éliminer le voisin mieux nanti, l'envahir, migrer pour s'y substituer, et parfois l'anéantir s'il résiste. Ce scénario qui rappelle les guerres de territoires d'antan, a ceci d'encore plus pervers qu'il ne fait qu'annoncer l'Armageddon de l'humanité qui s'annihile elle-même, écrasée sous son propre poids. Le chaos, l'anarchie et les conflagrations ethnocidaires prévalent dans un monde ruiné, asséché, ravagé, humilié. Les pays industrialisés, lesquels ont déjà décéléré depuis un demi-siècle leur rythme des naissances, se voient submergés par des populations aux abois, démunies, souffreteuses, faméliques, rongés par frustration et convoitise donc hostiles, lesquelles s'agglutinent aux frontières des États les mieux nantis. Cependant, ces eldorados se voient rapidement submergés et pétrifiés par une insécurité montante devant la prédation et le chaos d'un nombre croissant de réfugiés islamiques inassimilables, intolérants, violents et martiaux mais prolifiques, depuis l'Hégire qui a vu naître l'âme du boucher de Médine qui leur sert de prophète.

Comment honnêtement, sans tricher ni esprit partisan, ne pas tenir compte de ce calcul algébrique aussi simple que l'équation de Kaya ? Tous les projecteurs sont braqués vers le diabolique CO_2 ; les *COP, GIEC* et les grandes conférences sur le climat, les catastrophes liées aux migrations humaines et à la misère dans le monde, entre les graves carences alimentaires, d'eau potable et les problèmes de santé dans le quart-monde. Mais rien ne transpire sur cette évidente priorité de la démographique planétaire, car plus gros est le problème, moins il est perçu !

146

Cette évocation dérangeante demeure scellée dans les tabous religieux et antithétique au concept de la famille nombreuse génératrice de consommation, de contributions sociales et fiscales dont se gavent les États et les industriels qui y voient que la croissance et la prospérité de leur futur chiffre d'affaire. Trop peu d'indicateurs font état que rien n'infléchit cette montée en puissance de l'invasion humaine et sa densité sur de nombreux recoins de la Terre submergée. Ni les pandémies, ni les guerres, ni les catastrophes naturelles n'auront jamais infléchi la course de cette flèche d'expansion démographique de l'humanité, cela à une vitesse d'accroissement quasi géométrique.

Plus la société des homme enfle sous les coups de butoir natalistes, plus l'espace commun de vie se rétrécit jusqu'à estomper la partie devenue congrue des surfaces habitables, cultivables et respirables. Si l'humanité franchi la barre démographique de dix milliards, ainsi que le prévoit l'*ONU* vers 2050 (« *9,7 billions on Earth by 2050* », 17 juin 2019), les sociétés, quelles qu'elles soient, devront changer profondément leur mode de vie. Les constitutions s'effondreront eu égard à leur permissivité que justifie la DDHC, et les charitables actions humanitaires qui protègent autant les réfugiés légaux que les bandes organisées de passeurs de clandestins. La secte *WEF* s'en fait un raccourci pour mieux étouffer les velléités patriotes.

Devant ce scénario irréversible de migrations ininterrompues, de guerres intestines et de conflits de territoires, les démocraties résiduelles s'éteindront inexorablement au profit de tyrannies oligarchiques et/ou collectivistes que conduisent ensemble les adeptes du mondialisme. Capitalistes et régimes

147

socialo-communistes ; ces idéaux se rejoignent, avec des intérêts communs et des pouvoirs politiques usant à présent des mêmes techniques « *2.0* » sophistiquées. Quant à l'espérance de vie, elle se raccourcira eu égard aux maladies dues à l'érosion des systèmes de santé, de la qualité et l'espérance de vie, puis des souillures de notre biotope. De graves belligérances fatalement éclateront en regard de la montée des inégalités, les extorsions et les spoliations politiques, puis enfin par suite de l'épuisement des ressources naturelles et industrielles, ainsi vu par les collapsologues.

Les acteurs du mondialisme ne doivent pas ignorer qu'un tel scénario n'a rien d'imaginaire, sinon qu'il est annonciateur d'une vraie catastrophe comme l'indique la démonstration de l'« *effondrisme* » thermo-industriel. Compter sur cette course à la natalité pour se fabriquer des futurs consommateurs, semble un calcul qui inéluctablement achoppera dès lors que la misère, les émeutes et le chaos se traduiront en une clientèle insolvable et pillarde. Cet affaissement de notre civilisation se joue au bout de cette déferlante procréatrice, retenant que les plus nantis seront à leur tour inexorablement effacés de la surface du Globe. Mais comme cela ne se fera qu'après eux, donc plus tard le moment venu, ces esprits aux perspectives à court terme, donc incapables de lucidité anticipative, se sentiront provisoirement protégés dans leur tour d'ivoire climatisée et leur bunker bien garni. Mais ils ne feront que sauver un court lapse de temps leur peau, et qu'importe dans cet intervalle le reste du monde y compris le sort de leur propre descendance !

ooo

Gérard Maarek nous livre un intéressant témoignage de l'histoire : « *Le 1er novembre 1755, un tremblement de terre de forte magnitude, suivi d'un*

148

tsunami et d'un incendie ravageait la ville de Lisbonne, provoquant 60 000 morts. Cet événement fut l'objet d'une discorde qui opposa Voltaire à Jean-Jacques Rousseau. Pour le premier, cette catastrophe illustrait le caractère ô combien misérable de la condition humaine (les tiers-mondistes d'aujourd'hui). *Le second imputa le désastre à l'expansion des villes, à la concentration des populations, bref aux excès de la civilisation désormais trop éloignée de l'état de nature »* (autre réalisme mais plus proche de l'étiologie du mal). Ce pragmatisme pourrait tout aussi bien évoquer, à travers « *l'expansion des villes »*, la fameuse bombe démographique. Mais en visitant l'histoire de la planète, toutes les catastrophes naturelles ne furent pas imputables au climat, et le changement climatique n'est pas le seul fait des pollutions anthropiques au CO_2. Il est donc inutile d'isoler les causes, dès lors qu'il s'agit d'un ensemble à qui il faut en imputer les effets.

Ce constat au parfum malthusien dérange, tant il est vrai, parce qu'il se confirme au fil des années, alors que la plupart des observateurs préfère regarder ailleurs, en cherchant à se convaincre que tout finira par s'arranger, et qu'une décélération providentielle viendra éteindre toutes les angoisses et offrir une solution opportune et pérenne au mal démographique que l'on ne veut surtout pas évoquer. La politique de l'autruche se fond avec un fatalisme d'école, où les interdits culturels et les addictions consuméristes étranglent toute logique faisant appel à la lucidité. Les communautés écrasées sous leur propre poids, leur manque d'eau potable, d'énergie et de nourriture, n'ont plus rien à perdre à s'envahir les uns les autres.

Ces derniers auront certes compris bien avant les lobbies politiciens et les ONG tiers-mondistes, l'urgence inéluctable d'un contrôle vrai et drastique des naissances, que conjuguerait sûrement le planning familial, comme en Chine ou au Vietnam. Certes, il ne faudrait pas réitérer les campagnes de stérilisation forcées subies par les Incas au Pérou au siècle dernier, ou la ségrégation sexuelle en Asie du Sud-Est à travers une limitation des naissances qui déstabilisait l'équilibre sociétal sans parité sexuelle ; autant de pratiques qui auront déjà disqualifié ces plannings. D'aucuns dirons, « *Ce n'est pas nouveau, car certains pays ont déjà expérimenté et codifié la démographie sur leur territoire* ». Des échecs retentissants furent constatés autour des programmes de réduction des naissances par des moyens de contraception ou de stérilisation. Citons la Chine, le Vietnam et le Pérou, et même durant l'Allemagne nazie ; soit par déséquilibre des genres, soit par un détour à l'eugénisme sélectif.

Or, c'est de la responsabilité des institutions internationales que de tels abus furent perpétrés sur des populations démunies, inquiétées, désinformées donc vulnérables. C'est en se refusant de prendre le problème à bras le corps avec sérénité et lucidité, en se détournant de toute volonté résolue sur une initiative équitable aux plans éthique et sanitaire, que les tenants de la conscience planétaire se rendirent responsables collatéralement de ces campagnes isolées contre la surnatalité ; ainsi dans le Sud-Est asiatique. Les chefs politiques préfèrent dénoncer les graves conséquences du *baby-boom* du Sud de la planète, en se gardant de diagnostiquer la cause d'ensemble par pusillanimité, donc en abandonnant ce problème aux remèdes drastiques de dictateurs fous, ainsi Alberto Kenya Fujimori au Pérou avec ses campagnes de stérilisations dans les années 1990. La CIA ne fut pas étrangère à ces exactions, sous le mobile de combattre le pogrom des Sentier lumineux et des nostalgiques de Túpac Amaru.

150

300 000 Péruviennes, dans l'acceptation naïve et l'ignorance, furent soumises à un programme de ligature des trompes de Fallope (minilaparotomie-laparoscopie). Après cette stérilisation chirurgicale, moult d'entre-elles en moururent en l'absence de milieu stérile et de formation insuffisante de praticiens lors d'opérations en chaîne soumises à des objectifs draconiens, moyennant une dotation en numéraires. Les dégâts psychiques et les souffrances physiques furent effroyables. De leur côté, 16 000 hommes ont subi une vasectomie. Certes, il est plus facile de juger *a posteriori* des conséquences tragiques autour de telles politiques, plutôt que de s'engager sous contrôle des instances autorisées dans un programme de régulation des naissances avec le soutien des planning familiaux. Paradoxalement, des États envisagent un retour à l'interdiction d'avorter, et pour quels enjeux ? Entre les prohibitions religieuses et les acteurs économiques, beaucoup défendent la sacro-sainte procréation sous le manteau de l'intégrisme ; un dogmatisme misogyne, car ici l'avis de la femme ne compte pas, moins que l'appétence de futures ouailles et de consommateurs.

De l'autre côté de la barrière, comme quoi le mal est partout, des expériences malheureuses virent le jour dans la géographie du Globe pour endiguer les flots ininterrompus de natalités surnuméraires, dont les dérives sont incalculables en termes de santé et de criminalité ; ainsi la méthode de stérilisation non chirurgicale à base de *quinacrine* employée par la Fondation *Mumford,* créée au Chili par Jaime Zipper dans les années 1970. Les pilules sont insérées dans l'utérus des femmes, avec un effet très douloureux : collapsus, évanouissement, hémorragies menstruelles, fièvre, douleurs dorsale et abdominale, céphalées et

151

risques de cancer par l'effet de mutation de cellules. Selon l'*OMS*, entre 60 % à 80 % des mutagènes sont carcinogènes. La plupart des femmes ainsi stérilisées croyait se prêter à une campagne de vaccination contre le tétanos. Mais à la place, on leur injectait ladite substance stérilisante. Outre la pilule du lendemain, l'*OMS* est à la recherche d'un vaccin supposé modifier le système immunitaire du corps humain, de manière à ce que la femme avorte au tout début de sa grossesse.

En contrepartie la surnatalité engendre la souffrance et la mort. Des rhéteurs évoquent un génocide, avec des taux élevés de mortalité maternelle et infantile, ainsi en Afrique noire et au Venezuela, décuplant allègrement les statistiques des malheureux qui succombent sous le poids du nombre, notamment 25 000 personnes qui meurent de faim par jour dans le monde (Source : ONU, John Holmes). Ce qui tendrait à objecter que les coupables seraient surtout ceux qui font semblant d'ignorer les aspects génocidaires du laisser-faire de l'expansion démographique des *PMA*, tout en se dédouanant par l'évocation des horreurs susvisées. Et encore, c'est ignorer la corruption, les viols, la drogue, les meurtres en bandes organisées et la multiplication des habitats insalubres qu'engendre le dénuement, puis encore les guerres intestines entre les ethnies et autres fléaux que génère la fécondité foisonnante. Plus les peuples sombrent dans la misère, plus elles s'exposent aux risques des banditismes mafieux et s'enfoncent dans le non-droit et la drogue, comme de sniffer la colle sans besoin d'argent.

Sur un autre registre, des cruautés souvent létales par absence d'hygiène et des dommages psychologiques furent irréparables, comme il en va de l'excision et l'infibulation des jeunes filles en islam

152

dont le destin s'achève dans les mariages forcés et polygyniques. Mais c'est précisément là qu'il faut reprendre une analyse honnête et fondée sur des bases démocratiques et des progrès socio-médicaux autour des planning familiaux encadrés, non dans l'urgence et la confusion politique, mais avec pondération sous contrôle éthique et médical, afin de ne pas sombrer de nouvelles fois dans d'insoutenables erreurs avec les drames individuels ou communautaires qui ressortent d'un autre âge. Quant au malthusianisme, il serait temps de dé-diaboliser un enseignement relevant de l'économie sociale, y pêcher les bonnes idées et remettre sur la table une logique qui n'est pas aussi déplaisante, dès lors qu'elle est replacée dans son contexte et revisitée sous un jour réaliste et serein.

Ce fut par ces raccourcis simplistes autour des travaux du prêtre Thomas Malthus ou du prix Nobel de médecine Alexis Carrel, que d'aucuns les ont associés à l'idéologie nazie. Un tel jugement entraîne une incapacité à reprendre une intellection ajustée sur la démographie et du mieux-être social derrière la lecture des « *Essais* » de l'économiste britannique, ou de « *L'homme cet inconnu* » du chirurgien français. Pour ces derniers, il ne s'agissait pas d'éliminer les faibles, mais de croiser les forts ; un eugénisme pas encore thérapeutique ni même une greffe génique associée au clonage. Darwin ou Rostand abondaient dans une société favorable aux sciences émergentes (V. p. 44, 146 et 162). Même s'il est une dictature fasciste pour se servir d'inventions pour en détourner diaboliquement l'usage, le savoir vilement instrumenté par de tels faussaires intellectuels ou barbares ne doit pas être associé de façon systématique à la source du savoir, mais à l'usage que l'on en fait. En biotechnologie, le niveau de la recherche ne dépasse pas encore 1 % de la connaissance de l'Adn/Arn humain. Ce pourquoi le meilleur comme le pire peut survenir à travers les manipulations du génie génétique, ainsi la création machiavélique de *frankenvirus* en laboratoire (Voir 24, 30 et 40). Les aspects présumés positifs des recherches méritent-ils le risque d'explorer les 99 % restant ?

La flèche du temps qui prévoit ± 10 milliards d'humains d'ici trois décennies (9,7 Mds en 2050), n'indique qu'une étape qui raccourcit en durée cette progression géométrique du surpeuplement de la Terre. De fait, ni les catastrophes naturelles, ni les pandémies, ni les guerres n'auront infléchi la courbe ascendante de cette inflation nataliste. Pour l'histoire, rappelons qu'il n'y a ± 37 000 ans, au paléolithique supérieur, soit une partie infinitésimale sur le cadran de l'horloge terrestre, l'humanité ne comptait que quelques menus millions de têtes. Par analogie, nous pourrions dire que l'homme est à sa planète ce que les éphéméroptères (papillons éphémères) sont au cadran solaire, avec une durée de vie de quelques heures par jour, hors leur période nymphée et l'état de chrysalide.

Le temps fait illusion entre la durée de vie des espèces vivantes et l'horloge cosmique. Le Moyen-âge progressa avec 500 millions d'humains (XVème siècle), puis un premier milliard d'autres se déployèrent sur le globe au XVIIIème siècle. Par addition des morts et des vivants, 80 milliards d'âmes sont nées sur la planète depuis l'avènement de ce bipède il y a ± 3 millions d'années, dont plus de 90 % depuis leur émergence sont décédés. Mais la courbe des naissance s'accélérant au rythme d'une croissance arithmétique, la planète bleue sera bientôt noire de monde, grise de pollution et rouge de l'hémoglobine des conflits ; les uns pour survivre, les autres pour conquérir.

À présent, il faut reculer la virgule d'une décimale s'il on veut explorer un futur immédiat, en regard de l'étincelle de vie que représente l'homme sur Terre. Des interactions variables de mouvements qui imprègnent le rythme, le sens et les desseins de l'humanité, s'impriment dans notre dimension et interfèrent dans le devenir des sociétés, alors que dans l'intervalle, l'âme souillée et l'écorce belliqueuse de l'espèce humaine se perpétue, entrelardées d'humeurs cyclothymiques, égoïstes et bourbeuses. Cependant, il ne saurait être dit que tout est mauvais dans l'espèce humaine, mais qu'il s'agit souvent de l'imprégnation des écoles de vie, des idéologies et des religions ou des sectes qui prédisposent l'homme, à la croisée des chemins entre le bien et le mal, à dévier le chemin de son futur, sans préjuger des conséquences de son comportement, où de ce retiendra la postérité à son égard. Jean Rostand avait cette perception : « *On tue un homme, on est un assassin. On tue des millions d'hommes, on est un conquérant. On les tue tous, on est un Dieu* » !

Dans une dimension alternative, où la société des hommes se serait développée différemment, nous retrouverions des ingrédients identiques, mais dans un décor différent et une appréhension de la morale quelque peu décalée, sachant que l'humain en est toujours l'épicentre. Les cultes et la politique, lesquels souvent se mêlèrent, auront donné les impulsions nécessaires et à l'édification progressiste de la société. Mais avec l'usure du temps, de nombreux repères éthique et sociaux se sont évaporés sous le feu de la corruption, entre concupiscence et soif de pouvoir, que les élites et les puissants ajustent à leur seul suprématie et/ou appétit de gain, ou l'argent devient supérieur à tous les standards du monde civilisé.

K - De la surveillance à l'inquisition en passant par l'abandon des droits et la déchéance des valeurs

Le mondialiste, prôné par ceux-là mêmes qui ne mondialisent jamais une équitable répartition de leurs propres gains et capitaux, dessine le contour du profil de quelques-uns, où réduire les peuples à des normes compartimentées autorisent les plus forts à jouer de la discrimination, des privilèges et de la déviation des postulats de solidarité et de patriotisme. Dans ce jeu délétère, les démocraties n'y trouvent plus leur place, puisqu'elles ont pour doctrine de jouer la carte de l'équité, de la solidarité et de la compassion, alors que morcèlement d'une société fracturée depuis l'intérieur autorise les riches et les puissants, selon une sentence machiavélique, à diviser pour régner. Le processus consiste à placer les citoyens dos à dos, ainsi qu'il en fut durant la crise dite sanitaire, en stigmatisant les uns et en faisant des autres les inquisiteurs, collaborateurs, vigiles et mercenaires d'un pouvoir inquisitorial qui pris ses assises dans un climat de peur organisé.

Mais c'est aussi dans la défragmentation d'une société qui, par sa dilution ethnique entre autochtones et réfugiés venus d'un autre monde, désagrège un patrimoine historique et sa culture (*réinitialisation* et *déconstruction*, respectivement selon Klaus Schwab et Emmanuel Macron), que s'inscrit le collectivisme socialo-capitaliste fédérateur du *WEF*, comme seul repère d'une identité commune et universelle ! Ne serait-ce pas aussi un début de réponse à cette démographie galopante que conjecturent en secret les membres de cette secte politique, lesquels pourraient ainsi décélérer le rythme de la croissance planétaire ? La crise de Covid et son succédanée vaccinal, auront

156

participé à la rupture du système immunitaire des populations mis à mal par des injections itératives à vecteur génique, d'où en filigrane, une autre façon de contrôler les naissances en concourant quelque part à un eugénisme sélectif entre vaccinés et non-vaccinés !

Diriger le monde, c'est arbitrer les différends du haut d'un présidium dont le renoncement, la léthargie ou la lassitude des électeurs les empêchent d'entrevoir la finalité et ses funestes conséquences. Légitimée par le verrouillage discret d'un pouvoir charismatique et impénétrable qui s'adosse aux vertus des sacro-saints testaments constitutionnels devenus poussiéreux, les droits essentiels, comme les libertés fondamentales, deviennent peu à peu virtuels, abstraits. Même en s'appropriant tous les droits, l'illusion du partage des pouvoirs emporte la certitude que chacun vit en démocratie, puisque cette évocation magique répand sa charge émotionnelle dans les esprits subornés des citoyens. C'est alors qu'une dictature, technocrate, ploutocrate et oligarque, devient possible dès lors que les droits souverains du peuple ne reposent plus que sur du sable, et que la force incantatoire de mots qui résonnent dans une dimension patriotique, issue de la symbolique Révolution de 1789, persistent à impacter l'imaginaire collectif. Tout le monde se croit encore en démocratie et se persuade de voter selon son libre-arbitre, mais seulement exprimable sur le zinc.

Les viols de la démocratie, autrement dit des droits qui régissent le monde libre, firent pléthore durant la pandémie de Covid. Même si la France fut l'un des pays les plus impactés par l'autoritarisme farouche d'un chef d'État frappé par la démesure et l'intolérance, les Nations Unies, dont l'OMS et nombre d'institutions nationales furent entraînées par le délire collectif des confinements, des couvre-feux, des contrôles estampillés d'un ausweis et de répressions. Pourtant, l'analyse de l'actualité des faits, des rapports scientifiques d'organismes indépendants de veille sanitaire et de contrôle des médicaments, d'où les scientifiques honnêtes et non affidés aux centres de tests et de vaccination, expliquent ce qui s'impose comme une évidence ; un début de réponse à cette corruption à l'échelle planétaire entre le *Big Pharma* et les politiciens véreux qui ont suivi le mouvement. Voyons sous cette mascarade, un cocktail nauséabond de fortunés et d'élus censés nous gouverner et nous protéger, mais qui ostensiblement nous assassinent tout en s'enrichissant sans honte ni remord.

Faudra-t-il attendre longtemps et en vain que les vaccins expérimentaux prétendument anti-Covid façonnent durablement, dans un avenir à moyen terme, une dégénérescence congénitale après la répétition des injections à vecteur génique, puis que ce phénomène délétère s'impose comme une évidence depuis la résistance immunitaire plus favorable aux personnes non vaccinées, dont les anticorps NAb (neutralisants) sont épargnés par cette dépendance aux vaccins ? Redoutons des intentions eugénistes derrière ces manipulations sur le génome humain, *via* des antigènes par injections vaccinales aux nocuités imprévisibles ! *Quid* des élus initiés à cette facétie qui se font inoculer un sérum physiologique en guise de vrais-faux vaccins par leur thérapeute complaisant, où le contenu de la seringue finit dans un lavabo, ou de faux certificats de vaccination entre collègues élus et médecins initié, lesquels échappent ainsi perfidement à l'obligation qu'ils imposent eux-mêmes au Peuple ? La stérilité inférée, sinon la procréation sélective pourraient répondre à cette interrogation, en retenant

158

qu'il ne s'agit pas à ce jour de fantasmes, mais d'une réalité en pratique dans les hôpitaux, où les cadres et praticiens non vaccinés, peut être convaincu du pire, furent éjectés comme des malpropres, sans jugement en prud'homme ni indemnité… et pas réintégrés.

°°°

En outre, la société du « *2.0* » facilitera cette prise de contrôle du peuple hébété et apeuré par ces mesures politiques iniques, menaçantes et brutales, avec le carnet à point à la mode chinoise ; une variété que propose le *pass-sanitaire,* plus tard possiblement amélioré par un implant sous-cutané, telle une puce *5G* dotée d'une *IA* quantique de la dimension d'un processeur nanométrique placé dans un vaccin injecté dans le corps humain (voir infra, §-L). Tel un succédané de la géolocalisation ou de la mémoire d'un *Iphone,* ces nanotechnologies et autres précurseurs cyber-géniques par application chimio-biologiques existent déjà depuis plus d'une décennie. Elles font l'objet d'applications dans le domaine spatial et médical expérimental. Leur usage, comme de petites ouvrières bioniques, est surveillé par les comités d'éthique, mais il arrive aussi que la réalité dépasse la fiction, et que la morale soit subornée au profit et les dérèglements de gens malveillants, disposant *ipso facto* par le contrôle de ces puces, d'un pouvoir exorbitant.

Les consortiums industriels et les fondations apatrides, abrités sous la cloche protectrice du *WEF,* disposent d'un statut extraterritorial. Ces puissances multimilliardaires, généralement dotées de moyens exorbitants qui échappent au contrôle des États, disposent d'un champ d'action financier et industriel les plaçant hors de toute juridiction politique et judiciaire, en se présentant comme des organisations non gouvernementales. Ce montage, hors de toute tutelle politique, autorise les membres de ces trusts, holdings, joint-ventures et ONG à faire circuler leurs finances à la façon du cartel de Medellín (avant qu'il fut désintégré par l'armée colombienne et la CIA), en passant par les paradis fiscaux dont le secret bancaire est solidement protégé et garanti contre les échanges d'informations entre les États, nonobstant une loi américaine de 2010 ; *Foreign Account Tax Compliance Act (FACTA),* initiant l'échange de renseignements.

Or, ni Interpol (ICPO) ni le Comité exécutif (CE) n'auront réussi à briser ou à infiltrer le secret bancaire dans ces zones d'ombre, où les comptes numérotés sont parfois ceux des législateurs qui font semblant de lutter contre ces prévarications fiscales. Comme il en va du délit d'initié, ou de la lutte contre les stupéfiants, les sociétés offshore ont toujours plusieurs longueurs d'avance pour échapper au marteau de la justice. Entre l'éthique et les intérêts collectifs, la balance pèse plus lourd du côté des profiteurs que des juridictions populaires. Pour preuve, seules les bonnes paroles et les intentions honorables des élus ont une visibilité, rarement le résultat d'une enquête ou d'un jugement, nonobstant l'acharnement des *Panama Papers* (ICIJ).

Selon une étude publiée de cette association de journalistes d'investigation, le manque à gagner des recettes fiscales pour les États de l'union se chiffrerait autour de 1 000 M^{ds} d'€ (50 M^{ds} d'€ pour la France) chaque année civile. Nous retiendrons que la charge fiscale dont échappent les délinquants de la finance, est fatalement transférée aux citoyens nationaux lambda, contribuables et cotisants. Quant à évoquer que le secret bancaire permet d'établir une confiance entre le banquier et son client, et qu'il est favorable aux affaires, comprenons que cette opacité ne saurait

160

autrement profiter qu'aux trafiquants d'armes, aux criminels de tout poil et aux investisseurs qui ne tiennent pas à ce que la morale viennent perturber leurs forfaitures. Sur ce registre, gageons que moult politiciens, qui pourtant savent prodiguer la bonne parole, ne vont pas agir contre leurs propres intérêts !

En outre, la libre circulation des produits transactionnels est dématérialisée et cryptée. Enfin, ces organisations échappent souvent au contrôle des entreprises ayant pignon sur rue, échappant ainsi aux prélèvements fiscaux et parafiscaux. Autre privilège, ces affairistes retranchés derrière ces monstres de pouvoir et d'argent, n'ont pas l'obligation de se faire élire, ni devoir rendre des comptes à leurs concitoyens respectifs depuis le no man's land de ce canton suisse de Genève, ce qui les autorise tous les débordements politiques et juridiques. Ainsi en fut-il avec les vaccins-Covid livrés à la hâte sans *AMM*, ni randomisation, ni étapes cliniques par l'intemporelle *Big Pharma*, après la propagation d'une pandémie conçue en laboratoire de recherche à Wuhan. Demain sera peut-être l'ère des puces sous-cutanées (mouchards nanoscopiques), ou biocompatibles et capsulées qui pourront être injectées par une seringue. Cela fut évoqué au *Forum* 2023, mais dans l'anonymat d'une monstrueuse conjuration.

ooo

Une telle arme, qui ferait rêver le plus rude des dictateurs, pourra être introduite en droit positif avec la bénédiction de membres de la secte *WEF*, comme Emmanuel Macron et des dizaines d'autres dirigeants d'États bluffés par des moyens aussi commodes de gouvernance, hors des griffes d'un parlement et d'une justice. *Exit* les constitutions, comme la nôtre qui fut déjà subornée au prétexte fallacieux de l'exception et de l'urgence, par le Conseil constitutionnel en France lors de la validation de telles lois hérétiques. Ces mesures législatives autorisèrent la discrimination en France ; droit de travailler, de circuler, de consommer, de vivre… moyennant plusieurs injections et un ausweis, d'où l'obligation de se faire vacciner avec un poison expérimental exempt de tout principe de précaution, faisant des citoyens des rats de laboratoire.

La puce-espion susvisée injectée permettra de sublimer les smartphones, mais surtout d'avoir la mainmise sur tout ; les citoyens, les avoirs, les biens et les écrits. Comment un chef d'État résisterait à cette tentation, de pouvoir insidieusement métamorphoser une démocratie en un régime totalitaire, comme de mettre en boite toute une nation comme cela se produisit avec les états d'urgence ? Les confinements inhibèrent toute velléité contestataire ; une victoire à la Pyrrhus certes, mais un essai réussi pour ces monstres sacrés qui acheminent inexorablement la société « *2.0* » vers le destin d'un collectivisme chinois, avec des citoyens réduits à la condition d'insectes sociaux.

Ces initiateurs d'un ordre nouveau (2 658 au *Forum* 2023) constitués de patrons milliardaires à la tête de multinationales, d'éminents banquiers plus fortunés que des États, puis de politiciens influents et de têtes couronnées solidaires derrière une puissante organisation internationale, deviendront bientôt le pivot de l'ordre géopolitique d'un nouveau monde redessiné selon des critères *mondialistes-collectivistes.* Sous une auspice liberticide, ceux-là deviendront réellement opérationnels. Par le fait d'une capacité inégalée dans l'histoire de produire et à influencer le monde, quant aux intentions d'envisager à leur manière le futur du genre humain, plus rien ne semble pouvoir arrêter cette machine à broyer les États.

162

Ici, gare aux annonces vertueuses que projettent les lobbies mondialistes, ainsi la secte *WEF* où il est question d'enseignes écologiques et charitables. Il en va ainsi avec les ONG du *WEF*, telle la *Bill & Melinda Gates Foundation,* où il s'inscrit en lettres d'or sur les opportunités de subventions : « *La famille d'initiatives Grands défis encourage l'innovation pour résoudre les principaux problèmes de santé et de développement* » ! En filigrane, les plus lucides ou impliqués y verrons des investissements caritatifs qui masquent des ententes partenaires entre le monde industriel des nouveaux colons exploitants, et les PMA exploitées. Moyennant l'aide alimentaire et sanitaire, l'échange implique une économie productive qui n'a donc rien de bénévole : *GrandChallenges.org* & *GatesFoundation.org.*

Derrière ces intrigues des temps modernes, ce sont de nouvelles colonies à la remorque d'industries lourdes d'extraction minières et d'abattage forestier, avec leur rejets carbone et chimique qui remplacent désormais les conquêtes territoriales des colons d'antan. La corruption des chefs d'États à la tête de ces pays, cibles d'exploitations terrestres et de pollutions exportées, ne laisse que des miettes aux populations autochtones démunies. Car celles-là le resteront, avec de surcroît de nouveaux besoins et habitudes de consommation qui feront oublier aux populations indigènes leurs ressources endémiques et leur mode de vie traditionnel. Les promesses de croissance ne sont plus alors que des leurres pour une dépendance à des maîtres industriels et bancaires venus d'ailleurs.

Certains d'entre ces géants de l'industrie et des finances envisagent même de limiter les naissances en contrôlant la fertilité sexuelle à distance, donc sans l'assentiment des intéressés. Cette mainmise sur la démographie mondiale, vue sous la lorgnette d'un eugénisme sélectif, donc discriminatoire, n'apparaîtra même pas en transparence sous la bonne excuse thérapeutique qui sera pixellisée en destination des bonnes consciences. Un vaccin, sous couvert d'une excuse prophylactique, peut servir de pareils projets, et le *Big Pharma* y est déjà prêt avec l'expérience acquise du SARS-CoV-2. Le vaccin contre ce virus a déjà rendu des milliers de femmes et d'hommes stériles, et des avortements spontanés accidentels font légions. À présent, les mortalités fulgurantes ou de réveil de maladies dormantes par suite des lésions durables sur le système immunitaire des personnes vaccinées à répétition, s'avèrent plus importantes que le virus lui-même censé être combattu par ces vaccins !

Mais les peuples dociles sauront-il un jour pourquoi, ou auront-il seulement envie de le savoir pour y avoir eux-mêmes contribué par naïveté et enthousiasme, sinon par prévarication pour le corps médical vendu, affidé aux bourreaux politiques que des médecins stipendiés suivent aveuglément et dépit de leur déontologie ? Aucune excuse ne saurait les dédouaner, alors même que les instituts de contrôle des médicaments, dont *EudraVigilance* et de nombreux spécialistes en microbiologie, virologues et d'éminents professeurs les avaient pourtant avertis (Voir p. 116 « *La République en danger* » ; « p. 45 et 89 « *Overdose de vaccins et voyoucratie* » ; p. 64/65, 96/97 et 153 « *Covid - La poule aux œufs d'or* », en bibliographie *in fine).

Ces organismes de vigilance, non relayés par les médias panégyriques à l'État-Macron, voire censurés par les États corrompus, ont répertorié avec un sérieux professionnel indépendant, donc assertorique, cet

164

épiphénomène obstétrique d'infertilité, intervenant après moult vaccinations Covid, survenu parmi 27 d'autres pathologies, de graves à très graves jusqu'à mortelles ? La liste virulente et macabre des attaques pathologiques sur la santé provoquées à la suite de ces vaccinations *Covid* expérimentales des 4 laboratoires *Moderna, Pfizer-Biontech, Astrazeneca et Janssen* entre janvier 2021 et fin juillet 2021, est parlante car scrupuleusement répertoriée, et vérifiée quand cela peut l'être (op. cit., « *Covid - la poule aux œufs d'or* », p. 151 à 152 ; Source : *European Medecines Agency*).

L - Ce que les vaccins-Covid ont engendré de désastre n'est que le prélude d'expérimentations nanométriques d'implants encore plus effrayantes

Le bâtisseur de la Fondation *Bill & Melinda Gate*, après avoir été le concepteur génial d'*Apple*, fut suspecté par certains commentateurs en ligne, que relaya *The Gardian, The conversation*, le *Gigdata.fr* et bien d'autres témoins indiscrets depuis les salons du *WEF*, d'avoir imaginé l'injection d'un microprocesseur dans le corps de tout être humain sur la Terre, avec bien évidemment la masse de profit que cet inquiétant génie pourrait réaliser par une opération commerciale d'une telle envergure. Avec la vente par milliards de ces implants et encore plus à venir, le renouvellement de ces virus électroniques ferait figure de tonneau des Danaïdes ; une vidange informatique inépuisable de l'espèce humaine ; une révolution comparable à l'avènement des *IPhones* par ce même concepteur.

Ce mouchard nanoscopique, injecté *via* une seringue ou implanté dans un organe, un muscle ou sous le derme, aurait pour mission, selon les analystes, de pister les personnes, voire d'entrer, via le cortex, dans leur journal intime ou autre finalité comme de visiter l'état du corps humain et contrôler les naissances. Fini les codes à barres ou les *QR code 2D* ; chacun portera l'empreinte *in extenso* de sa trame de vie à travers chacun des mouvements de trésorerie, de contacts relationnels, des choix sexuels ou de société, ses goûts et affinités depuis le profond des corps et des cerveaux sans cesse explorés, devenus les réceptacles et transmetteurs de la part existentielle des individus ainsi connectés à l'antenne *5G* la plus proche.

Les vaccins-Covid auraient été les précurseurs de cette idée pirate, dont l'usage qui en est fait ne relève pas de la fiction, mais de la faisabilité d'un tel flicage et parasitage d'indiscrétions recueillies depuis ces cyber-mouchards indécelables connectés sur un réseau. Le téléphone portable, durant la crise sanitaire, s'était par anticipation constitué en droit de passage, une autorisation de consommer, de travailler et de vivre librement ; un ausweis porté à bout de bras comme un salut nazi pour s'identifier ! Gordon Moore, l'un des fondateurs d'*Intel*, avait déjà énoncé une loi empirique pour doubler tous les deux ans la capacité de mémoire (SSD, virtuelle et logiciels enfouis) des dispositifs de composants électroniques élémentaires, tels des transistors mais avec une taille nanométrique.

Mais à présent, la technologie ayant progressé, c'est la liberté qui a régressé, car l'obéissance rampante aura converti en paillasse le citoyen dont nul reproche ne saurait lui être adressé (en vertu de l'art. 16 du Code civil et l'art. 1111-4 du Code de la santé publique), pour ne pas être repoussé ou dénoncé par les collabos qui le mouchardent à l'*ARS*, comme si le citoyen non vacciné était un délinquant. D'ailleurs, l'obligation « *non obligée* », selon la formulation hypocrite du pensionnaire de l'Élysée, jamais en panne de félonie et d'habileté démoniaque, aura convaincu plus 80 % des Français à se prêter à cette mascarade vaccinale sous perfusion discriminatoire, alors même que plus de la moitié de ceux-là s'y seront prêtés par contrainte, par ce chantage, à peine de perdre la plupart de leurs droits civiques indispensables pour vivre, dont leur emploi et le droit de voyager et de consommer.

En attendant mieux avec des outils encore plus pointus que le smartphone et l'ausweis avec son *QR code TAC* pour laminer les libertés, le processeur d'une puce « *5G* » doté d'une antenne, d'une mémoire « x » Go de *RAM* et d'une intelligence intuitive quasi autonome (cybernétique), nécessite encore une lecture aisée en contact avec l'épiderme (Voir plus bas). De sorte qu'il faudra encore patienter quelques années avant que la fréquence de transmission sans fil soit concevable depuis le corps humain, eu égard à la technologie actuelle. Mais ce délai, de moins d'une décennie n'est qu'une courte étape durant laquelle les politiciens, devant le progrès fulgurant des calculs quantiques, devront revisiter le droit positif de leur pays respectif pour contourner la démocratie et la rendre compatible avec ces pratiques liberticides.

Autant dire que la pandémie Covid, fabriquée par des apprentis-sorciers et répliquée par des vaccins aussi pathologiques que le virus lui-même, fut un véritable banc d'essai pour leurs instigateurs. Alors même que ce carnage fut passé à la trappe médiatique, et que l'omertà résulte de la culpabilité de bien des acteurs politiques, mais aussi d'un public candide qui en a joué par méconnaissance et désinformation, la société aura perdu le contrôle de ses libertés et de ses droits fondamentaux. En se livrant corps et âme à la

167

gestion collectiviste que connaissent déjà des pays comme la Chine, le secte *WEF* et ses thuriféraires préparent en catimini notre absorption mondialiste.

Sous la dictée de scientifiques à la botte des industriels du *Big Pharma* et l'avidité de pouvoir exacerbée par le *WEF,* ainsi que la cupidité de politiciens sans scrupules près à vendre leur mère pour quelques dollars de plus, ces puissants complices auront vite réalisé, à travers l'expérience déjà vécue de la crise dite sanitaire, les avantages politiques et financiers qu'ils pourront désormais tirer de ce nouveau mode d'asservissement pour parvenir à matérialiser leurs funestes projets. Les tests de dépistage, les vaccins, les certificats de décès trafiqués, les masques, les mensonges pernicieux récités en boucle sur les écrans *Tv,* et le pouvoir de l'imposture du misanthrope de l'Élysée qui aura vomit ses mystifications propagandistes durant les trois années d'une pandémie exagérée jusqu'à cinquante fois (selon l'OMS), feront le travail de lissage, pour convaincre et duper tous ceux qui croiront encore vivre en pays démocratique et voter selon leur libre-arbitre !

Parmi les instruments de communication et d'information, les smartphones que chacun porte déjà sur lui, dotés d'un logiciel-espion comme l'appli *mSpy,* qui permet de visualiser tous les échanges (photos, mails, répertoire et toutes les autres applis bancaires, ameli etc., entièrement sous contrôle de *FranceConnect,* avec géolocalisation et traqueurs, voilà autant de viols qui portent atteinte à la vie privée de tout un chacun ? Ne voyons-nous pas quotidiennement les ados dans les espaces publics incapables de lâcher leur portable, et même les petits déjà accros à l'*IPhone* de leur mère ? Une telle addiction fut déplorée 50 ans plus tard par

Martin Cooper, l'inventeur du téléphone cellulaire, lequel n'imaginait pas alors que ce téléphone sans fil servirait d'inquisition pour les pouvoirs politiques malveillants et de piratages privés ou institutionnels à grande échelle, jusqu'à craquer le journal intime de chacun de ses utilisateurs, puis encore de fournir un accès facile de contenus inappropriés aux mineurs.

Cependant, ce découvreur génial, à ce jour nonagénaire (94 ans), ne cesse pas de fantasmer quant à la transposition de sa découverte avec les progrès technologiques du monde actuel, notamment avec l'avenir quantique et les nano-robots intuitifs de plus en plus intelligents et prompts que nous réservent les scientifiques d'aujourd'hui. Si le progrès réagit comme une poussée de réacteur sur notre civilisation rivée à sa planète, il n'en demeure pas moins que cette dérive participe à la dégénérescence des libertés inscrites dans les constitutions et les droits naturels. De sorte que les téléphones mobiles ne sont encore que la trame d'une cybernétique qui fera de l'homme son esclave.

Lors du *Mobile World Congress* qui se déroula fin février 2023 à Barcelone, le père du téléphone portable apparu pour la première fois en 1973, fut longuement consulté par des journalistes, dont l'*Associated Presse*. Les éléments qui ressortent de cet interview de Martin Cooper sont extraordinairement fantastiques, mais aussi inquiétants qu'accablants quant aux applications que nous promet le futur technologique. Nonobstant des réserves quant à la fiabilité d'une sécurisation d'un pareil outil de communication et d'information, l'inventeur entretient un optimisme délirant, car il pense que tous ces problèmes qui relèvent de l'indiscrétion et des viols des données se résoudront : « *Cela va être résolu…* » osa-t-il avancer ! D'ailleurs, celui-ci livre un aperçu de ce que seront les téléphones du futur, puisque selon sa propre projection, l'instrument sera remplacé par un « *détail* » greffé dans l'anatomie de l'utilisateur : « *Le corps humain est une station de charge… Vous ingérer de la nourriture et fournissez de l'énergie. Pourquoi alors ne pas placer un récepteur intégré à la fonction auditive, sous la peau qu'alimenterait l'énergie statique du corps* » ?

Depuis la brique d'un kilogramme de son invention pour communiquer, le portable compact et autonome ayant fait son chemin depuis un demi-siècle, il est temps de passer à l'étape suivante ! De sorte que les industries de la téléphonie et de l'informatique, via l'internet, sont déjà à l'ouvrage, satellisées ou terrestres dans une technologie « *4.0* », où le smartphone sera relégué dans les musées. D'ailleurs, la firme *Meta Platforms Inc,* un géant du web avec un chiffre d'affaires de 118 M^{ds} de US $, un partenaire des *GAFAM* créé en 2004 et dirigé par Mark Zuckerberg, projette ce que seront des « *Lunettes de Réalité Augmentée* » qui suppléeront les téléphones modulaires connectés d'aujourd'hui. D'autres sociétés créatives toujours plus ambitieuses, ainsi la startup américaine *Neuralink* créée en 2016, spécialisée en neurotechnologie, laquelle développe des implants cérébraux d'interface direct neuronales, cofondée par l'homme le plus riche du monde, Elon Musk, prépare en labo des nanopuces injectables dans le cortex cérébral des personnes pour contrôler leurs émotions, la mémoire, la cognition, la santé, les déplacements…

Meta Platforms incorporated (qui fut à l'origine initialisé sur le réseau Facebook) a également intégré un processus pour observer la navigation des neurones, autrement dit l'esprit humain, à l'aide d'un

170

capteur fixé au poignet. Devant ces innovations disruptives qui emmènent l'humanité à devoir faire face à de nouvelles valeurs, ne croyons pas rentrer ici dans les délires d'un scénario de science-fiction, voire d'adhérer à l'idéologie transhumaniste avec un corps prothétique en polymère et des neurones pucés. Cette transposition de l'avenir vue depuis les années 1970, ainsi l'homme bionique dans la série américaine de Richard Irving « *The six millions dollar man* » tiré du roman *Cyborg* de Martin Caidin, met en lumière l'indétermination du sens temporel que peut prendre la direction du progrès sous le sceptre du pouvoir.

Ô paradoxe, alors que l'humanité croyait fermement que la mission d'*Apollon 11* serait le stater d'une course de l'humanité dans l'espace, ce fut le cyberespace et le téléphone modulaire notamment qui tracèrent la voie d'un progrès inattendu dans l'intervalle du demi-siècle qui suivit ! Aurait-il fallut des visionnaires comme Léonard de Vinci ou Jules Vernes, pour envisager un futur exact, l'un entre le XVème et XVIème siècles avec ses machines volantes, l'autre au XIXème siècle avec l'électricité du sous-marin Nautilus ? Ces magiciens qui surent transposer les progrès de la science, à la faveur de leur notoriété acquise avec l'histoire, ne pouvaient pas être taxés de *conspirationnisme* pour avoir inventé le vrai du futur, ou présagé ce qu'il deviendra entre les mains d'entités malveillantes comme avec la secte *WEF*. Certes, les inquisiteurs apostoliques, dont les ordres monastiques jésuites et dominicains, n'étaient pas tendres avec les haruspices et les sorcières d'autrefois. Mais la censure qui aujourd'hui garrote la liberté d'expression sous les régimes oligarques du XXIème siècle, n'est autre qu'un autodafé mental qui se passe d'*habeas corpus*.

Toutes ces inventions déjà manufacturées dans ce monde en devenir sont évidemment déjà dépassées, comme les transistors supplantés par les circuits imprimé ; ces PCB eux-mêmes ayant fait place à la nanotechnologie, puis encore demain ou après-demain avec l'ère quantique qui n'attendra par le XXIIème siècle. Ici, ce n'est plus seulement la force herculéenne d'un Superman et l'habileté d'un cyber-robot qui sont dans le viseur des scientifiques, mais une *IA* qui fonctionnera à une vitesse de 17 nm (10^{-9}) par seconde, avec des atomes de césium sur une distance de 0,5 micromètre pour vaporiser les limites du déplacement de l'information. Tout le reste de ce qu'il subsistera d'humain sera avalé et digéré par les développeurs informatiques et leur langage de programmation, le *high-tech* virtuel, puis l'internet quantique qui frappe à nos portes ; où les échanges ne seront plus vocaux donc conviviaux, car convertis en dimension *qubits* (superposition et fragmentation de la somme binaire) dans un microglossaire abscond.

Une fois extirpé la personnalité de l'individu et compartimenté l'intellect et la volition de chacun pour la réduire à un eugénisme mental, obéissant jusqu'à la servilité, alors il n'y aura plus de distinction originale ou de disposition naturelle exprimable ou identifiable, mais des êtres numérotés, classifiés et prédestinés à une fonction propre dans une ruche sociétale, avec des soldats, des nourrices et des butineuses. Tel sera le destin de l'homme dans une communauté réduite à des programmes de nécessité ou de fonctionnalité avec des variables qui s'inscriront en politique sociale, économique et financière, comme des allèles dans un génome, pour définir de quelle manière et avec quels instruments façonner la société de demain. D'ailleurs, si cette communauté pouvait absorber instantanément

172

ces nouvelles technologies qui se bousculent les unes aux autres tant elles sont véloces, demain serait déjà hier, à la façon d'un télescope qui remonte le temps.

∘∘∘

Une démocratie fonctionne avec une pluralité d'individus différenciés, ce qui en fait toute sa richesse, tout en provoquant çà et là des intolérances et des conflits, selon la nature humaine et les voies politiques empruntées et/ou insinuées. Or, ces immixtions se conjuguent en harmonie, dès lors que ces espaces communs se retrouvent derrière une identité nationale et que les citoyens interagissent ensemble. La démocratie concours généralement à un mieux vivre, à condition « *qu'un vivre ensemble* » laisse en décider l'expression générale des populations en termes de liberté, non forcer un multiculturalisme déborder la société par des esprits communautaristes. Pourtant, c'est exactement ce qu'impose l'État-Macron et la social-démocratie européenne sous l'incitation du *WEF* et de *la Commission UE* en forçant une pénétration exponentielle d'un islam prédateur et intransigeant dans les pays d'accueil. Ce pourquoi, gardons-nous de croire que pareille situation ne se heurtera jamais à la *vox populi,* car une guerre de civilisation pourrait renouer avec l'époque médiévale des croisades.

La civilisation de demain pourrait, de concert avec ce problème majeur de l'immigration, se faire simultanément avaler par une biotechnologie qui avancerait à pas feutrée, mais subrepticement décidée. Il s'agirait d'une interface déshumanisée du genre humain apparié de *nanotransfections* cellulaires ; un transhumanisme qui rôde depuis les années 1980. Techniquement, il s'agirait d'un transfert de gènes électromoteurs. Des bioréacteurs à charge électrique seraient activés à partir de connexions d'antennes implantées dans le cortex cérébraux télécommandés. Les citoyens seraient alors placés sous une opérabilité disciplinaire, sensibles aux manettes invisibles de leurs magisters politiques, lesquels se présenteraient comme leurs régulateurs sociaux. Tels des zombies lobotomisés et compartimentés au service exclusif d'une société sans part existentielle, la société des homme basculerait sans doute dans un collectivisme mondialiste, où nous y retrouvons immanquablement le *WEF* au cœur de l'interface de cet ordre nouveau.

Le smartphone prélude cette génération future, avec ses connections en guise d'antennes ou de câble. Émetteur et récepteur, le téléphone cellulaire est certes magique, mais il empiète déjà beaucoup sur les libertés individuelles et la vie privée des abonnés, sans que ces utilisateurs s'en doute, ou le ressente. Voire-même de le savoir, cela ne les dérange pas. Le droit d'expression y est pourtant piraté, canalisé, filtré, disséqué et stocké par des logarithmes au langage intuitif jusqu'à l'indiscrétion. Les esprits captivés y perdent de leur autonomie devant ce petit écran qui les subjugue et les dépossède d'une part encore congrue de leur libre-arbitre. Les enfants, plus que les adultes, en oublient leur environnement immédiat au profit d'une réalité virtuelle. Les stimuli sensoriels et psychiques sont captés et redirigés à travers une toile d'interactions casquée en 3D, où le réseau complexe des signaux et des messages met en action des émotions suggérées. Mais cette imprégnation forte éloigne les 94 % des jeunes détenteurs de smartphones de l'empathie et de l'émotion qu'ils ne savent plus développer dans la réalité tangible autour d'eux ; des utilisateurs compulsifs et ensuqués de pixels qui négligent leur environnement social, voire occultent la vraie nature qu'ils ne savent plus contempler.

174

Extrapolons ce qu'il resterait d'empathique dans notre civilisation, si la part ontologique des êtres humains était dépossédée d'autonomie, et que l'ego et le droit d'expression avec la vie privée seraient délayés depuis la greffe d'une nanopuce ; un intrus dans l'*ego* et la conscience de chacun, un autre *soi* qui polluerait l'espace intime des citoyens. Les libertés naturelles se perdraient à défaut d'appréhension ou de nécessité, laissant place à l'autorité d'un panthéon de *possédants* et de *sachants* qui penserait dans la tête de tous. Ces applications du futur ne relèvent pas de la fiction, car il s'agit d'une réalité dormante, une branche de la nanotechnologie transplantable qui sommeille dans les tiroirs des laboratoires. Mais pour le moment, sans le concours de cette science du futur, les méthodes de subjugation télévisuelles, cette petite lucarne où la vérité ne voit que rarement le jour, ou de persuasion clandestine sont déjà opérationnelles et ont fait leur preuve, quoique de façon cataclysmique pour la société qui n'en ressortira plus jamais indemne.

∘∘∘

N'est-ce pas ainsi que la crise dite sanitaire en France aura durant deux longues années réussi cet étrange métamorphose sociétale ? Le commutateur de cette mutation fut la peur, et la peur fut instrumentée par des canulars et des ordonnances comminatoires. La discriminations initiée par l'imposture oligarchique s'ordonnança avec des lois anticonstitutionnelles et liberticides, au prétexte de l'urgence et de l'exception. L'arbitraire fit son travail de déshumanisation, avec des contraintes et des interdictions. Ce régime de collaboration se servit des citoyens vaccinés pour en faire des vigiles et des autres des pestiférés, licenciés et claquemurés par les mercenaires politiques au service d'un État voyou. Cette histoire a été vécue et ne doit jamais être oubliée, car c'est dans un tel climat de psychose et de délation que naissent sournoisement les dictatures. Viennent ensuite les privations, le dénuement et la perte de dignité des citoyens, ainsi que la montée en charge d'un climat anxiogène induit par le syndrome d'une guerre, certes vécue ailleurs que dans les tranchées (virus, CO_2, Ukraine…). Chacun sait désormais que tout cela, même si ce ne fut qu'une mascarade habillée de mensonges, de félonie et de corruption, peut recommencer à tout moment.

Cette menace, emmenée par un ennemi virtuel si bien contrefait, annihile tout risque insurrectionnel de manifestations venant d'une Nation accablée, ruinée et sans force, car hébétée et incapable de se rebeller contre un appel à l'unité nationale. Ce fut historiquement sur de telles bases que le nazisme prit force après le Traité de Versailles (Voir supra, p. 38 et 74) ; cela après l'écrasement du peuple germain, la récession et la famine passé la Grande Guerre. Adolf Hitler, comme tant d'autre fascistes avant lui, inhiba les fondements civilisateurs des droits naturels pour installer son régime autoritaire. Macron évoqua la *déconstruction*, et son gourou Klaus Schwab du *WEF* la *grande réinitialisation (Great reset)**. Ces évangélisateurs d'une reconstruction mondialiste se doivent d'abord de démembrer la société de leur démocratie, comme le ferait une guerre de bombardement, pour transformer leur délire onirique en une société déshumanisée.

De tels vocables*, insérés subrepticement dans les discours anodins, ne sont-ils pas révélateurs d'intentions morbides, sinon symptomatiques d'un « *déjà vécu* » de sinistre mémoire ? Si l'histoire ne se répète pas, la nature des hommes reste la même dans leur esprit quel que soit l'époque. Puis encore, si la

176

technologie des puces nanométriques implantées (Voir p. 145, 159 à 175, 185) vient corrompre l'ordre des droits imprescriptibles inscrits dans le marbre, alors gageons que, par la dislocation de l'esprit humain, les choses irons encore plus vite vers une déchéance de notre civilisation, susceptible de compromettre toute visibilité démocratique dans un monde déshumanisé.

ooo

En revenant au présent des années 2020, l'écran tactile des smartphones ou des *IPhone,* en apparence inoffensifs, enferme déjà et transporte quasiment toute la vie des abonnés. Les informations confidentielles via la carte *SIM,* dont les contacts mémorisés, les carnets d'adresses puis les applications abondantes sont directement accessibles, captés, disséquées, triées et stockées par la plateforme *FranceConnect* ou *Mobile Connect,* via l'inquisition d'État : l'*Arcom,* Bercy, la *CAF,* les grandes écoles d'administration etc. Ces indiscrétions sont autorisées au service des ministères de l'Intérieur, de la Communication, en passant par Matignon et l'Élysée ; tous investis de la permission de pénétrer les codes informatiques, y compris ceux des comptes bancaires ou de valeurs incorporelles. Ici, plus besoin d'une autorisation de justice, l'Exécutif est roi. Quant aux hackers, kleptomanes informatiques et autres malandrins, ceux-là peuvent, à la faveur de la myriade d'informations immédiatement disponibles sur ce petit objet devenu indispensable, procéder à des usurpations d'identité ou procéder au détournement des comptes bancaires. Grâce aux applications que relayent des caméras installées dans les domiciles des propriétaires abonnés à des sociétés de surveillance, le vol du téléphone ou son emprunt discret peu révéler dans l'instantané l'absence de l'occupant des lieux, et transmettre l'information depuis n'importe quel endroit de la planète. Quant à craquer les codes et les identifiants, il s'agit là d'un jeu pour les amateurs et les professionnels du piratage numérique.

Aucun identifiant, code ou double lecture, et les cryptographies des plus sophistiquées parmi les verrouillages hautement sécurisés, ne pourrait résister aux pirates informatiques, en retenant que le plus grand hacker sur le territoire n'est autre que l'Exécutif lui-même ! Le téléphone portable, quel que soit sa technologie (IPhone ou smartphone) est une passoire pour les scanners, une éponge qu'il suffit de presser pour en sortir toute la vie de son propriétaire, jusqu'au moindre recoin des informations qu'il aura stockées ou mis en ligne. La technologie quantique promet, d'ici 2030 à 2040, encore davantage de moyens de déchiffrement, donc de piratages avec des algorithmes pouvant aligner ± 10 000 *qubits*, alors que le plus sophistiqué au monde, actuellement en service en mode numérique chez *IBM* ne dépasse pas 433 *qubits*.

Ne voyons-nous pas poindre à court terme une idéation futuriste de la société « *2.0* », qui intègrerait un système de crédit social à la chinoise, indexé d'une carte politique ou sanitaire d'alerte pour démasquer l'inobservance dans l'instantané de la *5G* et de l'*IA* ? Côté écologique, le *pass-carbone* est un dispositif de suivi de l'empreinte CO_2 décidé par le *WEF* les 22/26 mai 2022. Les caméras biométriques, tel *DeepFace,* ne ciblent pas que les terroristes et les comportements suspects, mais aussi les citoyens réfractaires, insoumis donc incommodants pour l'énarchie dominante. Si la technologie prend la place de la nature et les *octets* celle de l'intelligence humaine, par quoi remplacerons nous demain la civilisation de la planète Terre ? Serions-nous à l'aune de l'implosion de notre culture ?

Ici, le terrorisme avec ses attentats meurtriers en bandes organisées et les actes criminels du fanatisme individuel que propagent des loups solitaires, puis la haine ou la pédopornographie, servent de mobile au détour de lois scélérates comme la loi renseignement de 2015 ou la loi sécurité globale de 2021. Oser sortir des rails, comme de penser autrement en dépit de l'esprit public imposé ; les fichés dissidents, incorrects, *les écrivains maudits* de l'oligarchie, ou les *politiquement incorrects* seront les premières cibles à abattre. Défier la pensée unique qui professe le délit d'opinion et s'oppose à la *vox populi,* comme il en va à ce jour avec l'État-Macron, est un acte de salut public. Le *WEF* et ses suppôts, tels Emmanuel Macron, Alexander De croo en Belgique, Ursula von der Leyen pour l'UE ou Justin Trideau au Canada, parmi d'autres fomenteurs de psychoses, générateurs de persécutions anxiogènes et d'affections psychosomatiques ou d'hypocondrie, y ont trouvé une thématique opérationnelle aussi étendue que de prétextes transposables à cette crise.

ooo

À l'instar du passeport sanitaire européen interopérable (EU digital Covid Certificate), un passeport-carbone (CO_2) est envisagé tel un permis de consommer, avec un possible blocage-sanction sur la carte bancaire dès lors que le sujet aurait dépassé un quota de pollution que déterminerait la taille de son empreinte CO_2 *(Overshoot Day :* jour du dépassement). Quel ne serait pas la joie des puissants de ce monde, que de détenir en une seule main un tel pouvoir de suggestion pour culpabiliser et imprégner les gens assujettis ; conditionnés à l'image d'un gourou sur ses adeptes décervelés, lavés-rincés-essorés, l'auriculaire sur la couture du pantalon, dans un monde où il n'y aurait pas de suffragettes, de cocarde républicaine, de mai 68, d'antivax ou de gilet Jaune !

ooo

Le plus effrayant n'est pas toujours suggéré derrière ces pages, car la béquille du *WEF*, je désigne la Fondation *Bill & Melinda Gate,* laquelle distribue, entre autres, les vaccins-Covid aux pays du tiers-monde, dont on sait sur la foi des instituts de veille sanitaire que ces doses sont vectrices de lésions sur la santé, voire pour leur descendance. Mais dans les coulisses de cette philanthropie de parade, ne voit-on pas se profiler d'autres intentions recélées, comme celle de peser en secret sur le contrôle des naissances, donc sans en informer les victimes potentielles en marge des planning familiaux, soit dit d'intervenir sur le devenir démographique de la planète ? *Quid* des institutions de contrôle des naissances et de maternité, des moyens contraceptifs et d'avortement médicalisé ? Ces derniers sont rejetés par les religions, de concert avec les politiques intégristes qui ne préjugent pas de l'avis des femmes, des familles trop nombreuses où de la précarité et de leurs souffrances au quotidien. Les détracteurs de la régulation des naissances s'installent dans un confort moral qui affiche « *protéger la vie* » à travers l'œilleton du dogmatisme (Voir supra, § J).

ooo

Les vaccins-Covid, à la lumière des révélations de professeurs émérites, prix Nobel, scientifiques indépendants, et il sont trop nombreux pour tous les citer ici (Voir p. 54 et 67, « *L'idéologie néfaste du Président Macron...* », en bibliographie *in fine)*, ont provoqués de nombreuses maladies par suite de la détérioration du système immunitaire des personnes vaccinées, et des millions de décès en suivant, voire davantage que le SRAS-CoV-2 censé y être combattu. Autrement dit, ces vaccins à vecteur adénovirus ou à vecteur génique se présentent comme de véritables poisons, car ils ne sont encore qu'à l'état d'exploration inachevée que des apprentis-sorciers peaufinent sous le rideau, après chaque mutation du virion en constant stade de *variants* sur des milliards de cobayes humains consentants, mais jamais prévenus de servir de rats de laboratoire. Ce qui explique que ces vaccins n'ont rien de prophylactique puisque la pandémie n'a même pas été ébranlée par les contaminations, notamment par des patients vaccinés qui continuent, encore plus que d'autres, à infecter la planète, sans pour autant que la Covid-19 soit plus redoutable que l'influenza, sinon contractée de façon asymptomatique (porteurs sains).

Lorsque l'on sait que le tiers-monde, dans les pays équatoriaux et tropicaux, n'a guère été impacté par ce coronavirus, puisque souvent protégé par les traitements antipaludéens locaux et familiers, ainsi l'hydroxy-chloroquine préconisé par le Professeur Didier Raoul de l'IUH de Marseille et la revue *The Lancet.* Derrière ce constat, la question de la corruption s'impose, en regard d'un traitement médical de ce type, comme il est d'autres aussi peu onéreux, car ces thérapies, qui pourtant fonctionnent, ne développent quasiment aucun cash-flow pour leurs fabricants et commanditaires politiques et corps médicaux ainsi privés de royalties (Voir p. 15 et suivantes, « *L'absurde traitement du Covid…* », en bibliographie *in fine).*

Autre démonstration de cette corruption d'État, pour faire accepter ces vaccins de tous les dangers, le couple Véran-Macron avait interdit aux professionnels de santé, durant la crise, de soigner les personnes infectées au SARS-CoV-2 à l'aide de médicaments, ce qui, dans l'intervalle, aura provoqué des accidents graves jusqu'à mortels, à défaut de soins antibiotiques pour faire baisser la fièvre et autres molécules pour réduire les infections opportunistes. En retenant que les vaccins-Covid ne sont pas curatifs comme tout autre car seulement prophylactiques, un scandale sans précédent fut dénoncé par la corporation ; car l'État-Macron a défendu, sous la menace, aux médecins d'honorer leur charge, donc de violer la déontologie médicale. Cette ignominie s'ajoute à d'autres crimes perpétrés par ce régime présidentiel, à l'instar de la sédation (euthanasie pour les moins sensibles) sur des séniors en Ehpad souffrant de comorbidités. Or ces infections furent associées par commodité statistique au Covid-19, et les pensionnaires malades achevés au *Rivotril®* (Clonazépam) au prétexte de tests que l'on sait non fiable. Cette molécule antiépileptique, de la famille des benzodiazépines, seulement accessible en pharmacie d'hôpital sous prescription *ad hoc,* fut à titre exceptionnel à l'appui d'un décret du ministère de la Santé, délivrée en officine sur ordonnance, à l'occasion de cette crise dite sanitaire (Voir p. 22 et 227).

Mais il reste une autre interrogation, autre que celle qui découle de la prévarication à grande échelle par le *Big Pharma ;* pourquoi mettre en danger la vie de plusieurs milliards de gens qui ne risquent quasiment pas la mort avec la Covid-19, en trichant jusqu'à 50 fois le nombre de décès-Covid, si ce n'est pour faire monter la température de cette frayeur virale ? Pourquoi les dirigeants occidentaux, outre la corruption vénale découlant de la vente des vaccins, veulent-ils, avec insistance, exposer tant de personnes à des injections expérimentales exclues des étapes cliniques et des principes élémentaires de précaution, qu'imposent les réglementations sous la surveillance des instituts de veille sanitaire et de contrôle des médicaments ?

ooo

Ne doit-on pas subodorer qu'il pourrait y avoir une relation entre prétendre prévenir une contagion virale en intervenant sous le sceau d'une urgence sanitaire, pour décélérer le rythme de la croissance démographique mondiale, comme le ferait une véritable pandémie, une famine, une sécheresse, une nuée de criquets, une guerre intercontinentale ou des catastrophes naturelles en chaîne ? Pourtant, l'histoire démontre que jamais rien de cela ne freina cette course effrénée des naissances humaines sur la planète bleue ; et cela de mémoire antédiluvienne. Nonobstant les propos lénitifs des plus optimistes et de doux rêveurs pas davantage honnêtes que lucides, cette surnatalité mondiale demeure un fait incontestable avec une ascendance arithmétique sur certains points du globe. Désormais chaque décennie augmente d'un milliard le nombre d'habitants sur la planète, avec la progression constante d'un capital placé, où au principal s'y s'ajoute les intérêts précédents, pour recalculer à chaque exercice comptable des intérêts proportionnels à cette plus-value les fois suivantes (Voir supra, § J).

Les sociétés, quelles qu'elles soient et où qu'elles soient, seront impactées par leur trop-plein et leur promiscuité vecteurs de conflagrations. Une carte géographique réalisée par la Nasa démontre que la Terre est généralement habitée de superstructures urbaines, que pour ± 1 % de sa surface totale. Cette surconcentration occupée rend précaire l'hospitalité réelle de la biosphère terrestre, et infirme l'idée simpliste de certains visionnaires ingénus, « *qu'il y aurait encore beaucoup de place à garnir sur notre planète* ». Si la répartition géographique des populations semble impossible à diluer sur les quelques 510,1 millions de km^2 du globe terrestre, c'est parce que les océans couvrent 70,8 % de cette surface totale. Mais c'est aussi parce que bon nombre de régions sont impropres à la vie animale et/ou à une expansion villageoise précarisée par les éléments instables et violents de la nature (déserts de sable pou de sel brûlants et incultes, cyclones fréquents, banquises, glaciers ou terres gelées et régions volcaniques, altitudes irrespirables, pénurie hydrique…). Ce pourquoi les citadins s'engluent sur de petites surfaces terrestres. L'instabilité politique qui génère la guerre, la faim, le manque d'eau potable, l'insalubrité, les maladies et les atrocités tribales dans les pays dépourvus de tout, constitue la pierre d'achoppement de nombreux *PMA* sans ressources et au bord de l'abîme. Cet écueil anthropique ajoute aux phénomènes environnementaux qui viennent grossir les rangs des États déjà confrontés à leur propre surpeuplement et pollutions, ou à l'exode massif et à l'insécurité qui montent à leurs frontières.

Pour donner un aperçu de l'inhospitalité d'une grande partie de la planète bleue, les transferts de technologies agraires ne font que déplacer les biens de la nature par l'appropriation de la Terre par l'homme. À propos de l'empreinte écologique par habitant, la surface totale des terres émergées autour du Globe est évaluée à 149 millions de km^2. Or, seulement 134 millions de km^2 demeurent encore potentiellement habitables d'où moins de 26 % de la surface totale de la planète bleue, en exceptant les fleuves, marais, rivières et lacs (3,2 %). Mais si l'on soustrait les déserts, les lieux hostiles trop chauds ou trop froids et les régions incultes ou sismiques, il ne reste plus que la partie congrue raisonnablement habitable de ± 121 millions de km^2, entre les existences sédentaires ou pastorales. Autrement dit, moins du ¼ de la surface de la Terre (23,7 %) est peuplé le plus souvent de façon précaire, inconfortable, voire limite possible en regard du métabolisme humain. Ce qui explique en partie pourquoi la majeure partie des populations des pays

184

migre et se concentre dans les zones urbaines à forte densité et de pollution pour travailler et survivre avec des moyens et des services de proximité.

Quant à ceux qui prophétisent une décélération imminente de cette démographie mondiale, il ne sont que d'aimables plaisantins. Sauf à présager la chute d'un planétoïde gigantesque qui écraserait toute vie sur Terre, les jaillissements volcaniques d'une caldeira de la taille de Yellowstone qui provoquerait une nuit hyperboréale décennale anéantissant toute la chaine alimentaire, ou d'une éruption chromosphérique avec une éjection d'une masse coronale géomagnétique susceptible de vaporiser tout ce qui fonctionne à l'électricité et anéantirait notre ère industrielle, un tel scénario catastrophe ne saurait ressortir de prévisions communicables au public. Aussi peu exprimable, doit-on s'enquérir du risque majeur de laisser manœuvrer librement des individus comme Klaus Schwab ou Bill Gate, parce qu'ils sont politiquement très influents et riches à milliards à l'intérieur d'une secte grimée en fondation ? Ceux-là disposent sans doute de méthodes coercitives, lesquels auraient l'intention d'immoler sur l'autel sanitaire des populations jugées surnuméraires, infructueuses ou inutiles à coup de seringue ?

Plutôt que d'intervenir à l'aide de planifications familiales en usant de moyens légaux de contraception ou de stérilisation douce par la voie de la persuasion, et non de façon illicite et criminelle, examinons que de telles éventualités ne doivent jamais être écartées, car l'histoire nous rapporte de telles horreurs, même à des époques où la science ne pouvait pas encore éliminer aussi discrètement des populations, en substituant un prétexte à un autre pour masquer leurs funestes intentions. Si d'aucuns ont déjà quelque part subodoré

185

pouvoir introduire une puce nanométrique sous la peau des gens pour les évider de leur substance intime (Voir p. 72/73, 142, 156 et 174), il n'y aurait qu'un pas à franchir pour aller imaginer le pire ; entre une inquisition globale sous un mobile sanitaire aussi facilement renouvelable en laboratoire comme ce fut le cas avec la Covid-19, et une prise de contrôle des citoyens à chaque fois renforcée sous ce même motif, jusqu'à ôter l'envie aux hommes d'être autre chose qu'une duplication clonée par une imprimante 3D !

ooo

Telle dystopie, où le ciel de la Nation française serait obscurci sous le voile plombé d'un seul pouvoir inaltérable, indélogeable et aussi persistante que le règne d'un monarque, provoquerait une jouissance éjaculatoire pour Emmanuel Macron, à égale distance lorsqu'il légifèra l'interdiction de sortie de domicile à toute la France, sans autre motif mythomaniaque d'une crise dite sanitaire. Dès lors qu'une opposition prend acte à l'encontre de mégalomanes animés de pulsions névrotiques ; une démesure se traduisant en régurgitation haineuse, voilà exposé le profil dudit Président français qui profère des avanies, comme d'annoncer « *emmerder* » ses concitoyens, de les traiter de *fainéants,* de *Gaulois réfractaires* ou de *« gens qui ne sont rien »* à défaut de disposer de motif admissible pour placer 70 millions de Français en résidence surveillée (Voir p. 27 et 111, « *Emmanuel Macron… une anomalie présidentielle* », en bibliographie *in fine) !*

Puisque le *WEF* est constitué de tels individus, gageons qu'il ne saurait rien sortir de bon de cette secte. Depuis l'épicentre de cette organisation, des comportements au profil douteux, voire atrabilaire et borderline, s'y manifestent sans retenue, comme la présidence française adepte cette ligue mondialiste.

186

Les catéchumènes qui déambulent et rodent dans ce *Forum* font fi des libertés citoyennes et des normes constitutionnelles des États souverains. Leur culture et leur histoire, *a fortiori* lorsqu'elles reposent sur une Nation qui ose se réclamer des *DDHC*, sont autant d'obstacles qui entravent la croissance des fortunes amassées par des multimilliardaires et de gens de politique, dont un seul sou défaillant - ou de manque à gagner - serait presque aussi insupportable que de se sentir malnutri, et ressentir ainsi la souffrance d'un Biafrais lors du *casus belli* de la fin des années 1960 !

M - Il n'y a pas de relent complotiste à pressentir le collectivisme dans l'idéation mondialiste

Je ne saurais me convaincre de prémonition autour de quelque projection d'avenir, si d'aventure il m'arrive d'avoir vu juste sur la coïncidence des faits, notamment depuis janvier 2021 avec : « *L'absurde traitement du Covid-19 qui préluda une manipulation tant sociale que génétique du vaccin* » avec la dizaine d'autres ouvrages en suivant (Voir *in fine* en bibliographie). Des évènements à échoir peuvent survenir de façon prévisibles eu égard au profil de certains personnages, ce qui n'est pas un don de clairvoyance, mais un réflexe de lucidité, dès lors que l'on s'achemine vers un délitement de la France par un seul élu et à la déconfiture de l'Union depuis la Commission UE. C'est avec des cas d'école, tels Emmanuel Macron et Ursula von der Leyen, lesquels brûlent dans leurs obsessions dominatrices et vénales, qu'apparaît leur appétence pour le pouvoir et l'argent.

La désintégration subcontinentale de l'Europe ne saurait être perçue comme un fait de malchance, mais bien la conséquence de gestions politiques d'élus incapables, malhonnêtes et dépourvus de sens moral. Aux fins de briguer de tels objectifs, tous les moyens leur sont bons. Pour preuve, un rapport venant de la médiatrice européenne Emily O'Reilly, étayé par l'expertise de deux *ONG* (StopAids et GHA), accable la politique vaccinale emmenée par Ursula von der Leyen (in, Euractiv France, Clara Bauer-Babef, 20 janv. 2023). Cette enquête dénonce sans ambages *l'influence démesurée* du lobbying des firmes pharmaceutiques, en particulier chez *Pfizer,* sur le commerce des vaccins-Covid dans l'Union, avec des marchés menés dans une opacité critique par la présidente de la commission UE. Des intérêts privés ont pris le pas sur le *bien commun* engagé durant la pandémie. Mais cette crise ne fut pas le fruit du hasard, mais d'une coalition à l'échelle mondiale emmenée par des intérêts obscurs, entre des lobbyistes mondialistes du *WEF,* constitués entre multimilliardaires insatiables, et autres parvenus politiques incapables de tempérance et de modération.

Pour ceux-là, l'argent ne suffit plus à leur digression mentale s'ils ne participent pas à enlever un pouvoir politique global pour refonder le monde selon la projection dantesque de leur fantasme délirant ; absolutiste et ethnocide s'il le faut pour y parvenir. Scientifiques, journalistes d'investigation et initiés savent pertinemment que le SARS-CoV-2 est un virus conçu entre différents laboratoires de recherche à la croisée des chemins entre les États-Unis et l'Espagne notamment, dont les pistes convergent vers l'Institut de virologie chinois « IVW » (laboratoires « P3 » et « P4 » à Wuhan). Puis l'apparition spontanée de vaccins *ad hoc* ne saurait être le fait d'une simple coïncidence, ni d'une promptitude devant un risque majeur, dès lors que cette opportunité aura permis l'expérimentation à l'échelle mondiale de vaccins à vecteur génique, dont la formule passa entre les mailles de tous les principes de précaution exigés lors de la mise sur le marché (AMM) d'un médicament exploratoire. Or *Pfizer*, choisi par Ursula von der Leyen pour l'Union européenne, est un laboratoire véreux qui fut épinglé à de nombreuses reprises pour des faits de corruption et de pratiques prohibées, principalement par la justice américaine en 2002, condamné à payer une amende de 2,3 M^{ds} de US $.

Celle que nos voisins allemands apostrophe « *La princesse de glace* », est sérieusement inquiétée par la justice belge en regard de l'opacité des contrats commerciaux passés finement avec les laboratoires pharmaceutiques. Des suspicions de fraude, donc de corruption aggravée, planent sur sa tête blonde, laissant planer un « *SMS Gate* ». Mais sa froideur et son arrogance ne résisteront pas à la fin de son mandat qui la couvre momentanément d'une immunité, quoiqu'il y aient des limites. En effet, comme pour provoquer ses détracteurs, Ursula von der Leyen en novembre 2021 a décerné un prix en récompense du talent d'homme d'affaire au patron de Pfizer, Albert Bourla, lors d'une cérémonie à Washington organisée par l'*Atlantic Council*. En échange, cette dernière s'est vue récompensée par le multimilliardaire Bill Gates, grande figure du *WEF*, du prix *Global Goalkeeper*, pour la remercier, dit-on, de sa contribution de 300 millions d'euros prélevé sur le budget de la Commission (UE), annoncée en juin 2020 au profit de sa *Fondation Gavi*, l'« *Alliance des vaccins* ». (Source : Valeurs Actuelles, Le Club, 9 mars 2023, signé Patricia de Sagazan).

De fait, dès juin 2020, la Commission passa des commandes massives aux laboratoires, dont la précipitation laisse pantois ; à savoir qu'un délai si court entre la pandémie reconnue fin 2019 et la mise au point de ces vaccins dont les premières doses furent administrées dès 2020, ne saurait permettre de respecter les étapes cliniques de contrôle obligatoires, de randomisation et d'*AMM,* pourtant rendues incontournables en droit positif international et local, eu égard aux principes de précaution imposés aux produits pharmaceutiques. Outre cette précipitation, il semble impossible de fabriquer en si peu de temps des dizaines de milliards de vaccins en quelques mois pour les envoyer aux quatre points cardinaux du globe, sans que leur mises au point, leur fabrication et leur conditionnement n'aient été anticipés ! Il y a donc fatalement préméditation et corruption derrière.

Pour cause, devant la pression vénale des commanditaires politiques, ces mesures cliniques de validation codifiée desdits vaccins furent invalidées, principalement en France, par des lois et décrets scélérats emmenés dans une corruption à tous les étages du pouvoir (notamment le décret n° 2020-1691 du 25 décembre 2020 balayant toute la panoplie des mesures de précaution clinique et d'*AMM* par onze dérogations au Code de la santé publique). Les prétextes de l'urgence et de l'exception précipitèrent la diffusion des décisions de l'Agence européenne des médicaments (EMA), laquelle autorisa l'injection de produits hasardeux, même fabriqués sans précaution, livrés par *Pfizer, Moderna, AstraZenica, Janssen, Novavax et Valneva,* avec ± 70 % des adultes vaccinés, dans tous les États membres de l'Union, fin juillet 2021.

L'absence de transparence sur ces contrats financés par les fonds publics met en exergue des malversations vraisemblables, dont il est fait état par le secret entretenu autour des échanges de *SMS* entre

190

Ursula von der Leyen et le PDG de *Pfizer* Albert Bourla, portant sur la négociation de commandes pour 1,8 milliard de doses de vaccins-Covid. Alors que le vice-président de la commission, Margaritis Schinas prend la défense de sa patronne en prétextant qu'un tel marché ne se négocie pas par *SMS,* Marc Botenga pour la commission d'enquête rétorqua, « *Qu'il s'agit de prendre connaissance de l'influence de ces SMS sur la négociation* ». Cette absence de coopération d'Ursula von der Leyen sur ces échanges laisse planer un affreux doute, quant à une suspicion qui plane sur la nature de ces contrats possiblement entachés de corruption, ce que laisse entendre Rowan Dunn, coordinatrice du plaidoyer pour l'Union chez GHA.

Toujours sous le sceau de l'urgence et de l'exception, l'absence de garantie des produits et la clause de non recours en cas d'accident consécutif à cette prophylaxie d'expérience, auront permis auxdits laboratoires d'opposer la propriété intellectuelle sur leurs vaccins, dont le monopole autorise des profits considérables selon le député européen Marc Botenga de l'ONG ; « *Un hold-up sur notre sécurité sociale* » ! Le manque de coopération de *Pfizer*, lequel a emporté une très large majorité des contrats, ajouté au silence complice d'Ursula von der Leyen dans les coulisses de ces tractations, le pire apparaît envisageable en termes d'enrichissement personnel, de trafic d'influence, de concussion et de népotisme entre son époux, le Dr Heiko directeur dans une filière du *Big Pharma*, et l'un de ses fils David, directeur d'un cabinet conseil *McKinsey*, principal intermédiaire dans ces marchés.

Les contrats d'achat des vaccins conclus entre le géant pharmaceutique *Pfizer* et l'exécutif européen seraient « *caviardés* », selon l'expression des ONG*, rendus illisibles alors que la médiatrice de l'UE appelle à les rendre publics. *StopAids** et *GHA** exhortent que les négociations contractuelles, entre les firmes et les commanditaires de l'UE, soient « *totalement ouvertes et transparentes, avec des processus établis plutôt que passées par des canaux informels* ». Pour preuve qu'il y a un loup dans la bergerie, puisque les textos passés entre *Pfizer* et la présidente de la Commission UE restent enfouis dans un nuage opaque de confidentialité. En France, le périphérique de stockage des communications par téléphone est stipulé par l'article L. 221-16 du Code de la consommation, base légale du contrat, article 6.1.b du RGD, et ce, jusqu'à que soit diligenté une enquête judiciaire. Du côté de l'Élysée, même cas de figure avec le Président qui mène sa barque dans les canaux des ententes souterrains pour voiler ses complicités entre *McKinsey*, *Pfizer*, U. von der Leyen, Joe Biden, Klaus Schwab… inférant des gesticulations inquiétantes depuis le clair-obscur de sa troublante idiosyncrasie.

°°°

Emmanuel Macron n'a pas la carrure d'un gestionnaire, pas plus qu'il ne semble habité d'une capacité suffisante, eu égard à son équilibre psychique précaire pour gérer tout un pays. C'est avant tout un arriviste, et même un forcené dès lors qu'il est investi dans une idéologie qui l'envahit et le phagocyte. Par exemple, parvenir à se hisser à la canopée des hommes les plus influents du monde, ou entrer dans le noyau dur de la secte *WEF*, correspond à ses ambitions mondialistes, car même avoir la main sur un pays comme la France semble pour lui un objectif dépassé, puisque c'est chose faite. Sauf qu'à défaut d'avoir été capable d'emmener proprement son pays, ce chef d'État l'a coulé de tous les côtés depuis l'économie, l'industrie, la finance, l'éducation, le social, la santé et la politique extérieure etc. Ce constat fut relayé par des

192

observatoires et instituts indépendants, dont l'OCDE, depuis le sacre présidentiel de ce dernier des rois maudits du XIVème siècle. Cet esbroufeur n'aurait pas même su tenir un kiosque à journaux, car il aurait déjà pillé la caisse de son commerce avant d'honorer ses factures. Car c'est bien de cette manière qu'Emmanuel Macron procéda avec les administrations du 139 rue de Bercy et du 14 avenue Duquesne, parmi les quinze autres ministères ; tous spoliés avec la même avidité.

Il est avéré que ce Président français n'a pas davantage la dimension d'un dirigeant politique, car ce régisseur de l'État met en faillite tout ce qu'il touche. Mais qu'importe, faire prospérer une affaire n'est pas sa priorité ni même son engagement, car pour cela il abandonne à des sociétés conseils de droit privé l'imputation de cet exercice public, sans pour autant faire confiance aux élus de la France, et même à son Gouvernement. Il préfère s'en remettre au fourniment de firmes étrangères qu'il rémunère copieusement depuis les caisses de Bercy, ainsi le cabinet consultant *McKinsey*, comme il achète tout ce qui présente un pouvoir ou une influence qui pourrait compromettre ses projets. Pour d'autres, comme les médias, la recette vient du chantage fiscal. La somme de cet endettement public correspond ce jour à des créances pour un montant de 176 471 € pour chaque foyer fiscal français imposable (Voir p. 131 à 135, « *L'idéologie néfaste du Président Macron* »). Cette levée de fonds fonctionne dans l'ombre d'un pouvoir malsain, en stipendiant des barbouzes informatiques et des sociétés conseil qui procèdent à la vidange des avoirs même dédiés.

Lorsque des opposants dévoilent ces pratiques, une censure est lancée sous l'action prompte et invisible du collectif *sleeping giants*. En échange, des commissions occultes sont versées aux complices qui l'aideront à finaliser ses ambitions mégalomaniaques. La prévarication du patrimoine national aura connu des sommets avec le virus SARS-CoV-2, où ce fut une partie du corps médical qui fut rémunéré pour garnir les centres de vaccination en passant par l'amorçage des chapiteaux de tests, dont les issues sont aléatoires, voire interprétées pour enrichir les laboratoires, et surtout permettre le versement des indemnités versées à profusion et de façon dispendieuse au corps médical. En dépit des poursuites judiciaires qui ont rattrapé la transnationale *McKinsey*, Emmanuel Macron s'est tourné vers d'autres opérateurs, plus techniques que l'atypique conseil de défense qu'il constitua, tel un état-major de guerre contre un virus, ou un comité scientifique constitué pour la plupart de vieilles barbes qui n'ont jamais cassé trois pattes à un canard.

À l'aide d'un équipage de génies informatiques qui a occupé 30 000 personnes rémunérées durant la crise, l'Exécutif se donna pour objectif de confier ce travail et ses prérogatives à des sociétés conseils dans diverses thématiques ; l'économie, l'information (par la propagande), l'éducation et l'environnement. Un « *Conseil data* » fut mise en œuvre dès 2023 pour prendre le relais de l'informaticien Germain Forestier qui aura suivi le virus à la trace à travers des centaines de graphiques par jour. Parmi ces groupies de l'État-Macron, on y trouve l'inventeur Guillaume Rozier de l'application *CovidTracker* qui aura permis d'espionner toute la France en temps réel, à la faveur d'un stratège de géolocalisation et de discrimination au comptage ; via le traçage du QR Code TAC (Tous anti-Covid).

Quant à la plateforme d'addiction de l'ARS « *Vite Ma Dose* », elle aura permis à tout un chacun de trouver son centre de vaccination le plus proche, avec le créneau horaire qui convient. L'aboutissement de ces protocoles de dépistage n'est autre que l'appétence compulsive d'avoir sa dose pour se faire piquer, via l'*IPhone* ou l'*Android.* L'interface de cette machine à vider les caisses de Bercy et de la sécurité sociale n'est autre que le profit par la propagande, distributrice de menteries sur les prétendues fin de contamination, de prophylaxie et d'évitement des formes graves de la contagion, plutôt aggravée par les vaccins. Le dessein le plus remarqué fut de démontrer qu'en organisant une captation des consciences par une phobie virale dans un ambiance anxiogène, cela pouvait modifier les comportements et concentrer la confiance populaire.

Cette mascarade fut une entreprise malfaisante, un sinistre exploit entre concussionnaires et parvenus. Une pareille efficacité dans le mal méritait bien qui soit attribué à ces génies par le chef d'État, auteur principal de cette gabegie, la distinction de *Chevalier de l'ordre national du Mérite !* Bien d'autres de ces génuflecteurs autour de ce pathétique gourou de l'Élysée, comme Annelore Coury, Jonas Bayard ou Chloé Goupille, se constituent toujours et assurément des seigneurs teutoniques dans cette chevalerie rampante, même si au fil de millions de seringues vidées de leur fiole vaccinale, des centaines de milliers de victimes y laissent leur santé voire leur vie. Qu'importe, puisque seuls peuvent en témoigner les instituts de veilles sanitaire et de contrôle des médicaments, dont les rapports ne sont pas publiés ou passent à la trappe.

Parmi cette palette de techniciens chevronnés, combien comprendrons un jour d'avoir servi le diable en ayant contribué à délayer une dictature dans la démocratie, à opposer les Français entre eux en les discriminant par la délation et la répression. De tels moyens logistiques mis à la disposition d'Emmanuel Macron, d'abord par le *WEF* puis par la Commission européenne, aura non seulement permis à cet esprit chthonien de violer les droits essentiels de la Nation, mais aussi de modifier la perception médiatique, dont le sens des réalités, puis à atrophier les capacités de discernement du public, d'où la perte de lucidité des citoyens égarés et circonvenus. En tronquant des évènements fabriqués pour conditionner le mental des électeurs, en subornant les populations et en leur injectant des infox sous forme de contrevérités et de tartuferies, bien des Français, à l'esprit grégaire, furent emmenés tels des montons de Panurge (Voir le « *Quart Livre* » de Rabelais, 1552).

Passé la mise en scène de la psychose d'un virus ayant quelque peu cessé de produire des effets délétères sur le mental des gens ; un virus socialement aussi toxiques que la pandémie elle-même fomentée par l'homme, l'Exécutif tente à ce jour de verser une nouvelle fois dans un climat anxiogène, avec les pénuries d'électricité et de carburant, puis d'organier le rationnement des biens de consommation, en se servant du double motif de monoxyde de carbone et des énergies qui en découlent ; le tout sur le fond galvaudé de la guerre en Ukraine. Le Monoxyde de carbone s'étant évaporé sous l'effet des risques de coupure d'électricité, d'où les centrales nucléaires longtemps abandonnées par la négligence et l'absence d'anticipation des dirigeants, et que remplacent dans l'urgence des centrales thermiques dispensatrices de CO_2, sont autant de mobiles qui servent de nouveau moteur pour recréer ce climat de chaos, de trouble et de psychose après l'arnaque aux vaccins-Covid. La Nation sans cesse placée devant une succession de

196

périls fomentés par ce pouvoir sous la manche du Forum de Davos, met en lumière le processus rampant de la mise en place des dictatures, lesquelles excellent par ce moyen pour asservir les populations :

- Au motif du climat, l'État-Macron menace de rééditer les ausweis, à l'instar du pass-sanitaire interopérable, afin de servir le marketing *hard* de l'écoblanchiment. Il s'agirait du Pass climatique (ticket de rationnement, ou impôt sur la consommation). Comme cela était prévisible, le *QR Code TAC* se mue en *Code empreinte carbone* (carte à puce de la start-up Doconomy). Un *crédit carbone* sera alloué à chaque citoyen qui se verra sanctionné par un blocage de la carte bancaire dès lors que son crédit CO_2 sera épuisé. Cette traçabilité fut testée durant trois ans en Suède, donc dans le même temps que fut décrété la crise sanitaire et mis en place le passeport sanitaire européen interopérable *(EU digital Covid Certificate)*. Si cela n'est pas à un complot, qu'est-ce donc alors ? De sorte que la prétendue fin de crise, laquelle n'est juridiquement que suspendue au bon vouloir du ministère de la Santé (articles 3 et 4 de la loi n° 2022-1089 du 30 juillet 2022 mettant fin aux régimes d'exception…), sera réactivée pour abattre d'autres libertés au prétexte d'une écologie félonne : un *greenwashing* d'État. Pour parfaire ce dispositif, la suppression de l'argent liquide est prévue à plus long terme (Voir p. 429 à 434 de *« Le chaos démographique - La conspiration du silence et le cri de la Terre »*, éditions Observatoire du Mensonge, en bibliographie *in fine)*.

- La seconde menace nous vient du conflit ukrainien dans lequel la France y pris part à distance en fournissant des armes dès le début des hostilités entre Kiev et Moscou depuis le 24 février 2022. Or, cette guerre civile en Ukraine perdure depuis près d'une décennie. La France ayant voté le 4 novembre 2022 contre une résolution portée par la Russie, s'agissant de l'immixtion, par le président ukrainien au sein des troupes régulières de Kiev de bataillons néo-nazis ; une résolution adoptée au $2/3$ par les États membres par l'Assemblée générale des Nation unies relative à « *Combattre la glorification du nazisme, du néonazisme et tout autre pratique qui contribue à alimenter les formes contemporaines du nazisme* ». Cette position de la France encourage les brigades Azov qui constituent ± 10 % de l'armée régulière des euromaïdan de Kiev. Le déshonneur est donc dans le camp de la France, eu égard à ce vote inqualifiable du chef d'État français, incapable de discernement et de sens moral.

En laissant ressurgir, sous la dictée d'Angela von der Leyen, une idéologie insupportable dans l'UE, ces deux responsables préfèrent sacrifier, au nom de leur sinistre guéguerre suprématiste d'Occident, le symbole fort de la Shoah. En refusant de soutenir une cause juste contre le racisme, cet entêtement ne saurait se justifier, pas même sous l'excuse de débouter toute initiative relevant des Droits de l'homme portée par un pays dont on ne partage pas sa vision du monde. Il aurait pourtant été plus convenable et courageux de dire oui à cette initiative russe, sans pour autant devoir revenir sur la condamnation politique de son invasion en Ukraine. Pourtant, en indiquant par un vote qu'il est inacceptable de soutenir toute forme de d'adhésion aux mouvements s'inspirant des pires atrocités que connu le XXème siècle sous l'empire du IIIème Reich, c'eut été un message fort pour rappeler à Volodymyr Zelensky, le Président ukrainien, qu'il est inadmissible qu'il tolère dans ses troupes la présence de néonazis.

Mais qu'importe l'éthique et l'honneur pour Emmanuel Macron qui se sert de la psychose pour renforcer son autorité présidentielle, même si en regard de ses ambitions les plus glauques, celui-là fait mine d'ignorer que son compère Zelensky recrute de force et sous la violence - avec le concours des brigades Azov particulièrement inflexibles et persuasives - des enfants dès l'âge de 16 ans, arrachés à leur famille pour reconstituer ses troupes décimées. L'histoire a déjà connu de tels épisodes durant l'histoire nazie avec la *Hitlerjugend* durant le IIIème Reich : les jeunesses hitlériennes fanatisées et condamnées à mourir sous les bombes pour défendre le bastion de Berlin. Loin de s'en émouvoir et qu'importe la morale, cette initiative fut occultée par Emmanuel Macron qui décerna la *Légion d'Honneur* à son homologue de Kiev, le 8 février 2023. C'est ainsi que la corruption s'invite à l'Élysée !

Pour ce faire, il est question d'attiser d'autres frayeurs dans les populations à travers une actualité brûlante dans la région, notamment avec la Pologne russophobe qui mobilise une armée, des chars et des bombardiers à ses frontières, et la Biélorussie qui entre en guerre en alliance avec la Russie. Puis les velléités s'augmentent avec d'autres États riverains de la région encore sous le choc émotionnel du carcan soviétique. Tandis que la Présidente de la Commission (UE) alloua 19,7 M^{ds} d'€ en 2022 au président ukrainien (Voir p. 21 à 29, « *L'idéologie néfaste du Président Macron* » en bibliographie *in fine),* cette forcenée n'aura toujours pas compris qu'elle contribue à entretenir une guerre civile en Ukraine, cela en puisant dans les caisses de l'Union avec le concours recelé de l'État-Macron, sachant que cette purge financière entre ces va-t-en-guerre ne fait jamais l'objet de communiqués officiels aux populations qui paient leurs impôts.

Pourquoi la conscience internationale n'a pas pris l'initiative de constituer une force militaire d'interposition entre les belligérants ukrainiens (entre les troupes euromaïdan de Kiev et russophones à l'Est) sous une opérabilité onusienne contrôlée, comme il en fut au Liban, en Palestine, dans les Balkans ? Pourquoi ce silence onusien pesant durant plus de huit années de guerre civile en Ukraine (2014), alors que Vladimir Poutine ne se serait aucunement opposé à ce que le Conseil de Sécurité, dont la Russie est membre permanent, recrute des forces nationales neutres pour réduire cette hémorragie ? Rappelons que la Crimée et Sébastopol furent des territoires ukrainiens qui ont décidés eux-mêmes de leur destin par référendum, et qu'il ne s'agit nullement, à cet endroit péninsulaire, d'évoquer un envahissement militaire de Moscou.

Parallèlement ou corrélativement, c'est de cette façon et avec les mêmes arguments que le Kremlin, après la guerre du Donbass, que procéda la France pour indexer Mayotte en disloquant la souveraineté de l'archipel qui appartient historiquement et de droit international à l'Union des Comores. Nonobstant le vote référendaire des autochtones Mahorais pour sa départementalisation, en partant de la loi organique du 21 février 2007, la désagrégation d'une entité territoriale ethnique dans cette partie du monde par la France est aussi répréhensible que la partition de l'Ukraine. L'Union africaine et l'ONU (à l'appui de la résolution 3385 du 21 octobre 1976) et nombre d'États du pacifique Sud s'étaient fermement opposés à cette indexation de l'île, désormais rattachée à la région ultrapériphérique de l'Union européenne (Voir p. 74 à 77, « *La République en danger* », en bibliographie *in fine).*

200

En vertu de cette expérience, une partition de l'Ukraine n'aurait-elle pas été une solution moins désastreuse en termes de vies humaines, plutôt que d'expédier des armes et des munitions à une partie de la population pour qu'elle extermine l'autre moitié de leurs concitoyens ? Combien existe-t-il dans le monde d'États fédéraux qui ont accepté de vivre ensemble mais administrativement séparés, puis cohabitant ainsi dans la concorde et en bonne harmonie ? Comme il en fut de la Yougoslavie, de la Tchécoslovaquie et des empires qui se sont disloqués, puis d'en revenir à leur géographie historique pour que les ethnies, dogmes religieux ou cultures différenciées, puissent mieux se supporter, l'Ukraine aurait tout à gagner de l'Union européenne et de la Fédération de Russie qui ensemble œuvreraient à une solution pacifique de réconciliation durable, plutôt que d'attiser le feu sous des dehors expansionnistes des uns et des autres.

Cette guerre, aux réminiscences féodales, impérialistes, doctrinaires, culturels avec des dessous corrompus comme le commerce des armes, n'aurait-elle pas des objectifs dissimulés, tels des prétentions territoriales, sinon d'hégémonisme économique, stratégiques et colonisateurs ? Alors pourquoi le *WEF* soutient l'indexation de l'Ukraine à l'Europe, donc à ce que l'UE et les États-Unis dans cet alignement atlantiste arment les euromaïdan contre leurs propres concitoyens de l'Est ? Ne percevons-nous pas ici des intentions martiales et génocidaires de la part de ces belligérants extérieurs à cette guerre civile décennale ? Pierre de Gaulle, petit-fils du Général, pourfend la politique ukrainienne d'Emmanuel Macron. Dans une interview pour le Dialogue de la Culture Franco-Russe il déclara tout de go, « *l'Ukraine est l'un des pays les plus corrompus au monde [...] Les pauvres Ukrainiens sont trompés par Washington qui pense que leur victoire est proche, mais le grand perdant de cette guerre sera l'Europe en s'engouffrant dans cette crise de par la volonté des politiques »* (Floris de Bonneville, BV par Observatoire du Mensonge du 9 janvier 2023).

°°°

Dans ce cocktail de troubles politique et de folie expansionniste, Emmanuel Macron y trouve tous les ingrédients et l'opportunité pour laisser perdurer un climat de psychose et d'hébétude en France, faisant ainsi oublier la gabegie dont il est directement et principal responsable, dès lors :

- Que l'État français est devenu le pays de la Communauté européenne le plus endetté par habitant des 27 membres de l'UE, à égalité avec la Grèce et de l'Italie qui étaient déjà en difficulté de trésorerie bien avant la crise de Covid. De fait, le surendettement public s'est augmenté d'un tiers depuis ces dernières années, avec un déficit de la balance commerciale qui s'élève autour de 25 % du PIB annuel depuis 2021, d'où un déficit public global, outre l'endettement des ménages, qui a atteint des sommets avec ± 3 000 M^{ds} d'€ fin 2022. Cette somme correspond ce jour à une dette de 176 471 € pour chaque foyer fiscal français imposable (Voir p. 131 à 135, *« L'idéologie néfaste du Président Macron »*, en bibliographie *in fine).*

- Que le chômage, derrière la désertification des forces vives de la Nation par suite des imprévisions, dilapidations et mesures sociales confiscatoires et asphyxiantes du Gouvernement contre plus d'un demi-million d'entreprises, du déclin de l'éducation nationale puis des institutions de l'enseignement supérieur et la formation professionnelle, est parvenu à son niveau record le plus bas par la perte d'un million d'emploi depuis la prise de fonction en 2017 de cette dernière présidence. Cet oligarque, doublé d'un kleptocrate n'a jamais cessé de casser l'économie, d'épuiser les finances, et de brader les outils de production du pays dès sa prise de fonction au ministère de l'Économie, le 26 août 2014.

- Que l'inflation a pris un rythme galopant de ± 0,6 % par mois depuis début 2022, avec une envolée fulgurante de cette récession dès janvier 2023. Puis par le jeu des échanges financiers qui se bloquent à l'international, Bercy menace de suspendre les avoirs disponibles en banque : actions en bourse, assurances-vie. En attendant le pire, l'usure de l'euro provoque une perte du budget des ménages en augmentant le coût des biens et des services, puis érode la valeur des capitaux à l'échange dans les pays hors de la zone €, puis encore spolie l'épargne des citoyens écrasés par l'augmentation des prix, et l'insuffisance de leurs revenus qui les obligent à puiser dans leurs réserves, tirelires ou soutiens de famille jusqu'à épuisement. Emprunter est le maître mot de l'État-Macron pour faire tourner les banques et asservir les particuliers : (leasing ou crédit-bail-LLD, crédit à la consommation, découvert…). Ces Français moyens qui ne reçoivent aucune subvention, mais que les taxes et prélèvements assèchent sont les cibles de l'Exécutif, Macron jalouse les économies des Français, alors qu'il s'ingénie à puiser jusqu'au dernier cent le budget de la Nation, et qu'il rêve de mettre la main sur ces bas de laine !

- Que la récession sans être avouée par l'Insee, avec une chute vertigineuse du pouvoir d'achat, la décroissance des entreprises et les millions de salariés sur le carreau qui en résulte, brise la consommation, atrophie le système de santé et asphyxie la trésorerie de Bercy, de pôle Emploi et du ministère de la Santé, lesquels ne fonctionnent plus qu'à crédit. Nonobstant l'évidence, Emmanuel Macron, menteur et esbroufeur, n'a de cesse que d'annoncer sur les antennes la reprise économique, la relance de l'emploi et une décélération de l'endettement public, alors qu'il se produit en France *exactement* tout le contraire. Avec l'érosion des dépenses des ménages, une paupérisation s'installe sur toute la Nation. Il se compte un million de demandeurs d'emploi supplémentaire sur trois ans (2019 à 2022) sous le prétexte fallacieux d'une crise qui aura servi d'alibi pour ponctionner les porte-monnaie, avec une accélération des prix alimentaires en hausse de 13,3 % et des énergies à 16,3 % dès janvier 2023. Puis l'insécurité monte, liée à l'irresponsabilité de la politique d'immigration de l'État ; rien ne va plus ! De surcroît, le ministère des finances ne peut plus assurer les sorties de devises nationales du pays pour honorer des produits manufacturés d'importation ; d'où les pénuries et les ruptures d'approvisionnement de tout ce qui vient de l'étranger, énergie fossile incluse. La pub de l'État répand le mot d'ordre de réparer, de faire durer, de restituer du vieux contre du neuf, le tout emballé sous le prétexte controuvé de l'écologie !

   - Enfin que le pire pointe devant, puisque des dizaines de milliers de PME/TPE commerces, artisans et entreprises de production et de service se trouvent en 2023 en situation de cessation des paiements devant l'augmentation phénoménale des énergies dont de l'électricité qui augmente jusqu'à ± 400 fois. Au cercle vicieux de la hausse des demandeurs d'emplois qui génère l'assistanat et la délinquance parfois au bout, vient s'ajouter la baisse brutale de la consommation et le manque à gagner de la TVA, des impôts sur les sociétés et des autres revenus. Cette étape du déclin constitue l'un des piliers de la politique du *WEF*.

- Du côté des tribunaux de commerce, ceux-là sont écrasés par un raz-de-marée de dépôts de bilan, contraints de liquider les dossiers hors séance, rendus à la hâte par les juges-commissaires. Les règlements judiciaires passent en liquidations sans périodes d'observation ni plan de redressement. Le règlement amiable est bouclé après une conciliation bâclée, cela en usant de clés dématérialisées en guise de procédure collective. Le tout est liquidé sur un simple clic, sans aucune chance pour une reprise des activités, salariés et entrepreneurs, devant les carences de mandataires de justice ou d'administrateurs judiciaires. Selon le cabinet *Altares D&B,* l'année 2022 enregistra 49,9 % d'entreprises en difficulté et de dépôts de bilan, (ETI, PME et TPE) ; soit 12 250 employeurs et 142 500 salariés au chômage, avec une accélération amorcée début 2023. Un effet boule de neige laisse les créanciers chirographaires dans l'incapacité de se sortir de leurs propres dettes, condamnés à rejoindre, par la séquence linéaire de dominos, le sort de leurs débiteurs dans la fournaises des défaillances d'entreprises, lesquelles laminent des outils de production. *Exit* le Code de commerce et la justice consulaire reléguée à un régime expéditif, avec des ordonnances régaliennes signées par le casseur national, lequel n'a cure de la France puisque l'État-Macron ne peut même plus honorer les dettes sur plus d'un an, à raison de 111,6 % du PIB.

N - La corruption, une gangrène qui gagne toutes les sphères politiques

Voilà ici dressé un chapitre peu glorieux de notre histoire, de nos valeurs républicaines et de nos standards de vie vaporisés, où plus rien ne tient debout en France depuis la casse de la Nation par cet inquiétant pouvoir régalien incapable, malhonnête et sans compassion. Ce cheminement incommodant est volontairement mené à des fins mondialistes, depuis un individu qui n'aime résolument pas son pays. Par ses foucades explicitées à maintes reprises devant les antennes et micros depuis l'étranger, le Président Macron annonça haut et fort vouloir « *déconstruire* » l'histoire de France et « *dénier de la culture française* » entre autres vociférations comme d'« *emmerder* » les Français qui refusent de se laisser injecter son poison ! Par un vortex de diatribes et d'incohérences verbales, celui qui vocifère ainsi s'exonère de s'exprimer dans un débat contradictoire, honnête et serein. Au lieu d'explications plausibles, puis de reconnaître ses échec et de changer de cap pour sortir la Nation de ce marasme, ce Président ne fait que promettre sans tenir, mentir, culpabiliser et opprimer ses concitoyens.

Au vu de l'antipatriotisme d'un chef d'État qui observe un mépris souverain pour l'histoire et la culture de son pays, au fil de ses avanies et boutades irrévérencieuses contre ses propres compatriotes qu'il compare à des Gaulois qu'il croit incapables d'évoluer « *réfractaires aux changements* », d'une ethnie de paresseux et d'incultes « *Je ne céderai rien aux fainéants … ceux qui foutent le bordel … les illettrés* », puis la région du Nord-Ouest de l'Hexagone qu'il taxe de « *mafia bretonne* », il appert que la France a perdu son honneur (Voir p. 186 et 260). Méprisant, arrogant et injurieux sans égard pour sa fonction, Emmanuel Macron, dans l'impéritie de son mandat, aura réussi le sinistre l'exploit d'éconduire les électeurs incapables de réaliser la félonie de l'establishment orchestré dans l'indifférence des citoyens. Or ceux-là ignorent le fond monstrueux d'un personnage qui fait illusion ; jeune, mielleux, le sourire enjôleur, bien mis et beau parleur.

En réinstallant une fois de trop cet imposteur dans ses fonctions en avril 2022, la corruption, la *déconstruction* et la razzia du pays instrumentées par ce fossoyeur de la Nation, parachèvent inexorablement cette funeste entreprise de défrancisation culturelle, patrimoniale et historique de la France. La technique «*The Great Reset*» initiée par Klaus Schwab dans sa bible mondialiste procède de la dénationalisation de la patrie entreprise par l'État-Macron, avec la conversion des standards démocratiques du pays en une dynastie de ploutocrates, de technocrates et de kleptocrates. Le tout est promis, bradé et morcelé aux puissances financières et industrielles étrangères. Puis ce qu'il reste encore debout dans le pays est jeté en pâture à l'immigration islamique ; couvoir d'une faune de fondamentalistes haineux et d'activistes assoiffés d'hémoglobine ; le Coran d'une main et le cimeterre de l'autre, croyant incarner le bras armé d'un dieu !

Le moral des Français est en berne, leurs projets sont figés et la succession des catastrophes ci-dessus énoncées aura dispersé les espoirs d'un retour à la normale de la société. La série des confinements, des attestations, des couvre-feux et des discriminations sanitaires qui a paralysé tout le pays n'est pas une épreuve surmontée. Cette psychose doublée de désespérance continue à propager des dégâts sur le mental et la santé des populations les plus fragilisées. Les Français sont laminés par leur perte d'emploi et de leur entreprise, des couples déchirés, puis les études des jeunes compromises. Le psychisme des personnes vulnérables fut assombri entre leur nouvelle condition de dépendance et leur dignité éprouvée. Un nombre jamais connu de dépressions et de suicides fut constaté par le corps médical parmi les jeunes, mais beaucoup de séniors condamnés à l'isolement, l'interdiction de visite et la solitude durant de longs mois dans les établissements gériatriques médicaux ou de confort.

Le nombre de couples et de familles disloqués fit pléthore durant ces périodes de paralysie qui s'avérèrent inutiles en termes de prévention, plutôt dommageables en cascade. Derrière le chômage, ce fut l'effet domino des cessations d'activité, entre faillite et indigence des personnes rendues à une situation de rupture sociale et familiale. À ce jour, le dénuement fait place à la délinquance, car trop ont sombré dans le désœuvrement, l'assistanat institué, puis la dépression vectrice d'addictions à l'alcool et aux stupéfiants. Des troubles psychosomatiques, suivis de comportements agressifs et d'autodestruction physique furent en net accroissement au vu du suivi des cabinets libéraux de praticiens et des commissariats de quartier. Non, il ne faudra jamais oublier les dégâts infligés au Peuple par « *un psychopathe* », analysa un psychothérapeute italien (Voir infra, p. 247), au sommet du pouvoir, lequel enrôla pour ce faire une armée de collabos, dépouilla les recettes des finances et de la santé au nom d'un mobile sanitaire galvaudé. Ce leitmotiv pervers, pixélisé et numérisé jusqu'à en perdre le sommeil, aura enrichi à milliards des prévaricateurs politiques et des profiteurs médicaux et les industriels depuis les centres de test et de vaccination.

À présent que des milliers d'entreprises, commerces et artisans cessent leurs activités avec l'augmentation démesurée de leurs charges et le coût des matériaux et de l'énergie, entre la hausse de l'électricité, des carburants et la montée fulgurante de l'inflation, c'est plus de la moitié du pays qui est à l'agonie. Nombre d'étudiants ont quitté leurs études faute de possibilité de financement des parents et des banques qui ne prêtent qu'à ceux qui présentent un profil solvable. Les populations sont placées dans un climat d'insécurité permanent et durable au rythme effréné de l'arrivée de réfugiés qui sèment la terreur dans une société étrangère à leurs mœurs martiales et phallocrates. Faut-il exorciser l'imposteur de l'Élysée, possédé par je ne sais quelle diabolique pulsion dévastatrice, et sa névrose paranoïde à entrer en guerre contre n'importe quoi ou n'importe qui ?

°°°

Si la France va *très* mal, l'Europe n'est guère mieux lotie avec la vice-présidente du Parlement européen, Eva Kaili, laquelle fut interpelée par la police belge le 16 décembre 2022, en flagrant délit de corruption avec une valise garnie de billets de banque provenant du Qatar et du Maroc. Cette débauche lui valut d'être inculpée puis écrouée sur le champ à la faveur d'une procédure d'investigation policière de comparution immédiate, en dépit de son statut d'immunité parlementaire. Quatre eurodéputés furent simultanément appréhendés au motif de blanchiment d'argent et autres chefs d'accusations. L'émir qatari Tamim ben Amad Al Thani est accusé de trafics d'influence, pour avoir versé des bakchichs aux élus et offert des cadeaux somptueux à ces député[e]s de l'Union. Selon les révélations du Parquet belge et de l'ONG *Transparency International,* ledit Parlement a laissé se développer une culture lobbyiste d'impunité.

Alors que ce Parlement (UE) avait admonesté le Premier ministre hongrois, Viktor Orbán, pour renforcer les lois de son pays contre la corruption, voilà qu'éclate le *Qatargate* au cœur de cette institution européenne, avec des valises remplies de cash ; un million d'€ en liquide saisi en chambre d'hôtel de cette députée de l'Union. Parmi ces malfrats en col blanc, on y trouve : Eva Kaili, élue grecque, Francesco Giogi, assistant parlementaire, Pier Antonio Panzeri, ancien leader syndical, eurodéputé italien et président de l'ONG bruxelloise *Fight Impunity*, Niccolo Figa-Talamanca, dirigeant de l'ONG *No Peace Without Justice*, Luca Visentini, secrétaire général italien de la Confédération syndicale internationale, et un sixième personnage assistant parlementaire du Parti populaire européen, soupçonné mais relaxé. Autant dire que parmi cette tribu d'imposteurs, il s'y trouvent des militants pour le droit et la justice censés œuvrer contre la corruption, des responsables d'*ONG*, des syndicalistes et des élus de la social-démocratie.

À qui d'autres les électeurs peuvent-ils confier leur devenir ? La secte *WEF* promet-elle des jours meilleurs à l'Europe, alors même que cette engeance de milliardaires et de politiciens corrompus fut à l'origine de la déroute de la civilisation judéo-chrétienne du XXIème siècle ? Quant aux protagonistes de l'UE, l'attitude antithétique à une probité exigée par l'idéologie sociale pour lesquels ils furent mandatés sous le sceau de la confiance, donc de gens qui prétendent soutenir le bien et d'être du bon côté du miroir, ceux-là s'accordent mieux avec la sentence biblique, « *Fais ce que je dis, pas ce que je fais* » ! (Matt: XXIII 2 et 3). Avec un salaire d'eurodéputé qui se monte entre 7 145,04 € et 9 166,30 € (mi-2021), de tels revenus devraient pouvoir se passer de corruption ; une indécence eu égard au maigre revenu de ± 1 353 € net mensuel en 2023 d'un smicard en France ! Par cette corruption susvisée et l'hypocrisie aidant, le réflexe du corps politique - ceux qui ne furent pas encore pris la main dans le sac - fut de chercher à dédouaner l'institution gangrénée par ces déliquescences.

210

Ainsi l'eurodéputée Manon Aubry porte-parole de l'ONG *Oxfam-France,* œuvrant sur les questions d'évasions fiscales et des inégalités sociales, aura au premier chef dénoncé ; « *Le lobbying agressif du Qatar* », et réclamé qu'un débat soit initié sans délai à cet égard. Observons ici un procédé commode pour détourner l'attention des médias sur les politiciens lorsqu'ils sont vendus à la corruption. Tandis qu'il se font arroser de pots-de-vin, ces honorables élus ne seraient que des victimes constituées de gens probes ou vulnérables que d'autres auraient corrompues... à leur insu ! Nul ne saurait mettre un terme à l'économie de bakchichs qui préside à la tradition des trafics au royaume des keffiehs. Même si un embargo devrait derechef être prononcé contre cette crapuleuse dynastie, vouloir inverser les responsabilités en faisant passer les députés UE corrompus en victimes, relève d'une duplicité, sachant que nul n'est obligé d'accepter des royalties pour se livrer à des trafics d'influence !

La présidente du Parlement européen, Roberta Metsolala, tente de rafistoler l'épave législative de l'UE avec une couche de vernis sur ce qu'il reste de non vicié dans cette institution, en annonçant, comme à l'habitude dans ce cas de figure, « *Que nous ferons tout ce qui est en notre pouvoir pour coopérer avec la justice* » ! Certes, mais dans ce panier à crabes, le filet est déjà en place et la justice n'attend pas les encouragements de ce parterre de délinquants présumés, parmi les 751 Parlementaires européens, pour envoyer devant les tribunaux cette engeance de malfaiteurs ! Entre les forfaitures de type mafieux et les enrichissements personnels d'une poignée d'élus au sein du Conseil, et les conflits d'intérêt dont est coupable la présidente de la Commission Ursula von der Leyen ; l'UE, aperçue comme une superpuissance émergente ou un acteur international par les observateurs les plus optimistes, mériterait de disparaître de la scène géopolitique. Or le *WEF* veille à conserver ses plus ardents assesseurs.

Cette institution subcontinentale, à ce jour aussi délabrée que pathétiquement gérée, devrait subir un profond remaniement structurel, autrement dit d'être entièrement revisitée au cœur de ses fondements juridiques, pour avoir le droit de se prétendre hissé au sommet de l'Exécutif et du Législatif de la trentaine de nations de l'UE, de l'EEE, de l'AELE et de l'espace Schengen. Les causes qui ont miné ce beau projet à l'origine du plan Schuman (acier et charbon), du traité de Rome de 1957 (Marché commun, puis CEE, Euratom et l'euro début 1999), ont été balayées par l'incompétence, la cupidité et l'arrogance de ces élus depuis le début du siècle, puis encore aggravées par la dernière législature politique de l'Union européenne.

Ces imbrications faisant état de débauches financières entre le Conseil, la Commission et les États membres de l'Union, met en lumière de flagrants délits d'enrichissements personnels depuis le cœur d'une active conjuration, entre patronage, népotisme, trafic d'influence, fraude et extorsion. En dépit de cette évidence, les délits de favoritisme et abus de pouvoir ne font pas parti du décors judiciaire de ce monument (UE), puisque les postes clés de ce monde politique retiennent closes les portes de la justice pénale, dont l'indépendance n'est qu'une réalité de papier. Le tout est imposé au Peuple de France sous le rideau d'une vaste escobarderie que facilitèrent les campagnes de vaccination. Même le Conseil constitutionnel français est mouillé dans cette corruption généralisée avec le fils (Victor) de son président Laurent Fabius, directeur

212

dans la firme *McKinsey* et actif depuis les bureaux de l'Élysée au titre de conseiller privé du chef d'État. Cette institution, solidement arrimée aux colonnes de Buren, aura même validé les fraudes électorales* d'E. Macron, dont les deux mandats furent ainsi usurpés.

S'agissant d'Ursula von der Leyen, comment se prétendre une élue indépendante et impartiale au sommet de la Commission (UE), lorsque l'on a un pied dans le *Big Pharma,* et l'autre au titre de cliente au nom de l'Union pour trafiquer avec les produits viciés de ces laboratoires ? L'excuse évoquée de protéger la santé des populations s'en trouve à ce jour trempée dans les draps d'affaires glauques sous l'alibi d'une cause sanitaire qui a lamentablement échouée. Cette enragée des vaccins dilapide les fonds de l'UE avec 4,2 milliards de doses déjà achetées, principalement à *Pfizer,* pour forcer les États membre à acheter ces fioles, pourtant inefficaces et toxiques, qu'elle commande au rythme de vagues spéculées. Puis cette trésorière dispense à son aise les fonds de la BCE pour les redistribuer au Président ukrainien, lequel empoche ces deniers pour les convertir en armes et munitions contre ses propres compatriotes à l'Est du territoire. Les familles ukrainiennes, devenues la chair à canon de cette guerre intestine, sont les premières victimes de ces bombardements depuis Kiev : 4 400 civils tués dont 160 enfants sur le Donbass, entre fin février 2022 à janvier 2023 ; à l'aide des USA, de la France et l'UK.

Quant à Emmanuel Macron, les investigations judiciaires en cours font enfin apparaître diverses implications entre des tricheries électorales* et des délits de favoritisme, et vraisemblablement aussi de trafics d'influence. Mais ces graves malveillances ne sont que la partie émergée de l'iceberg en regard de ses mensonges, mystifications et promesses jamais tenues, puis son incompétence caractérisée en termes de gestion du pays ; une carence qui aura placé la France en situation de banqueroute et de pénuries. Au-delà de ses inaptitudes avérées, ses manquements et la gouvernance chaotique du pays, il y a plus grave encore avec les violations constitutionnelles et des lois scélérates qui ont poussé l'Exécutif hors des clous (Voir p. 83 à 86, « *Histoire d'un Président qui n'aime pas la France* » et p. 189 à 196, « *L'antipatriotisme d'un chef d'État* », en bibliographie *in fine)*. Nonobstant la ruine nationale dont le pouvoir régalien est manifestement responsable, *Sa Seigneurie* ne se prive pas de gaspiller l'argent public pour vaquer à ses divertissements et hobbies, comme avec son incursion au Qatar pour assister à un match de foot qui eut lieu le 18 décembre 2022 (Voir p. 209, 217 et 250/251), et qui aura coûté au contribuable français ½ million d'euros, rien que pour la seule personne de ce « *champion du monde de la gêne* », selon l'expression du député Benjamin Lucas.

Pendant ce temps, 9,2 millions de Français vivent sous le seuil de pauvreté. Un taux de misère élevé à 15 % de la population nationale (Source : Insee, 2019) procède d'un comptage global impossible avec des centaines de milliers de migrants qui déferlent par an depuis le tiers-monde. Illégaux ou encartés, ceux-là se précipitent sous la protection des associations qui les engrangent, sous couvert de l'Exécutif qui finance le tout. Puis ces zombies encombrent les chaussées et les voies publiques des grandes villes de France, devenues des bidonvilles et des camps de réfugiés insalubres. Ce chef d'État, plutôt que de se préoccuper des situations explosives sur le territoire, aura préféré sécher un sommet majeur à Bruxelles, entre l'UE et l'Asie du Sud-Est, pour se distraire dans un stade et un bar à l'étranger. Des enjeux économico-financiers pour le pays, le Président Macron n'en a cure, pas plus que de la sécurité du territoire, à ce jour minée par des flots incessant de réfugiés en majorité drogués au Coran.

Les gesticulations excitées de cet énergumène censé représenter la France, fit la part belle de son homologue allemand, le Chancelier Olaf Scholz, lequel se sera taillé la part du lion au profit des intérêts germaniques, aux dépends de la France prétendument représentée par ce dernier. Par l'abandon des devoirs de son chef qui brilla par son absence, la déconfiture élyséenne fut remarquée par les intervenants. *Quid* du Premier ministre, du ministre des Affaires étrangères, et de l'ensemble des membres du Gouvernement, tous ignorés et méprisés, car non sollicités par l'impudent chef d'État pour cette mission internationale ? Dans le mépris souverain d'un autocrate, le sieur Macron préfère les cabinets privés, tel *McKinsey,* copieusement rémunérés sur le dos des contribuables, pour gérer les affaires de la France, plutôt que de faire appel aux représentants de l'Exécutif français à sa disposition.

Pour se faire plaindre auprès des médias et se dédouaner de ses insuffisances et ses dilapidations financières, la prétendue absence de compétence des ministres qu'il aura pourtant investi à travers le choix d'un Premier ministre obséquieux, ce pensionnaire de l'Élysée pleurnicha, comme accablé au micro du journaliste Mohamed Bouhafsi début décembre 2022, être « … *en train de faire le travail de tous les ministres et du Premier ministre* » ! Or, ce caudataire des régimes absolutistes, entre oligarchie et kleptocratie, avoua imprudemment gérer la France comme un despote à s'en rendre malade, se faisant passer pour une victime d'un prétendu *burn-out.* Plus sûrement gagné par le syndrome borderline, que complique sa névrose mégalomaniaque et narcissique, cet immature confia être plongé dans une « *très grave dépression* » comme en mars 2019, lorsqu'il suborna les Français par sa prétendue maîtrise des affaires de l'État en temps de crise, mais en occultant la faillite avérée de ses mandats à chaque créneau de ses responsabilités.

A contrario, il n'est pas difficile de confondre la soi-disant omnipotence dont se glose le Président Macron, puisque la France de 2017 à ce jour, selon les données incontestables des indicateurs indépendants internationaux, est battue en brèche par ses fiascos successifs et la banqueroute à tous les étages de ses attributions. Au résultat, son incurie est globale, avec un surendettement public jamais atteint dans l'histoire de la République, un chômage qui se répand sur les trottoirs, un PIB en déroute, une inflation galopante, des faillites en cascade et une chute du pouvoir d'achat qui confine à la diète. Puis encore, l'ensemble des secteurs socio-sanitaires, culturels et productifs sont en perdition, comme l'emploi, l'Éducation nationale, et le système de santé entre les hôpitaux à l'abandon et les généralistes qui fuient la Sécurité sociale.

Nonobstant ce désastre consommé, ce chef d'État français gratte chaque sou vaillant au fond de la cale sèche du bateau de Bercy pour financer l'immigration islamique, participer à l'hécatombe de civils dans son uchronie ludique en Ukraine, comme après avoir épuisé près de mille M^{ds} d'€ pour partir en guéguerre contre un virion de 0,07 à 0,14 micron de diamètre. Au bout du compte, une débâcle sanitaire emmenée par des vaccins pathogènes génère encore davantage de victimes ; non pas les cohortes de virus et de mutants Covid toujours indemnes et actifs, mais de citoyens ayant reçu plusieurs injections d'une prétendue prophylaxie, mais à répétition pathogène et létale. Indifférent devant ses échecs, celui qui s'auto-distingue des « *gens qui ne sont rien* » (propos tenu le 28 juin 2017) se comporte à la façon du pathétique Empereur africain Jean-Bedel Bokassa, lequel se faisait transporter en chaise à porteur ou en Rolls-Royce.

Ainsi fut-il remarqué que le sieur Macron se déplace avec foule et cérémonie dans les espaces éthérés à l'aide de deux jets chargés de ses groupies, ou qu'il circule sur route dans un convoi de dizaines de voitures et de bus. Cet *Exodus,* pour éviter les injures, les tomates et les œufs, consiste à s'assurer un parterre d'adulateurs comme d'un rempart devant les caméras, mis en scène d'acclamations de fans recrutés et stipendiées pour ses castings propagandistes. Le coût exorbitant de ces fantasmes présidentiels dans une France ruinée et délabrée fait surgir le cliché d'une république bananière, en retenant que la corruption se traduit ici par le pillage systématique des deniers de la France. Ce chef d'État se défausse derrière un budget de protocole, comme de se rendre au Qatar dans une arène où se jouerait le destin de la Nation, entre baballe et tocade olympienne ! Mais qu'importe, les fonds élyséens sont systématiquement regarnis par les deniers votés en LOLF, en grattant les budgets des 17 ministères spoliés à chaque caprice présidentiel.

°°°

De son côté, Ursula von der Leyen se présente comme la pourfendeuse de la corruption, à l'instar de son protégé Volodymyr Zelensky qui avait bâti en 2018/2019 sa campagne en Ukraine sur ce registre, alors que ce saltimbanque pilla les fonds d'une banque, soutenu par la mafia locale, dont le parrain n'est autre que Ihor Kolomoïsky (Voir p. 77 à 90, « *La*

217

République en Danger », en bibliographie *in fine*). La pratique du blanchissement en politique consiste à battre pavillon contre les dérives crapuleuses, alors que les donneurs de leçon se comportent en larrons. Ces félons insinuent leur probité à leur électorat, tout en pratiquant à leur aise bien des formes de corruption que sont, à l'instar de la Présidente de la Commission UE ; les concussions, les abus de pouvoir et le népotisme, les conflits d'intérêts, le trafic d'influence et l'enrichissement personnel. À l'échelle de l'Union, cette corruption fut évaluée par *Euractiv* en 2019 à 990 M^{ds} d'€ par an (6,3 % du PIB du bloc [Lunopark]).

Les liaisons glauques et dangereuses entre le corps politique de l'UE et les industriels fournisseurs de masques, de tests et de vaccins durant la crise de Covid, ont contribué à enrichir, dans l'ombre d'une urgence mondiale fomentée, les élus nationaux selon l'ONG *Transparency International* (sic). Cette pandémie alimente la corruption dans toute l'Union, mais avec de solides ramifications au sein des dirigeants que sont les personnels politiques en tête de liste, puis des fonctionnaires stipendiés chargés des marchés publics, puis enfin une partie du corps médical vaccinant, commissionnée par les premiers. 6 % des personnes interrogées déclarent avoir versé des pots-de-vin ou joué de leurs relations personnelles pour accéder aux soins médicaux dans l'Union, outre les dépassements d'honoraires, selon un sondage réalisé par l'ONG susvisée. Dans une fourchette plus large des prospects du sondage, 81 à 83 % des citoyens de l'UE considèrent que la corruption gangrène les institutions et la finance des États membres (Source : *Tendances Trends*).

○○○

« Tricher mais ne pas se faire prendre » ; telle est la devise des malfrats en politique, mais un jeu qui ne

réussit pas à tout ce monde lorsqu'ils se font épingler en flagrant délit. Pour d'autres, les procédures et les indiscrétions leur laissent le temps de préparer le terrain, d'effacer les preuves compromettantes avant une perquisition parfois longtemps anticipée à la faveur des médias et des taupes qui violent le secret d'une instruction. Tant pis pour les imprudents qui se font alpaguer, mais la plupart sera relaxée parce que *responsables mais non coupables*, avec une possible reconversion loin des médias afin de se faire oublier, voire parfois revenir aux affaires une fois cette période trouble de leur existence évaporée des mémoires.

Ainsi en fut-il avec de nombreux politiciens comme Alain Juppé, Laurent Fabius, Nicolas Sarkozy et tant d'autres dirigeants politiques assez chanceux pour être passé entre les mailles de la justice, ou dont les procédures s'éternisent jusqu'à être frappées d'obsolescence, entre forclusions et déni de justice (art. 4 du Code civil et art. 434-7-1 et 434-44 du Code pénal). Ceux-là bénéficient dans l'ombre d'une protection discrète, que renforce les avoirs dissimulés depuis les comptes numérotés de sociétés extraterritoriales ; leur porte de sortie. Les vieilles complicités sont là pour couvrir d'éventuelles fuites, dénonciations et délits d'initié en Bourse comme en politique. Pour cette engeance pléthorique de malfrats en col blanc, qui sont d'abord de grands argentiers en comptes numérotés avant de servir les électeurs qui les ont désignés pour les représenter et les défendre, il s'agit de ne pas gripper la machine à corruption, afin qu'elle continue à fonctionner pour nombre d'élus véreux qui ne se font jamais alpaguer. La solidarité entre eux fonctionne, car ils sont soucieux de maintenir l'omertà, même lorsque leur idéologie les oppose à 180° dans les hémicycles !

O - Une intrigue manichéenne où l'emprise chtonienne du *pouvoir* et de l'*avoir* l'emporte sur la morale et l'honneur

Pourquoi notre monde politique est immoral ? Pourquoi aucune démocratie ne semble à l'abri des malversations de leurs dirigeants respectifs, inaptes à se stabiliser durablement dans la probité et l'honneur, passé le siècle des *Lumières* pour la postérité ? Les meilleures intentions politiques finissent dans le bourbier des marchés souterrains. Pourquoi aucun parti politique, quel que soit la sensibilité, n'échappe à ce destin, sous réserve de personnalités d'exception qui ne font pas l'histoire, tels Charles De Gaulle ou Pierre Bérégovoy ? Le monde politique est-il rattrapé par le gène de la corruption et le syndrome d'*hubris*, ou ce métier serait-il un piège ? Dans la mythologie grecque, le châtiment de l'*hybris* consistait à frapper de *némésis* les individus débordés par leur passion et leur orgueil ; les dieux les rétractant depuis leurs entrailles jusqu'aux limites qu'ils avaient franchies. Voyons ici une soutenance pour des étudiants assez intrépides (ou naïfs) pour trouver un directeur de thèse !

ooo

Ainsi que les annales en témoignent, même les religions, depuis les cultes polythéistes de l'antiquité aux confessions monothéistes plus tard, ont semé davantage de haine, d'intolérance, de violence et de cruauté que les politiques elles-mêmes. Certes de tout temps, les croyances furent résolument, et le sont encore avec l'islam, dans la confusion entre spiritualité et politique. Ce culte, que je peine à associer à une religion, plutôt à une secte apocalyptique, explicite dans le Coran et les hadîths préférer la mort à la vie dans cette dyade mortifère qui confine au chaos. Associer l'islam à la religion, c'est assurément insulter

220

les croyances pacifiques dont s'honorent les sociétés chrétiennes et tantriques, nettoyées de leur histoire martiale et sorties de l'obscurantisme. Les apocryphes et *mea culpa* sont là pour en témoigner, ainsi le Jubilé de l'an 2000 avec le pardon du Pape Paul VI. Surtout ne jamais associer l'islam aux religions abrahamiques !

Sauf que le mal l'emporte trop souvent, et que le bien se fait l'otage des pires outrages. À cet endroit d'une œuvre de fiction, l'utopie, avec ses révélations mythiques exaltantes et ses voyages fantastiques dans les sciences fondamentales depuis les infinitudes de grandes à petites, aurait une propension à se muer en un truisme oscillant. Cette polysémie conjuguerait l'idéal imaginaire à l'imparfait du réel que l'on ne veut pas expressément décliner, tant les évidences n'ont pas toujours leur place dans nos certitudes (Voir *in fine* en bibliographie, « *Et si l'Europe avait transité en d'autres temps ?* »). Mais l'indicible peut surgir depuis les replis insondables de l'âme ; une variable aléatoire au tréfonds de l'humanité qui dessine le destin des sociétés. Cette dyade reste suspendue entre l'acmé des conquérants inextinguibles, et le songe onirique des sages prospectant l'inconnu à la recherche d'un karma sous l'épistémè d'une sagesse universelle.

Allez donc savoir ce que deviennent des enfants lorsqu'ils sont plongés sous l'influence rédhibitoire d'imprécations délétères dispensées par des prêcheurs belliqueux, ou ces mêmes chérubins dès lors qu'ils sont éduqués dans la concorde, le bien et l'amour ? Lorsque certaines écoles du crime fabriquent des monstres froids, comme il en fut avec les jeunesses hitlériennes *(Nationalpolitischen Erziehungsanstalten* sous l'acronyme NPEA ou Napola) durant le IIIème Reich, ou à ce jour dans les madrasas (ou médersas) ;

des écoles coraniques administrées par des imâms dispensateurs de prêches intégristes (waqf), le destin des hommes peut s'y corrompre indéfectiblement, même si le lit originel de l'âme ne les prédestinait pas.

Ce pourquoi le rôle que jouent les enseignants dans une communauté est capital, autant que le sont les dirigeants dans un pays. Si la société, en particulier si cette dernière n'est pas suffisamment bien préparée pour encadrer une démocratie, la protéger donc de la préserver des écarts subversifs ou des ambitions corrompues d'un satrape, le pire peut alors survenir, souvent par la confiance en leurs élus des citoyens imprudents et abouliques. Une telle indifférence par renoncement ou fatalisme, génère une absence de vigilance fatale pour les institutions. Autrefois, dans la société judéo-chrétienne, la religion fut souvent à l'épicentre de ce danger potentiel, dont les États, même au sein d'un régime laïc, n'est jamais à l'abri. Ainsi en va-t-il encore dans les pays islamiques.

Selon un message sassanide, le manichéisme ne procède-t-il pas de ponctions harmoniques des sources de piétés distinctes, un syncrétisme d'hétérogénéités qui pourrait donner corps à une nuée de confessions théistes, de philosophies agnostiques, zoroastriennes, tantriques ou animistes ? Serions-nous loin des cultes polythéistes ? Cette métempsychose des dogmes, en passant d'un dieu à l'autre avec l'héritage de l'esprit fusionnel de leurs adeptes, n'a cependant pas la faveur de l'islam ; un culte qui se refuse à toute concession liturgique et doctrinaire. Si les religions juives et chrétiennes ont pour racine la source abrahamique, l'esprit mahométan ne connaît que la guerre (le djihâd) pour anéantir tout ce qui ne lui ressemble pas. Ne doit-on pas observer le même réflexe entre les politiques

222

bellicistes qui ont tant de fois conduit leur peuple respectif à se combattre au nom de quoi et de qui ?

Depuis la lentille d'une longue vue qui s'ouvre au regard émerveillé vers un ciel paisible en apparence depuis le Big Bang (l'émergence) puis l'ère de Planck (10^{-43} seconde), sinon incliner les yeux ici-bas sur un monde assurément martial vers les nuées ardentes des conflits terrestres ; de tels spectacles n'ont rien d'une uchronie. Or, cette vision duale, entre le virtuel céleste en apparence tranquille et la réalité séculière plutôt chargée d'hémoglobines, place en balance l'épistémè anthropique à l'écart de l'Univers qui nous semble moins inquiétant. Pourtant, notre espèce est tellement douée qu'elle pourrait transcender la vie pour y puiser l'ineffable depuis l'inconnu surgissant de l'émergence. L'œil posé sur la voute du firmament pourrait-il transcender l'antimonde des quanta en franchissant les parois d'une infinitude circonscrite entre baryons et leptons qui se partagent le vacuum ? Mais il y a aussi la réalité inconstante de l'agitation humaine, où le chaos temporel qu'il suscite n'a rien d'une figure fractale. Nous y voyons plutôt une mosaïque de polynômes étroits et mal ajustés, aux cheminements capricieux qui se perdent dans le dédale de l'incertitude. Les hommes ne font que faire et défaire leur destin dans une succession de summums qui finissent dans un lugubre déchirement de leur espèce.

Par une transposition de notre nature sauvage et imprévisible, cette métaphore nous révèlerait les dessous surgissant d'une bien triste histoire ; la nôtre toujours au-devant d'une scène eschatologique ; où le mal anthropique, qui souille autant qu'il dévore les autres espèces au rythme effréné de sa démographie, se faisant le constituant inaltérable de notre biocœnose sociétale, avant d'être associé à sa chute. N'est-ce pas ainsi que le décrit la mythologie grecque empruntée à la légende de l'aigle du Caucase, où Prométhée fut puni depuis ses entrailles pour avoir légué au monde l'homme et le feu. Ici, le Titan n'est ni dieu ni homme, il incarne autant le bien que le mal, la force et la faiblesse, la fidélité et la trahison envers son maître (tel Ahitophel contre le roi David ; le livre des psaumes, chapitre 41), et le souffle de vie depuis l'émergence astrophysique ou la Genèse biblique ; tout ce qui caractérise l'humanité capable du meilleur et du pire.

ooo

Si je termine ainsi cette étude, coïncidant entre cette scène mythologique et la chute de la France, c'est par esprit d'associer une réflexion philosophique sur l'histoire des mondes, à notre quotidien séculier. Je pense qu'il y a ici encore matière à réflexion sur l'actualité de notre pays, malmené de façon la plus outrageante par un chef d'État qui se comporte comme le pire ennemi du Peuple. Celui-là incarne le côté obscur de Prométhée enchainant les imprudences et les avanies contre l'État les unes après les autres, par son incurie certes, mais aussi par sa félonie, reniant l'histoire et la culture de sa propre patrie. Voilà bien des mobiles suffisants, ci-après réunis, pour que les élus du Peuple engagent une procédure de destitution à l'encontre de ce fossoyeur de la République.

Rien ne nous aura été épargné dans cette sinistre mise à sac de la France, où l'effondrement du pays s'observe de tous les côtés : l'éducation, la santé, le pouvoir d'achat, l'inflation, l'insécurité grondante, l'endettement de l'État avec un déficit public abyssal, la realpolitik atlantiste de la France dont la énième guéguerre que mène l'artilleur Macron après sa reddition contre les forces lilliputiennes (SARS-CoV-2 et CO$_2$). Pour conserver l'avantage, le sieur Macron se sert de l'immigration comme d'une arme fatale ; le grand remplacement, avec la *déconstruction* avant la *réinitialisation.* Son leitmotiv consiste à diviser les Français en faisant des uns ses « *collabos* » et des autres les victimes de sa discrimination sanitaire. La corruption de l'Exécutif cuirassé par une cohorte de mercenaires médicaux, déférents, cupides et peu soucieux de leur déontologie (420 € la vacation de 4 heures pour les médecins), se lit à tous les étages de ce pouvoir politique, ensorcelé par le mercantilisme des vaccins, et coupable de crime contre l'humanité :

1°) En accordant des subventions empruntées aux banques avec intérêts à ceux qui soutiennent ce régime asséchant, dont la presse stipendiée et servile, politiciens et fonctionnaires circonvenus, puis encore le corps médical obséquieux qui aura servi à injecter des fioles expérimentales à des millions de cobayes humains, sans jamais se soucier des conséquences pathogènes et mortelles dûment répertoriées et comptabilisées par les instituts de veille sanitaire et de contrôle des médicaments. Ces intrigants des HAS, diaboliquement associés à cette délinquance politique, auront transformé la Nation en une cage à rats de laboratoire au profit des suppôts du *Big Pharma*.

2°) En ayant abandonné la gestion de la France à des entreprises de droit privé, ces sociétés conseils et consultants étrangers furent mandatés et rémunérés durant la crise sanitaire - et même bien après - par l'Élysée à coup de centaines de millions d'euros, pour prendre la place de nos élus et ministres condamnés au silence. En bradant la France et en la vidant de son poumon industriel cédé aux puissances étrangères, le pays ne fut plus administré, mais vidangé. La spoliation des biens et des cerveaux, puis l'usurpation des pouvoirs constitutionnels ont conduit les corps législatif et judiciaire à ne plus siéger en séance plénière ; une confiscation des audiences publiques durant des mois pour un prétexte sanitaire galvaudé.

3°) La prétendue crise sanitaire fut un leurre, mais un boulevard pour le commerce des vaccins-Covid dont les dégâts sur la santé des victimes vaccinées ont été étouffés, nonobstant les alertes des scientifiques et patriotes dans cette vaste conjuration emmenée par les puissants de ce monde, dont la secte *WEF* en fut le principal instigateur. Les personnes dont la santé a été gravement et durablement endommagée par la répétition itérative des rappels (rupture du système immunitaire ouvrant grand la porte à des maladies opportunistes), puis les mortalités post-vaccinales qui suivirent, furent enregistrées par des instituts scientifiques et statistiques *ad hoc,* mais aussi par nombre d'autorités médicales indépendantes, professeurs et spécialistes en virologie, chercheurs et prix Nobel. Mais jamais les conclusions furent relayées par les médias serviles, bouclés et étanchéifiés sous le contrôle comminatoire du patron de l'Exécutif.

4°) Des millions de certificats de décès furent trafiqués, tous prétendument morts de Covid en hôpital ou en Ehpad, pour augmenter l'effet anxiogène de la pandémie, et convaincre les Français à se présenter sans tarder dans les centres de vaccinations les plus proches. Les séniors pensionnaires des maisons médicalisées furent nombreux à avoir été sacrifiés sous *Rivotril*® pour en améliorer le score létal (Voir p. 22 et 182). L'instrumentalisation de la souffrance humaine fut d'abord livrée par l'ouvrage d'Horace McCoy « « *They Shoot Horses, don't They ?* »

226

(On achève bien les chevaux ? - 1935), avant que cette dramaturgie ne soit rejouée comme épitaphe sous l'État-Macron. L'OMS aura même publié un *mea culpa*, avouant avoir multiplié de 10 à 50 fois la létalité par Covid dans le monde, souvent liée aux vaccins-Covid et à des comorbidités interprétées de façon opportunes aux statistiques mortifères sous l'adjectivation *Covid*.

5°) Pour parvenir à un tel niveau d'imposture et de désinformation, des milliers d'ordonnances et de décrets, dans la nébulosité d'une situation enfumée par des *fake news* d'État, furent promulgués en totale infraction aux DDHC et aux codes civil et de santé publique notamment. Pour ce faire, les principaux protagonistes du Conseil constitutionnel, qui ne sont rien de moins que des anciens repris de justice (Voir « *Histoire d'un Président qui n'aime pas la France* », p. 83 à 89 en bibliographie), avalisèrent cette gabegie juridique. Par ailleurs, ces complices, au registre de la concussion et du népotisme, rendirent possible une prévarication à grande échelle dont profitèrent les fils respectifs du Président Laurent Fabius et d'Ursula von der Leyen ; tous les deux directeurs au sein de la société *McKinsey*, laquelle précisément géra la crise sans l'entrave du Parlement, mais sous l'empire d'un état d'urgence de composition, dit « *sanitaire* ».

6°) Les mensonges et les dissimulations furent stratifiés par le petit écran, où l'ensemble des membres du Gouvernement en écho aux divagations de leur chef, diffusèrent des chiffres, des courbes et moult statistiques, autour de la pandémie et des vaccins, qui n'ont jamais fait l'objet d'une quelque vérification ni confirmation, puisque la Commission d'accès aux documents administratif (la CADA) avoua n'avoir jamais reçu la moindre copie, et répondant par écrit que les traces de ces publications de l'État n'existaient pas, donc ne reposaient sur aucun support officiel et légal (Voir p. 118 à 123 et 142 à 147, « *Emmanuel Macron - Une anomalie présidentielle* », en bibliographie *in fine*). Cette preuve indiscutable de forfaiture met en exergue les trahisons de l'Exécutif envers le Peuple français, et pire encore, laisse comprendre pourquoi autant de viols législatifs et constitutionnels ont été perpétrés sous la plume d'Emmanuel Macron. Car il fallait avoir l'audace de mentir au plus haut niveau, pour que de telles impostures et complicités entre le Parlement et le Conseil constitutionnel puissent passer entre les mailles de la justice, et leurrer autant de gens.

7°) Puis il y eut les aides financières accordées sous des conditions tellement restrictives qu'elles ne produire que des effets d'annonce, pour ne profiter qu'à des fins électoralistes. Beaucoup de ces aides s'avérèrent insignifiantes faces aux augmentations décuplées de la consommation ; comme on jette des miettes aux pigeons ; mais suffisantes pour convaincre les plus démunis d'une générosité régalienne, cela en asséchant davantage les finances publiques. Or ces subventions et primes dédiées ne font qu'asservir ceux qui en bénéficient jusqu'à les rendre dépendants ; tels de futurs indigents en addiction vers un assistanat durable, lesquels, vidés de leur substance énergétique se condamnent à terme vers une mendicité fomentée et institutionnalisée pour une anémie endémique.

8°) C'est en œuvrant au délabrement d'une France sans réaction, incapable de se dresser contre cette diabolique façon de conduire la Nation, que nombre de concitoyens perdent le contrôle de leurs opinions. Les dilapidations successives des fonds publics par cette dernière mandature présidentielle coûte à chaque foyer fiscal ± 180 000 €. Cette dette colossale (± 3 000 M^{ds} d'€. fin 2022) se répartira sur plusieurs générations (Ibidem, « *L'idéologie néfaste du résident Macron* », p. 111/114, 132/135).

9°) Entre spoliation et détournement de fonds, Emmanuel Macron, comme le fit d'ailleurs son prédécesseur, n'a jamais été en panne d'imagination, comme pour voler les caisses de retraites. La dernière confiscation de capitaux en date, fut de saisir ce qu'il restait des *Fonds de réserve des retraites* ; un capital créé sous le mandat présidentiel de Jacques Chirac. Son Premier ministre, Lionel Jospin, durant la période de cohabitation, s'était expliqué, le 21 mars 2000 sur la nécessité de créer ce fond de réserve : « *La retraite, c'est le patrimoine de ceux qui n'en ont pas* ». Or, Emmanuel Macron estime vraisemblablement que c'est encore un patrimoine de trop que ne méritent pas les Français, après avoir travaillé et cotisé durant plus de 42 ans pour les salariés, et davantage pour les commerçants, les artisans et indépendants âgés de 62 à 76 ans !

Cette juste anticipation sur les problèmes que rencontre la CNAV pour financer ce système par répartition, que l'on appelle justement *la Solidarité*, aura tout simplement été balayé par les deux derniers irresponsables de l'Élysée, dont l'État-Macron qui dilapide systématiquement tous les fonds publics, et envisage même prochainement de procéder à la rétention des économies des Français (assurances-vie, épargnes en Bourse etc.). Ce fut 150 M^{ds} d'€ de ce pactole disponible depuis 2020, qui se sont ainsi envolés au paradis des réfugiés islamiques et du *Big Pharma,* mais aussi pour armer une guerre fratricide en Ukraine. Côté idiotie, immoralité et corruption, le Président Macron n'aura certes pas échoué !

10°) Autre fait marquant autour de cette législature, fut pointé par la loi n° 2021-1109 du 24 août 2021 *confortant le respect des principes de la République.* Sous l'expression susdite, cet énoncé dépeça une énième fois le droit d'expression, où il fut instauré un privilège par exemption ou application différenciée, contre ledit « *délit de séparatisme* » afin de protéger la parole des élus (article 433-3-1 du code pénal), non celle du Peuple français. Ce fut sous l'enseigne dissimulée derrière une dérobade d'honorabilité, que 2,5 millions d'euros distribués par Marlène Schiappa* furent dilapidés sans contrôle au nom d'un principe directeur galvaudé : « *Les exigences minimales de la vie en société* ». Or dans ce texte, il n'apparaît jamais que cette rupture du bien-vivre en France n'est pas le fait d'une déviance morale des citoyens entre xénophobie et racisme, mais celui des actions criminelles au nom d'une seule religion responsable de milliers d'attentats terroristes en groupes armés ou en loups solitaires depuis le 9 août 1982. Attribués à des associations partisanes, ces fonds publics désignés sous le symbole bien mal choisi de « *Marianne* », auront garni les salaires de dirigeants d'une vingtaine d'associations à but non lucratif, donc en totale contravention avec leur statut (Source : BV, par Frédéric Sirgant, publié pour l'Observatoire du Mensonge du 3 avril 2023).

11°) Pour l'État-Macron, *promouvoir les valeurs républicaines* c'est abattre les discours dits séparatistes ; un euphémisme pour ne pas emprunter un langage de vérité que la couardise de l'Exécutif veut dissocier des actes de racisme imputés à l'islam, que l'État cherche à protéger des *amalgames*. De sorte que l'inquisition *séparatiste* procède plutôt à censurer les réseaux sociaux et les plateformes web des Français du terroir,

230

dès lors que leur lecture disconvient aux logorrhées de la pensée obligatoire de l'énarque. Sous l'égide d'un *Comité interministériel de prévention de la délinquance et de la radicalisation* (CIPDR), dirigé par Christian Gravel, ces 20 structures associatives se sont partagées le magot. La principale d'entre-elles est présidée par Mohamed Sifaoui**. Mais le vernis présidentiel fut coloré par une nouvelle égérie de *Playboy* ; la secrétaire d'État (Marlène Schiappa) chargée de l'économie sociale et de la vie associative*, laquelle aura dissimulé le détournement de bonnes intentions pour le compte de ces mercenaires inquisitoriaux et censoriaux, sous la couverture d'un bénévolat honteusement rémunéré.

La distribution de ces deniers, vue par les naïfs courtisans macroniens extasiés, aura servi une fois encore la chasse aux sorcières des *sleeping Giants*. Ces trolls numériques agissent à la façon de sectes secrètes, dont l'action vise à censurer l'opposition politique par l'intimidation et le chantage, au service exclusif de l'oligarchie. Pour recadrer le profil de Mohamed Sifaoui**, notamment par le Journal *Marianne* et la cellule d'investigation de *France 2*, *L'Humanité* accuse ce journaliste exilé d'Algérie, d'« *inonder les réseaux sociaux de propos ouvertement racistes* ». Le quotidien *20 minutes*, écrivit que cet individu a : « *multiplié les tweets injurieux* », visant les Portugais, les Asiatiques etc.). Voilà un curieux choix de l'Exécutif jupitérien, pour distribuer les fonds publics en vue d'éradiquer le « *séparatisme* » ; un énième euphémisme inventé par l'Élysée pour soi-disant lutter contre la xénophobie et le terrorisme en France, mais du côté des Français !

12°) En changeant de cap, mais toujours du côté de l'Élysée, rodent d'étranges vedettes d'un média glauque, ainsi Michèle Marchand (dite Mimi), placée en garde à vue le 5 juin 2021 pour subornation de témoin, mise en examen pour association de malfaiteurs et placée en détention provisoire le 18 juin suivant. Puis de nouveau, le 12 août 2021, *Mimi* fut mise en examen pour recel et extorsion. Pour mémoire, cette ancienne épouse du célèbre braqueur Maurice Demagny (un alter ego de Jacques Mesrine), fut incarcérée dans les années 1980 pour falsification, vol et émission de chèques sans provision, faux en écriture, ainsi que pour avoir transporté une ½ tonne de cannabis. En raison de son business *people,* François Hollande ironisa en ces termes : « *Cette femme incarne la peopolisation de la vie publique* » (en aparté grande amie de Pierre Palmade et proche de Brigitte Macron). Pour sacrer cette célébrité de la délinquance et de la photo hard, par ailleurs surnommée l'« *écurie des paparazzis* » ou la « *Mata Hari de la celebrity press* » évoquant son agence *Bestimage,* cette conseillère, accréditée par l'Élysée, fut photographiée en juillet 2021 derrière le bureau présidentiel en exhibant de la main le « *V* » de la victoire ! Depuis, il règne un silence assourdissant du couple Macron autour de cette débauche de relation douteuse au sommet du pouvoir.

Derrière cette postiche de la République, c'est le devenir de notre postérité qui s'en trouve assombri entre ces avilissements. Cette déconfiture morale et pécuniaire du pays hypothèquera possiblement les citoyens de demain sur plusieurs générations, et finira par gangréner chaque pan de la démocratie avec une Constitution qui volera en éclats, et nos libertés jetées en fosse commune. Ce processus de désagrégation découle d'une logique mondialiste préméditée depuis le cercle directeur du *WEF,* pour reprendre la main sur une place défrichée après l'éclatement des institutions, la ruine financière et l'abandon de tout sentiment patriotique et laïc. C'est précisément sur ces friches macabres et la déconfiture des finances et du social que s'installent opportunément les tyrannies qui écrasent les manifestations, musellent la presse et font taire les insurgés coupables de rebond patriotique.

13°) Puis enfin, ce fut en prenant parti, sans motif recevable en droit international ni mandat onusien, que l'ingérence française entra dans le conflit russo-ukrainien. Or, les véritables victimes dans ce désordre géostratégique sont les civils massacrés, par les armes et les missiles que fournissent les États-Unis, la Grande-Bretagne et la France, outre l'intervention militaire russe dans ce conflit intra-ukrainien. Quand Emmanuel Macron se gausse de partir en guerre, il ne dit pas qu'il galvanise un conflit entre Ukrainiens qui remonte à la guerre du Donbass depuis avril 2014. Ce va-t-en-guerre, soutenu par Ursula von der Leyen (UE), participe au malheur des civils ukrainiens, à la façon de la Russie en face, nonobstant excusée par la promiscuité frontalière de cette guerre, où des millions de réfugiés ukrainiens, harcelés et mortifiés par la barbarie des bataillons Azov infestés de néonazis, s'exilent depuis huit ans chez leurs cousins slaves.

°°°

Durant trois ans d'agonie sociale en France, les mille milliards d'euros et autres valeurs soutirées au prétexte de la pandémie, sur le dos des contribuables et cotisants sociaux leurrés par un virus synthétique fabriqué en Chine, puis des vaccins issu du *Big Pharma* aussi dangereux qu'inefficaces, cette période fut entachée de honte. Admettre que la corruption des esprits malfaisants profite au monde industriel des médicaments, autant qu'aux sphères politiques stipendiées par les premiers, serait déjà un pas vers une rédemption de cet État voyou. Car dans cette

233

affaire de crise préméditée, fabriquée et orchestrée, il ne faudra jamais oublier que les décès et pathologies invalidantes se partagent entre le virus SARS-CoV-2 fabriqué en laboratoire biochimiques (P3/P4), et par des vaccins à vecteurs génique ou à adénovirus, eux-aussi provenant de laboratoires de recherche. Ce cousinage d'expérimentation et pharmaceutique entre apprentis sorciers qui œuvrent dans l'ombre de leurs mécènes industriels et politiques est indissociable. Il y a collusion et complicité de crimes, au regard de la simultanéité de l'apparition du virus et de la nocuité de clones vaccinaux (infections rétrovirales) qui ont véhiculé ensemble cette pandémie.

Aux sommes colossales de devises dépensées sans aucun retour prophylactique, s'y ajoutent 7,4 Mds d'€ évaporés en 2022 depuis la France vers l'Ukraine, en guerre civile depuis 2014 avant de s'être généralisée dans la région slave de l'Europe. Ces oboles sorties des caisses de Bercy auront pris un chemin aussi vicié que les 35 Mds d'€ dépensés par l'UE pour alimenter ledit conflit, dont les 26,35 Mds d'€ de contribution de la France à l'Union (loi LOLF), une partie s'y ajoutant pour financer la conflagration (Source : Kiel Institute). À ces dépenses directes s'ajoute le coût de l'inflation, autre conséquence de cette guerre qui ponctionne 1,5 % du PIB, d'où des prélèvements sur le revenu des ménages et des entreprises (Sources : Cnews, BV).

En blanchissant le produit de leur prévarication par le couloir des banques *extraterritoriales** et nombre de trafics juteux prohibés par le droit international, tous ces odieux criminels en col blanc sont entachés du sang que génère les systèmes bancaires nationaux et parallèles *offshore**, où cette corruption surfe avec les profits des industries mafieuses. De sorte que ces sociétés financières parasites, gentiment auréolées de la qualification de paradis fiscaux avec leurs comptes numérotés, offrent un statut idoine à leurs clients politiques ou industriels, tricheurs et maîtres dans l'art de la kleptocratie financière, qu'à celui des parrains de la drogue, des trafiquants d'organes humains, des mafiosi de prostitution esclavagiste et sexuelle (traite des blanche) pour le compte du Maroc, de la Jordanie et des royaumes du Golfe persique, et autres sordidité comme de fourbir des armes aux terroristes. Tous s'y retrouvent dans ces palaces insulaires à l'occasion de cocktails ou de kermesses entre fortunés qui s'auto-congratulent. De fait, les voyous, mafieux et assassins, à l'instar des cols blancs, ont besoin des banques et du parrainage des milliardaires pour s'offrir le luxe des prévarications, ou pour faire tourner les cartels du crime, voire pour financer des coups d'État, ou de s'ouvrir à une guerre comme en Ukraine pour vendre puis expérimenter des armes et des satellites espions. La secte *WEF* offre cette hospitalité à n'en pas douter.

Cette pratique, de longue date, est aujourd'hui agrémentée par des moyens plus discrets mais aussi sordides que de jouer sur l'échiquier les grandes puissances à dimension continentale, entre les États de l'Ouest et ceux de la Fédération de Russie immiscée aux puissances d'Asie. À ce jour, il ne s'agit plus d'une guerre d'idéologies entre les forces de l'Axe et des Alliés (1939-1945), ou de la guerre froide entre l'Otan à l'Ouest et le Pacte de Varsovie à l'Est (14 mai 1955), mais d'une guerre de territoire comme jadis sous les dynasties, ou l'UE et les USA se disputent désormais l'Ukraine contre la Russie pour des motifs similaires. Dans ce conflit, tel un gâteau à se partager, ceux qui souffrent sont les contribuables qui paient, avec au milieu les compatriotes ukrainiens, entre loyalistes et séparatistes qui s'entredéchirent pour des raisons de rattachements transcontinentaux à l'Est comme à l'Ouest, et qu'aiguillonnent des puissances étrangères animées de conquêtes territoriales et de profits.

P - L'énarque de l'Élysée, un thuriféraire du gourou Klaus Schwab, se fait le chancre de la dégénérescence des valeurs de France

Pour neutraliser la colère d'un peuple en souffrance, un dictateur recherchera un exutoire rassembleur en offrande, comme en le saupoudrant d'une phobie pour qu'il demeure concentré sur son mal, et dissuader les foules d'aller voir ailleurs des alternatives politiques. Pour ce faire, le public doit converger en direction d'un objectif ayant une forte charge émotionnelle, qui fusionnera une population en suscitant un magnétisme autour d'une antipathie ou d'une frayeur. En émoustillant une population grisée par des pulsions d'inimitié contre une cible, ou derrière un mobile fédérateur tel un autocrate capable de susciter la frénésie par ses harangues, ce processus pervers permet de juguler le public pour l'empêcher de se disperser en conjectures, de penser différemment ou de se détourner ; autrement dit de faire la part des chose avec sa propre intellection. C'est ainsi qu'Adolf Hitler sera parvenu à endoctriner le Peuple germain.

De notoriété, depuis la trame de l'histoire, les intellectuels, journalistes, essayistes ou pamphlétaires sont invariablement désignés comme les ennemis des dictatures quelle qu'elles soient. Un despote aura l'art de récupérer les tourments de ses sujets, en désignant un ennemi commun à abattre, de façon à ce que les élans de révolte habités d'une haine exubérante se calent en rangs serrés derrière le charismatique

236

dictateur. Le peuple subjugué fera bloc, confiant donc en perte de vigilance envers celui-là qui fomente la psychose en désignant la source, afin d'emmener ses adulateurs à se coaliser autour d'une pensée unique, agrémentée d'effroi contre la cible désignée à abattre.

Pour l'histoire, ce fut à l'appui d'un décret du 28 février 1933 que l'État nazi proclama l'avènement de la communauté des Germains (Volksgemeinschft) de souche dite arienne. Ce texte antisémite, fondateur d'une discrimination, autorisa la suspension des droits civiques aux Juifs (Jüdenstern*). Cette mise au pas (Gleichschaltung) pris la main sur tous les pouvoirs, exécutif, législatif, judiciaire et religieux, transcendant les libertés élémentaires et les droits naturels. Puis en 1934, Adolf Hitler se fit consacrer Führer et Chancelier du Reich. Par association, Emmanuel Macron fit la même chose durant l'état d'urgence, en récupérant à l'Élysée le pouvoir législatif par la suppression des audiences, et en promulguant des ordonnances et décrets au lieu et place des lois qu'il fit voter sous le prétexte de l'exception, après s'être accointé le Conseil constitutionnel sous la manche du népotisme.

Voilà pour expliquer la relation entre le décret nazi susvisé, et l'état d'urgence (Loi n° 2020 du 23 mars 2020) voté en Conseil des ministres sous la dictée du Président Macron. Ce régime contraire au droit commun interrompit toute la légitimité des droits constitutionnels. Même après la levée de ce siège (confinements et couvre-feux ; lois du 31 mars 2021, du 5 août 2021 puis du 30 juillet 2022 entre pass-sanitaire ou vaccinal), de lourdes séquelles entravent encore à ce jour certaines libertés essentielles. Ces dispositions imposées avec empressement, force et violence sous le coup de 84 ordonnances relatifs à 35 codes, persiste encore à créer un climat anxiogène, en répandant une hypocondrie paranoïde chez les sujets perméables. Cette manœuvre perfide entraîne la discrimination, à l'image des ausweis de Vichy, un *QR Code TAC** qui entrava l'exercice de droits naturels contre ceux qui refusent le vaccin-Covid. Klaus Schwab et Ursula von der Leyen ont diligemment soutenu Emmanuel Macron pour enfoncer les Français dans cette galère.

Cet interface de *l'étoile jaune** imposée aux Juifs par les nazis, trouve sa source durant le règne des Abbassides au IXème siècle, où les Hébreux devaient peindre un singe devant leur porte. Même si le pass-sanitaire a été levé, il n'est pas abandonné car déféré sous l'autorité du ministre de la Santé et prêt de nouveau à faire feu, sans même en passer par un état d'urgence. Mais un autre saufconduit attend en embuscade sous l'enseigne du climat (pass-CO_2 ; voir p. 197), qui résultent de lois liberticides à l'instar du vaccin-Covid. Ce paradigme de l'enfermement, de l'inquisition et de la répression aux évocations à la fois mondialiste et collectiviste, est emmené en coulisse par la Fondation hégémoniste : *World Economic Forum ;* une secte implantée en Suisse (CH). Cette idéologie autoritaire que partage le *WEF* et l'État-Macron, rappelle la loi allemande des pleins pouvoirs du 24 mars 1933, qui mit à l'écart le Reichstag (Parlement).

ooo

À propos de la Suisse, si cet État au cœur de l'Europe prétend vouloir conserver sa neutralité internationale, cet État aurait intérêt à déloger cette organisation sectaire qui arbore sur son territoire des intentions martiales, en se portant partisan du côté de l'Otan. En abritant des représentants de pays comme les États-Unis et la France, apporteurs d'armements lourds et autres émissaires pro-occidentalistes, dont

Ursula von der Leyen ; tous pourvoyeurs d'arsenaux militaires pour perpétrer une guerre sur un territoire étranger, la Suisse y perd son rang de Nation non belligérante, un peu comme si Berne hébergeait une base de l'Otan ! Les manifestations pacifistes à Berne prouve l'inquiétude des helvétiques quant à protéger leur statut de neutralité envers les blocs belligérants, *a fortiori* lorsque l'on sait que la socialiste Simonetta Sommaruga, ancienne Présidente en 2019/2020 de la Suisse participa activement au Forum du *WEF !*

Pour preuve, la Russie est devenue *persona non grata* depuis deux ans au *WEF,* à l'instar des grands rassemblements du *G7.* Si l'on constate que la Russie ne soit pas désirée pour des questions de politique extérieure, notamment après son ingérence militaire en Ukraine, il est inadmissible qu'un État ayant un statut de neutralité entretienne la politique exclusion solidaire avec l'une des parties belligérantes, sans adopter la même attitude et accorder les mêmes droits pour l'autre. Même sous couvert d'une fondation installée sur son territoire, le *WEF* n'est pas un État dans l'État, et son implantation en territoire neutre n'est en rien un no man's land géopolitique ou géostratégique. Sans doute, ce Forum est devenu *de jure et facto* une base arrière dans ce conflit, dès lors qu'il arbore les couleurs de Kiev dans une guerre civile transversale, hybridée par le soutient de la Russie envers une partie des Ukrainiens bombardée à l'Est.

Rappelons que le *WEF,* implanté en territoire soi-disant neutre, nonobstant juge et partie, aura accueilli lors de son meeting 2023 une délégation ukrainienne, et que le Président Volodymyr Zelensky sera intervenu à distance pour s'entretenir notamment avec le secrétaire général de l'Otan, Jens Stoltenberg.

Cette faveur fut accordée par le *WEF* pour laisser s'exprimer seulement l'une des parties en guerre contre ses compatriotes ukrainiens russophones, mais surtout aux fins de redemander encore et toujours davantage d'armements lourds, de munitions et des équipements de communication, de l'argent et un soutien logistique, dont l'Union en a déjà fourni une promesse renouvelée en présence du Chancelier Olaf Scholz et du Président Emmanuel Macron. En soutenant militairement la moitié d'un pays étranger pour l'aider à s'entretuer avec l'autre, au motif d'un désaccord avec un pays tiers qui est intervenu après huit ans de guerre civile, ne saurait autrement se comprendre que par l'entreprise transversale de deux ingérences armées, avec ou sans soldats, pour entrer dans une guerre non déclarée. Il faut admettre qu'il s'agit d'une guerre de territoire, où autant les Russes que les pays de l'Otan en sont les protagonistes qui se chamaillent à coup de missiles sur le sol ukrainien.

Or d'un côté comme de l'autre, ceux-là y laissent leur vie, à défaut que la sagesse abandonne à l'ONU l'initiative d'une force d'intervention avec des casques bleus. Voilà pourquoi il apparaît inique que la Suisse prenne indirectement position dans un conflit qui ne la regarde pas, encourant le risque de se compromettre avec la secte *WEF* qui n'est autre que le promoteur financier et le pourvoyeur de matériels militaires offensifs, via ses membres actifs ; nerf de cette guerre hybride. Parmi les 600 sociétés regroupées à Davos, s'y trouvent des firmes qui œuvrent pour les forces armées de l'Otan. Ces industriels, dont ceux de l'armement, ont ovationné les partisans euromaïdan, d'où leurs suppôts néonazis des brigades Azov, intégrés dans la garde nationale de Kiev puis dans les troupes armées régulières en 2014. Le positionnement d'abstention de la Confédération dans les relations diplomatiques s'expose au déni, par suite de ces débats à Davos. De même que le processus de protection des réfugiés de tous bords, devenant *de facto* sélectif donc partisan, ne saurait être celui de la Croix-Rouge qui prodigue des soins *erga omnes,* quel que soit les côtés du conflit. Or, ce statut non-interventionniste ne convient pas à l'instrumentalisation guerrière du *WEF* qui colporte ses ardeurs martiales sur le territoire suisse ; une codification de neutralité des Vème et XIIIème Conventions de la Haye du 18 octobre 1907.

°°°

Voilà pour l'exemple parmi d'autres situations aussi contestables que pathétiques, à savoir comment le droit international et les législations nationales qui suivent peuvent à ce point dérailler. Ce qu'il se passa en France sous une loi d'exception : « *L'état d'urgence* » au relent d'une loi martiale avec ses couvre-feux, ses attestations et ses ausweis numérisés *QR code TAC,* donna le ton sur moult violations juridiques, ainsi l'article 16 du Code civil ou l'article 1111-3 de Code de la santé public, et tant d'autres anachronismes entre les lois-Macron et les outrages de ce régime aux droits imprescriptibles que sont censés protéger les DDHC et la Constitution (Voir p. 189 à 196, « *L'antipatriotisme d'un chef d'État* », en bibliographie *in fine*).

Entre une maladie virale qui s'est avérée si peu mortelle, après les révélations de tricheries dans le décomptage des certificats de décès dont l'OMS fit état, et son antidote prétendue miracle mais ô combien fâcheuse pour le système immunitaire des vaccinés, nous retrouvons le même scénario tissé de mensonges et d'aversion d'un Exécutif corrompu s'agissant du droit d'expression ou de la liberté de manifester ; ainsi le Président Macron qui vociféra contre les gilets jaunes, puis plus tard contre les « *antivax* » ! Ce qui ne va pas dans le fil de la pensée unique d'un chef d'État colérique et instable, s'illustra dans une mise en scène ignominieuse mise en spectacle télévisuel par Olivier Véran, son Premier ministre et tout son staff pour maintenir la psychose sur le territoire. La scène fut orchestrée sous la houlette de ce ministre de la Santé qui tira à boulet rouge sur une inoffensive employée qui exerçait son métier avec professionnalisme dans un Ehpad landais de Pontonx-sur-l'Adour (Landes).

Au motif que cette salariée n'était pas vaccinée, elle fut clouée au pilori, traitée comme une renégate devant tous les médias, alors que cette soignante ne fut en aucune façon responsable d'une contamination ; ni malade ni décès constaté *a posteriori* sur place par le corps médical et la presse (Voir p. 27/28 et 59 « *La quinquennat 2017-2022 entre psychose et délation* » en bibliographie *in fine*). Ce jeu pathétique, emmené le 24 juin 2021 par ledit ministre et sa horde de malappris qui se prêtèrent à cette chasse aux sorcières fut à faire vomir. Or, à cette époque encore récente, nul ne pouvait alors ignorer que les personnes vaccinées pouvaient tout aussi bien transmettre le virus, autant que n'importe qui d'autres non-vaccinés. Pourtant ce jour-là, une cabale fut ourdie à l'aide d'une armée d'élus et de journalistes comme de fondre dans une arène pour diaboliser les non-vaccinés, en portant l'estocade à une inoffensive soignante d'un Ehpad.

Telle fut la posture d'Emmanuel Macron en désignant une partie de ses concitoyens désignés arbitrairement coupables ou irresponsables pour avoir refusé une vaccination soi-disant préventive, en arguant que les non-vaccinés mettent en danger la vie des leurs. Telle fut l'ignoble conjuration de ce régime

242

malveillant qui se servit d'une partie du peuple convaincu par ses honteuses mystifications pour servir de vigile et de collabos contre les citoyens non vaccinés Covid. En privant les uns de leurs droits civils alors que ces vaccins-Covid ne se sont absolument jamais avérés prophylactiques, sinon nocifs, cette galéjade se mua en appel à la haine, faisant des uns des sous-citoyens et des autres des inquisiteurs à la solde d'un régime félon. Tel est la stratégie morbide de cet énarque en furie qui procéda, à l'instar du régime nazi, à se servir du Peuple placé dans un climat anxiogène et répressif, pour se constituer une armée de délateurs, les plaçant dos à dos contre les citoyens qui font de la résistance contre une législation discriminante.

Enfermer tout un peuple sous l'office d'une loi dite sanitaire, sans rien connaître du motif allégué d'une pandémie ramenée au rang d'une peste noire ou du virus Ébola, relève d'une hystérie politique, alors que ce virus n'a jamais provoqué plus de dommages que l'influenza ou une rhinite. La corruption vénale des laboratoires pharmaceutiques et leurs politiciens commanditaires, les indemnités majorées versées aux médecins rédigeant des certificats de décès tronqués avec pour mention « *mort de Covid* », et les injections vaccinales aux principes de précaution déréglementés auront pesé plus lourd que les mortalité virales par suite de contamination au SARS-CoV-2. De surcroît, prétendre que le vaccin-Covid n'est pas obligatoire, mais en le rendant obligé pour vivre et jouir de ses droits civils, releva d'une insulte à l'intelligence du Peuple. Ce Président, impulsif n'est pas en phase avec sa fonction, certains le croient psychopathe. Peut-être éprouva-t-il une ASMR *(Autonomous Sensory Meridian Response)*, sorte d'orgasme cérébral selon le manuel MSD, à paralyser tout le pays par un stimuli de 139

243

jours, de claquemurer ses concitoyens, de les humilier à devoir produire des attestations aux forces de l'ordre, de même manière que les nazis et les collabos imposaient au Peuple des ausweis en France occupée ?

Des surfeurs à Hossegor et une octogénaire assise sur un banc à Capbreton furent sanctionnés d'une contravention par des gendarmes zélés, les premiers pour avoir contaminé… l'Océan ; la seconde pour s'être reposé afin de reprendre son souffle avant de rentrer chez elle. Je fus moi-même inquiété, non par défaut de mon attestation dûment remplie (limitée en temps, en distance et motivée), mais parce que mon épouse handicapée, encartée malvoyante, ne peut se déplacer sans son accompagnant désigné* qu'elle ne peut quitter du bras ; étant de ce fait associée à mon attestation* qu'elle ne peut rédiger. Lorsqu'un chef d'État frise la névrose entre les abus de pouvoir et l'incohérence de mesures répressives envers des civils qui ne sont pas délinquants, le pire reste possible. Les abus d'autorité, comme les déviations morales de certains représentants de l'ordre gratifiés de pouvoirs exorbitants, font dérailler la démocratie, au profit d'un régime dictatorial qui ne fait plus aucun discernement.

Nous ne saurions exposer trop de similitudes entre les horreurs du nazisme et la législation autoritaire d'un chef d'État qui légifère dans la discrimination et le viol de l'intégrité physique des Français, forcés à recevoir des injections plusieurs fois par an pour récupérer leurs droits citoyens, et avoir la possibilité de vivre normalement. Mais en privant les Français du droit de disposer de leur corps, nous rentrons dans cette logique de l'absolutisme des césars ou des führers, et ici, Emmanuel Macron entre dans cette spirale autoritariste et criminelle. Le prétexte,

244

ressassé mille fois, de préserver la vie des autres en se vaccinant est contraire à l'esprit du droit commun, notamment à l'appui de l'article 16 du Code civil et l'article 1111-4, 2ème alinéa du Code de la Santé publique, où le corps humain des citoyens est protégé contre l'obligation chimique, bactériologique et immunologique des médicaments, dont les vaccins (Voir p. 68 à 77 de « *Covid - la poule aux œufs d'or - le business des vaccins* », voir en bibliographie *in fine*).

« *Une étude révéla que 79,4 % de tous les enfants décédés du syndrome de mort subite du nourrisson ont reçu un vaccin la même journée* » selon *Advitae Santé*. À ce propos, une alerte fut diffusée par le Professeur Luc Montagnier, (Source : Revue médicale suisse, 11 sept. 2019, n° 662). Un raz-de-marée de décès soudains a décimé des athlètes de 14 à 35 ans juste après une vaccination Covid, à raison de 4 120 % de plus que constaté avant la crise (Voir p. 118, « *Emmanuel Macron - Une anomalie présidentielle* », et p. 60, 72 à 74 « *L'idéologie néfaste…* », bibliographie *op. cit.*). Ce qui ne peut pas être une coïncidence, des cas de létalité précoce furent observés partout dans le monde après l'injection contre le SARS-CoV-2 à des enfants dès 5 ans et à des sportifs. Il est avéré que les rappels-Covid, abattent le système immunitaire et tuent dans de fortes proportions, sur la foi de statistiques des instituts de veille sanitaire et de contrôle des médicaments. Par cette attitude malveillante, le chef d'État offre ses concitoyens au lobbying du *Big Pharma* et à la corruption qui l'accompagne ; un fait inouï et unique dans l'histoire qui relève d'un crime contre la Nation.

Une dictature peut transparaître en filigrane dans la fibre d'un régime politique qui force chaque garde-fou des droits fondamentaux. Il n'existe pas de dictature douce, mais des prémices annonciatrices d'un régime autoritaire qui transpire sous un régime présidentiel. Une dictature monte irrésistiblement en puissance, comme une drogue qui en amène une autre pour finir dans une addiction irréversible. Voici un témoignage dont la raison et le sens du discernement l'emportent sur toutes les spéculations d'intellectuels distingués : « *Notre époque est dangereuse parce que nous comptons sur notre planète 152 états qui sont gouvernés par des dictatures. L'avenir de notre Humanité se dessine, effectivement, en ce moment même, où de multiples crises et guerres nous submergent, alors que nous sommes entourés de la plus sournoise des dictatures. Cette dictature est parfaite, elle a les apparences de la démocratie, une prison sans murs dont les prisonniers ne songeraient pas à s'évader. Un système d'esclavage qui s'installe sans bruit, où grâce à la consommation et au divertissement les esclaves auraient l'amour de leur servitude devant des écrans qui diffuseraient des images virtuelles fascinantes, "en même temps" que des discours de propagande, où des "illettrés" ne perdront plus leur temps à voter, parce que les jeux sont déjà faits. C'est ainsi que les tyrans construisent leur forteresse grâce à l'inertie des peuples* » (Le Redoutable, Observatoire du Mensonge du 15 mars 2023).

Q - Clin d'œil sur la réalité incommodante d'un chef d'État, sous l'empire du *WEF*, qui est censé présider au destin de la France

Avant de terminer cette monographie, ouvrons une parenthèse sur un fait d'actualité sans précédent depuis l'ère de la monarchie et de l'empire, où les têtes couronnées pouvaient tout se permettre durant leur règne, en regard des avanies d'Emmanuel Macron, et ses manquements aux standards de ses fonctions politiques tout au long de sa carrière depuis une décennie. Ses affronts et propos insultants adressés avec morgue contre ses contemporains font pléthore depuis ses déclarations incohérentes et chargées de venin. Nous pourrions comparer ses écarts de langage avec le vocabulaire furieux des hussards prussiens. Ses propos indignes et outrageants, en regard de la plus haute fonction de l'État, sont de nature à lui ôter le prestige qu'il incarne, et même le respect que les Français devraient observer à cet égard. Sauf à lui retourner ses offenses, nombre de mes compagnons de plume ont tenté de discerner les facettes mentales de ce rustre individu, dont j'ai ici et dans mes précédents ouvrages, *in fine* en bibliographie, imagé les contours psychologiques d'un trouble bipolaire (Voir p 150 à 155, « *L'idéologie néfaste du Président Macron* »).

Entre ses phases d'excitations hystériques, ses périodes de neurasthénie et les syndromes cérébelleux ou ataxiques qui le rattrapent, fluctuant de façon imprévisible, quel que soit le moment ou la situation, comme dans le cadre d'un voyage officiel ou d'un choix inapproprié entre un devoir présidentiel et ses appétences compulsives à s'extasier et à s'emporter sans retenue, tout suppose que l'individu souffre d'un dysfonctionnement neurodégénératif. Un psychiatre italien, le Professeur Adriano Segatori en a dressé un portrait édifiant, où il évoque un « *Psychopathe amoral, narcissique et malveillant* »(interview TF1, mi-décembre 2021). « *Qui ne peut attaquer le raisonnement attaque le raisonneur* » exprimait Paul Valéry. Ce qui précisément concerne l'attitude de ce chef d'État qui s'en prend à ses concitoyens lorsqu'il les trouve en désaccord avec sa politique et ses agissements. Si ce Président est juridiquement protégé des injures ou de la diffamation à son égard, *quid* des réparations pour le Peuple attaqué par des algarades et insultes présidentielles ?

Nonobstant son irresponsabilité civile et pénale que couvre le statut de son immunité posé à l'article 67 de la Constitution (modifié par la loi n° 2007-238 du 23 février 2007), rien en droit positif (écrit) ne vient contrebalancer les droits légitimes de recours des citoyens calomnié par cet élu au suffrage universel. Ce pourquoi la jurisprudence reste clémente lorsqu'une incrimination est saisie par un procureur aux fins d'intimider ou de taire des opposants, en vertu de la loi du 29 juillet 1881 sur la liberté de la presse. À ce propos, l'article 26 de cette même loi, protégeant le Président de la République contre le délit d'offense, a été infirmé par la *Cour EDH* par un arrêt du 14 mars 2013, puis par la loi n° 2013-711 du 5 août de la même année, adoptant cette position du Conseil de l'Europe.

Précisément, évoquons le profil inquiétant et instable du Président Macron, dont les comportements et les envolées verbales ambiguës ou déplacées interpellent des psychothérapeute, qui s'interrogent sur la nature des provocations et des diatribes de l'individu, dont les humeurs sont expertement toisées par des pamphlétaires et des caricaturistes plutôt observateurs. Outre les déclarations méprisantes de ce chef d'État envers ses concitoyens, retenons ses maintiens inadéquats et révélateurs de l'idiosyncrasie douteuse que présente le personnage. Rappelons son passage à l'île de Saint-Martin où il s'afficha en octobre 2018, enlacé et provoqué par un doigt d'honneur et autres signes indécents par des individus patibulaires, dont l'un fut un braqueur à peine sorti de prison, à l'appui de clichés témoignant de positions équivoques (Voir p. 83 ibid., « *l'idéologie néfaste du Président...* », et *Le Parisien,* crédit *Twitter*). Ce fut dans l'accoutrement de nudité partielle de ses invités collés à sa peau sans égard, que le Président se produisit en spectacle. Rien ne saurait alors interdire les factums qui ont fusé depuis les cinq continents ; des railleries blessantes empreintes de sous-entendus et de sarcasmes.

Ces ostentations manifestement indécentes, ou ridicules comme de s'affubler et déambuler en tenue de soldat hirsute et suant, un soir festif garni d'invités dans le Salon Doré au cœur du Palais de Élysées, ajoutent à cette flétrissure (Voir p. 83, « *La République en danger - Alerte : une taupe de la secte WEF grimée en soldat parachutiste siège à l'Élysée* ». Emmanuel Macron éprouve un besoin compulsif de jouer la comédie, comme jadis lorsqu'il jouait sur les planche au lycée Henry IV la pièce d'Eduardo De Philippo, « *L'art de la comédie* ». Cette expérience de jeunesse ne l'aura jamais quittée puisqu'il n'a depuis jamais cessé de s'inventer des scénarii catastrophes, comme en se travestissant en commando parachutiste (sweat-shirt *CPA 10)*, un dimanche 13 mars 2022 dans son pré carré de groupies éberlués ! Pour cet halluciné, il s'agissait de se mettre dans la tête de son homologue Vladymyr Zelinsky, avec la ferme assurance d'avoir participé à un petit bout de guerre dans la peau d'un conscrit... qui cependant n'a jamais fait de service militaire.

Dans les tranchées d'un imaginaire sordide, vu sur son compte *Instagram*, « *l'air harassé, barbe de huit jours, rouflaquettes en broussaille, jean et sweat à capuche* » ; c'est ainsi que le pensionnaire de l'Élysée se décrit dans la presse étrangère, divertie et railleuse. Par chance pour lui, « *le ridicule de tue pas la pitié* » selon Jules Renard ! Sous cette Présidence immature, le pays est moqué, une France ramenée à la médiocrité d'un soldatesque fanfaron : « *Il y a un mois, il aurait été difficile d'imaginer le Président français Emmanuel Macron tenté de copier Volodymyr Zenlensky* » (Sources : Jacob Gallagher, *in TMZ, Telegraph, Wall Street Journal...*). Ce Président français, eu égard à ses confabulations vaseuses et maladroites, interpelle par sa muflerie et la vulgarité d'un thésaurus de grivoiseries grossières et délibérées (Voir : *Libération*, 5 janvier 2022).

Au surplus, Le côté surjoué de la posture présidentielle est pointée avec sarcasme par les internautes (Source : *France Inter numérique*, le 9 mars 2022). Les commentaires autour de cet incommodant personnage ne cessent de fuser, sauf par les médias serviles de l'Hexagone qui éclipsent prudemment le sujet. Ce Président aura même métamorphosé une visite officielle en République démocratique du Congo du 4 mars 2023 en un voyage festif, notamment en se contorsionnant et s'exhibant en postant un selfie, un autochtone enlacé autour du cou, une bière à la main dans un bar de boîte de nuit de Kinshasa. L'analyse d'un éditorialiste de Boulevard Voltaire, le colonel Georges Michel, mérite ici d'être reproduite : « *Un président de la République française peut-il, comme ça, en voyage officiel à l'étranger, sortir en boîte, comme le ferait un commercial, après un séminaire d'entreprise ou la signature d'un contrat juteux, la veille avant de reprendre l'avion pour aller retrouver le bureau et le ciel gris de Paris* » ? (in, « *Les tribulations d'un Président en boîte de nuit* » Observatoire du Mensonge, 10 mars 2023).

Lors d'un match de foot au Qatar, durant « *57 secondes de gênance* », (in, *Le Soir* du 29 décembre 2022), ce chef d'État français, après moult comportements pithiatiques, fut couvert de déshonneur par les médias qui le taxèrent de *grotesque et de contenance déplacée*. Ses gesticulations de fan excité, et ses braillements tonitruants à côté de l'émir abasourdi, soulevèrent l'indignation du cortège plénipotentiaire. Puis encore lorsque ce chef d'État se produisit en cajoleur palpitant et câlin au-dessus de la tête du joueur Kylian Mbappé effondré d'avoir perdu le match, cette pathétique scène fit le tour du monde. Du terrain aux vestiaires, Emmanuel Macron s'est produit dans un ridicule navrant devant les photographes, collé à ce sportif, lequel ne lui adressa pas même un regard ni un mot devant l'ambiguïté d'un tel empressement. Ces clichés insolites laissent pantois les observateurs, dont le profil d'un Président devient suspect, sinon de récupération médiatique ; un comportement comparé à celui produit à l'île Saint Martin susmentionnée.

Un autre cliché révélateur de ses débordements illustre le côté débonnaire que le Président français cherche à revêtir, aux fins de correspondre à une idéocratie populaire. Ainsi, l'accolade d'Emmanuel Macron appuyé sur l'oreille de Volodymyr Zelensky à Kiev le 16 juin 2022, où ce dernier apparaît interloqué, semble plus taquin que diplomatiquement correct. Cette scène ubuesque rappelle étrangement le sketch de « *La drague* » entre Guy Bedos et Sophie Daumier[1] ! Même si le protocole en usage de ce côté Ouest de l'Oural, au temps jadis où la géographie de l'URSS comprenait aussi l'Ukraine, voulait que les rencontres diplomatiques soient précédées d'une embrassade entre hommes sur les lèvres la bouche fermée, sinon d'une poignée de main vigoureuse, jamais chef d'État français ne s'était alors permis jusqu'ici un contact aussi familier. Seule dérogation à ce cérémonial de bienvenu, fut avec le Président François Mitterrand qui, de sa main gauche, avait saisi la main droite du Chancelier Elmut Khol, un instant surpris car non

---

[1] « *Il m'a mordu l'oreille. Il m'a fait mal... Il est con ce type* » !

prévu par les règles de convenance, le 22 septembre 1984 à l'occasion d'une commémoration des morts qui s'étalèrent durant les deux guerres mondiales.

Ces images déplorables, où le Président Macron viole la bienséance qu'exige sa fonction, rabaissent son statut, autant qu'elles souillent la réputation d'une France indignée, moquée sur la scène internationale. Ce pourquoi le profil psychologique de ce chef d'État pose des interrogations (Voir p 150 à 155, « *L'idéologie néfaste du Président Macron* »*). Symptomatiques mais révélateurs sont les messages injectés à travers les vidéo-clips publicitaires sur fond LGBTQIA+ (Voir p. 13, ibid.*). Le wokisme en est porteur, et le multiculturalisme y apporte une touche omniprésente sur les écrans *Tv,* en y concoctant la recette itérative du couple mixte *black & white* qui se vend bien sur la toile avec des voitures, des clubs de voyages et autres produits de consommation, afin d'y fédérer la société dans ce moule au parfum paroxystique du *melting pot.*

Hormis la mixité interethnique, qu'il faut soutenir sans réserve contre les clichés crasses, il n'est aucunement fait ici de démonstration partisane quant aux virages exhibés des genres sexuels et des cultures décalées comme imbibées des tendances *woke,* aperçus sous la lorgnette d'un chef d'État marginal. Pour ce faire, il faudrait interroger Jean-Michel Trogneux (www.pressibus.org), ou plus sérieusement s'enquérir sur le bien-fondé des reprises mercantiles depuis ces panels de prospects élargis par la campagne fourre-tout du parti *LREM,* rebaptisé *Renaissance* mais avec les mêmes, qui y fait profusément recette. Si la secte *WEF* n'est pas en apparence impliquée, donc n'impose aucune morale pour juger de la nature de ce vecteur sociétal à travers cet effet de mode, que d'aucuns

252

jugent dégénérescent, surtout depuis le conservatisme des pays d'Europe de l'Est, gageons que dans les replis du *Forum,* le silence qui préside à ce virage des mœurs étendu à l'Europe de l'Ouest, entre dans un buzz consensuel… gênant ; mais qui ne dit mot consent !

ooo

Pour tenter de comprendre les afféteries et les agissements glauques d'Emmanuel Macron, dont ses comportements irrévérencieux contre les usages et protocoles sur la scène publique, il faudrait remonter à 2005 où il a connu ses premiers contacts avec le *WEF* en se posant comme un prétendant parmi les *Youg Global Leaders*. Pressenti *bizuth* parmi les champions, cette intronisation lui permit d'accéder au sanctuaire, tel un catéchumène ayant prononcé ses vœux pour son admission au *Forum* le 20 janvier 2016. À présent l'endoctriné convoite une place au directoire du *WEF* parmi la trentaine de membres, dont on y trouve surtout des milliardaires, des directeurs généraux de banques centrales et des hommes d'affaires, politiciens chevronnés et intellectuels affidés au *Spectre.*

Emmanuel Macron, cet exubérant groupie de Klaus Schwab, aura néanmoins toutes les peines à se voir consacrer parmi les membres influents de cette secte car son agitation inquiète, voire indispose. Il ne produit pas une bonne impression eu égard à ses exaltations empressées et accolades incommodantes. Son enthousiasme délirant frise l'apoplexie dans cette cour des grands, où la retenue sied mieux que l'enfièvrement. Il veut s'élever dans cette hiérarchie et court sans cesse après son maître, ainsi témoignèrent des invités à qui l'adepte Macron, lors de ces colloques, demandait sans cesse avec empressement après son cicérone pour le rencontrer… « *Have you seen it ? … Where is it ? … I'm looking for it everywhere* » !

253

Comprenons qu'Emmanuel Macron a perdu le sens des priorités : la France. Mais il s'est aussi départi du sens du devoir, de sa notoriété et des réalités en abandonnant la gestion de la France à des sociétés conseils étrangères. Puis enfin il a également perdu le sens de l'honneur en se laissant éconduire dans les nimbes idéologiques d'une entreprise de liquéfaction intellectuelle, où le *WEF* lui apparaît le sommet de ses ambitions et la priorité dans toutes les décisions qu'il prend selon les résolutions de la secte. La déconfiture de la France lui importe peu, tant que ses mensonges passent bien à la télé, tant que les Français votent pour lui dans l'ignorance de sa gestion catastrophique, de ses forfaitures et de son état de délabrement mental ; un surmenage où il s'imagine produire le travail des parlementaires, des ministres et de son staff, un lapsus révélateur d'autocrate. Cet aveu est suffisant pour déloger un chef d'État défaillant ; un empêchement prévu en droit constitutionnel* depuis 1976, qui rend impossible la poursuite d'un mandat présidentiel.

Ses crises d'autorité dissimulent ses angoisses, mais une dépression qui explose néanmoins trop souvent à la face de ses interlocuteurs. L'individu aura même déclaré son *burn out* qu'il confia à un journaliste depuis une visite à étranger, mais aussi en Conseil des ministres. Sans y avoir pensé, Emmanuel Macron avoua être malade, surmené et dépressif ; autant dire un individu déséquilibré, dans l'incapacité d'exercer ses fonctions. La réalité vient du scandale qui plane sur la société conseil McKinsey qui l'a lâché devant la menace judiciaire qui pèse sur cette société exemptée d'impôts depuis dix années, avec la bienveillance d'Emmanuel Macron à la faveur de son introduction aux affaires, notamment à Bercy. Ce pourquoi, habitué

254

à diriger le pays à l'aide de cette société de droit privé entièrement à sa botte et d'autres consultants placés par ministère, cet énarque ne sait plus rien faire sans le secours de ces démolisseurs de la République.

Dans une réalité alternative, si cet énergumène n'avait pas été élu, la France ne connaîtrait pas un tel chaos et l'individu aurait été, comme le commun des mortels, dans l'obligation de se faire examiner par un psychothérapeute, eu égard à sa déchéance et fébrilité, pour prétendre exercer un métier civil quel qu'il soit. En examinant ses propos depuis qu'il siège à l'Élysée, il n'a jamais cessé de mésestimer ses collaborateurs et les candidats à l'Exécutif qu'il a lui-même choisi sur proposition de son Premier ministre. Ce chef d'État désarmé dans sa solitude paranoïde et le vide qu'il provoque autour de lui, vilipenda à plusieurs reprises ses collaborateurs, ses porte-parole et ses ministres, secrétaires d'État, directeurs de cabinets et employés de maison, en les jugeant tous incapables. L'ambiance à l'Élysée y est détestable. Quand un chef juge que toute son équipe est minable, parions que c'est le chef lui-même qui a un soucis de compétence. Vacillant, cyclothymique, introverti, narcissique et d'humeur louvoyante, oscillant entre déprime et colère, retenons que cet individu détient le pouvoir d'appuyer sur le bouton pour déclencher une guerre nucléaire !

Doit-on s'inquiéter qu'un chef d'État ne trouve plus de média autre que *Pif Magazine* pour donner des interviews, ainsi en va-t-il avec Marlène Schiappa qui pose dans *Playboy* pour exprimer son point de vue sur la féminité (Voir supra, p. 230/231) ? Si la revue enfantine *Les pieds nickelés* existait encore (disparue en 2015), intellectuellement ceux-là auraient sûrement trouvé *chaussures à leur pied* ! Le médecin-chef attaché

255

à l'Élysée (le colonel Jean-Christophe Perrochon), dont la mission est confiée au service de santé des armées depuis 1983, a le devoir de déclarer à la Nation s'il survient un délabrement psychique du chef d'État, lorsqu'il est collégialement constaté et dûment avéré par l'équipe médicale y affectée. Cependant personne ne bouge, pas plus que les Parlementaires, car un chef d'État, à l'exception d'un(e) conjoint(e), n'est pas un personnage facilement accessible quant à sa vie privée.

Outre la procédure de destitution consignée à l'article 68 de la Constitution, l'article 7* prévoit qu'« *En cas de vacance de cette Présidence, pour quelque cause que ce soit, ou d'empêchement constaté par le Conseil constitutionnel saisi par le Gouvernement et statuant à la majorité absolue de ses membres, les fonctions du Président de la République* [sous réserve des articles 11 et 12] *sont provisoirement exercées par le Président du Sénat* ». Cette rupture de fonction, avec intérim pour empêchement ou incompatibilité, peut être déclarée définitive sur saisine du Conseil constitutionnel par l'un des présidents de chambre ou par 60 députés et sénateurs, en retenant que cette éviction exceptionnelle, même temporaire, ne connut aucun précédent en France sous la Vème République. Mais pour tromper son monde, Emmanuel Macron gesticule, joue la parade, provoque des coups d'éclat, s'expose à tous les excès de langage ou de comportement, et se ravise aussitôt. Un tel désordre désempare ses collaborateurs, sème une torpeur qui paralyse toute initiative de déloger cet énergumène, ceux-là ne parvenant pas à discerner l'individu, s'il est génial ou déjanté, sinon irrésolu.

Pour cette Présidence en constante instabilité de corps et de psyché, avec des accès émotionnels alternant tantôt de façon inhibitoire (neurasthénie, anxiété, refoulement) tantôt s'exhibant de manière impétueuse et rédhibitoire. Ses reliefs existentiels sur fond d'extase suscitent un effet buzz, gay ou *stay woke,* pour s'offrir un électorat multicolore tout azimut prônant l'excellence des minorités. Sous cette affiche d'honorabilité à la mode permissive, mais abusive, appuyée et incontrôlée, où la morale homosexuelle y est injectée à coup de pixels censés faire de l'ombre aux mentalités conservatrices, cette vertu n'est absolument pas partagée par l'islam que ce chef d'État croit pouvoir imprimer à notre société à coup de wagons de réfugiés. De fait, la mixité et l'assimilation de nos mœurs polyculturelles, où prône l'égalité raciale, des cultes et des sexes, demeure indigeste pour cette confession intolérante ; une shari'a non miscible à nos lois séculières et à nos traditions. Ce pourquoi restons-en à l'analyse de ce Président, où le courant sociétal LGBT+ semble être son leitmotiv, sinon possiblement une empreinte freudienne où transpirerait une disposition œdipienne au vu de la symptomatologie du couple présidentiel que rapporte son entourage.

Vu sous un regard complaisant et peu averti, certains perçoivent derrière cette figure atypique une évocation aimable, hors des clous car peu attachée aux conventions et à la bienséance. Si les apparences étourdissent et les discours flattent, une réputation construite sur les apparences ne saurait assurer de solides fondations. À y voir de près, ce personnage n'a jamais cessé, depuis qu'il est sur la scène publique, d'annoncer des pires fléaux pour rallier l'opinion à lui, et inversement de menacer ceux qui comprennent la supercherie, puis encore de railler ses concitoyens, de conspuer la France, de mentir à chacune de ses interventions et même d'user de félonie contre son électorat. Le surendettement public, l'effondrement du PIB, l'inflation, la récession, le chômage et le coût d'une guerre sans objet national, constituent l'héritage que lègue cet individu pour la postérité.

ooo

En ayant rejoint les rangs de la secte *WEF* ; la tanière d'une gente de fortunés et de politiciens vaniteux qui ambitionnent de gommer les frontières physiques des nations, voilà une mentalité globaliste redoutable pour le devenir de la Nation et de l'Union dans le prolongement. Imaginons le nomadisme des peuples écartelés, entre errance et chemins perdus à la rencontre de gens venus de nulle part ; voilà comment se profile l'avenir de l'humanité vu sous la lorgnette du *WEF*. La casse de l'esprit patriotique et de la fierté d'un patrimoine national, sa culture et son histoire ; voilà bien le fond ténébreux de ce sinistre projet mondialiste, que n'a pas manqué de rappeler cette Présidence, en prétendant vouloir *déconstruire* son pays et tout ce qui va avec : la culture, l'histoire et les Gaulois qu'il toisa de sa morgue un certain 29 août 2018. Ce cheminement qui ressemble à un sacerdoce de kamikaze, s'il n'était pas en filigrane un foyer de trahisons et de viol des institutions, devrait abattre toutes les illusions que des électeurs ont échafaudé depuis les promesses avortées de cet histrion.

En rappelant qu'Emmanuel Macron est né en doctrine sous le signe du mondialisme, et que son géniteur idéologique n'est autre que le fondateur du *WEF*, cet homme ne peut fonctionner de façon rationnelle comme un citoyen normalement constitué, doté de droiture, de sentiments confraternels ainsi le patriotisme, l'empathie et la compassion. Certains le désigne comme un monstre d'égoïsme et de puérilité, ce qui n'est pas faux, mais qui mérite d'aménager le jugement que l'on peut porter sur une personne dont le mental a été dévié par une imprégnation sectaire qui exclut toute idéation d'appartenance nationale.

Le Forum de Davos fonde la famille politique du Président Macron depuis sa sortie de l'*Éna*. Celui-là professe le grand écart entre l'appréhension d'une communauté solidaire focalisée au cœur de standards culturels avec une géographie qui borne une histoire locale, et la géopolitique qui écrase les frontières pour obscurcir la nitescence identitaire des individus, par l'absence d'appartenance à un terroir, donc de racine, et d'antériorité sociale, ethnique puis sociétale. Les coutumes ancestrales, les danses folkloriques, les recettes culinaires et les idiomes régionaux ; tout ce qui participe d'une histoire et d'un patrimoine est foulé du pied par le mondialisme que prêche Emmanuel Macron, lequel n'aime rien de la France (sic). Il faut admettre que cette école mondialiste ne saurait accoucher d'une « *normalité* », et que les standards républicains qui président à fabriquer des démocraties ne conviennent pas à l'actuel pensionnaire de l'Élysée.

Ce chef d'État est incapable de se fixer dans ses fonctions, de respecter les convenances et de défendre la Nation ; autant de devoirs qu'exige son statut, sachant que son antipatriotisme s'en trouve mal ajusté à sa livrée présidentielle. Son patriotisme ne sait s'exprimer autrement qu'en un chauvinisme exacerbé depuis les gradins des stades de foot ! Le mépris qu'il affiche envers ses concitoyens constitue l'une des plus graves défaillances de son mandat. Ses perspectives étant intimement liées au *WEF*, il étouffe dans son costume de chef d'État et aspire à des objectifs européens dans un premier temps, car déjà il brigue la présidence de la Commission UE détenue par son égérie Ursula von der Leyen. Puis dans un second temps, il aspire à se projeter dans un fauteuil au sein du Conseil d'Administration du *Forum de Davos.*

Pardon si le ton est mordant, mais après que ce Président ait déclaré « *emmerder* » les Français, même si un simple citoyen n'est pas à égalité devant un chef d'État, l'individu méritait bien ce juste retour de flamme ! D'ailleurs, comment reprocher aux autres les mêmes écarts que se permet la présupposée victime des premiers ? Disposer de la casquette suprême n'est pas détenir le sceptre d'un roi ou le trident d'un démiurge, même si ce Jupiter, rattrapé par l'ivresse de la toute-puissance, se croit au-dessus de tous. Tiré d'un court aperçu de l'œuvre de Blaise Pascal (Lettre à un provincial du 23 janvier 1656), « *Les grands emplois toujours nous aveuglent sur nous-même* », ce pitoyable roquet se prend à provoquer les plus grands de ce monde, de Vladimir Poutine à Xi Jinping, même si à chaque fois il se prend les pieds dans le tapis. La démesure de ses promesses pour enfumer le public sans jamais de retour d'actes, puis son intempérance lorsqu'il fulmine et invective ses contemporains, font la démonstration du syndrome d'*hubris* qui l'habite. Même les rois avaient la maîtrise de leur langage et le sens du rang. Or, le sieur Macron, dans le brillant de sa jaquette, postule pour la *chappe* d'un monarque et se trémousse d'être louangé au *Chant de Salomon.* Ô paradoxe, ce paradiste se comporte tel un mufle avec un langage de charretier (Voir supra, p. 196, 206/207) !

Si par imprudence, la justice s'intéressait au sarcasme persiffleur de cette analyse, espérons que le magistrat, compétent pour juger d'un « *délit contre la chose publique* », aura saisi le juste retour de l'arroseur arrosé. La vérité, lorsqu'elle s'expose au regard de la loi, ou d'une morale instituée par ceux-là mêmes qui en dessinent les contours, n'a pas toujours bonne presse devant la justice inquisitoriale, dès lors que l'impartialité se fait l'otage de la bien-pensance, vue sous la lorgnette de la pensée unique. Le moment est venu ici de remercier le lecteur, en espérant tout de même ne pas rallier tout le monde à la philosophie politique ici engagée, ce qui fermerait tout débat.

ooo

Pour l'auteur, outre son analyse qui souligne la corruption, le mensonge, la trahison et autres écarts en politique dès lors qu'ils sont avérés dans les faits d'actualité incontestables, il s'agit pour le reste de cette étude de s'ouvrir à la réflexion ; un état d'incertitude, entre scepticisme et pyrrhonisme, d'avoir la volonté de suspendre son jugement (épochè). Dès lors que des assemblées se retrouvent aliénées dans leur crédo, d'aucuns préfèrent ignorer ce qui pourrait nuire à leur conviction, plutôt que d'entrer dans un débat d'idées. La seule vérité qui vaille serait celle que l'on partage - même si cela s'entend avec circonspection - entre l'argumentaire et l'écoute échangés. Ce serait donc dans le contraire, ou la pluralité des perceptions et d'opinions que s'affirmerait mieux la vérité placée sous le prisme anamorphosé de regards divergents, alors difficilement réfutables, surtout lorsqu'elles coïncident ou s'harmonisent dans la concorde.

Telle est la leçon du miroir qui nous restitue à une autre version de notre image sous l'angle d'un reflet inversé, une projection instantanée qui apporte une réplique peu perceptible de nous-même, laquelle s'oppose tel un « soi » antithétique. Au-delà de cette allégorie, où la psyché nous renvoi à Janus, ferions-nous parti d'une âme universelle où chacun y aurait sa part, ou préférerions-nous ne disposer que de cette part encombrante de certitude, laquelle ne saurait bénéficier d'une plus large audience ? Entre gens de même avis, ne risquerions-nous pas de finir en couches sédimentaires écrasées par un sectarisme réducteur des réalités ? Perçues sous notre fragile et maigre perception, quoi faire de nos certitudes plombées sous le sceau de notre seule vérité ?

Précisément, revenons-en à l'introduction de ce livre, dont le chapitre est consacré aux sectes, puisque le particularisme de tels rigidités ne concerne qu'une part congrue de personnes retranchées dans une idéologie et/ou en congruence d'intérêts. Sauf prosélytisme, le reste de la population jugée profane par les sectateurs, est donc écarté des discours et des actions, ce qui revient à ignorer ou réfuter l'autre, voire s'en éloigner pour ne pas avoir à se risquer avec un détracteur dans un débat ouvert, où la raison peut ébranler les plus solides croyances. Si délibérément j'ai associé le *WEF* à une secte, alors même que le noumène de mondialiste s'en écarte, c'est parce que cette organisation est refermée sur elle-même, entre gens fortunés et gens de pouvoir, même si durant les forums sont invités, par fairplay, des mouvements écologistes et humanitaires, pour se dédouaner du mercantilisme et de la thésaurisation de fortunes, constituant le pilier central de cette doctrine d'initiés.

« *Société secrète* », « *initiés* » ; est-ce convenable d'évoquer ces vocables à l'égard du *WEF* ? Bien entendu puisque le noyau dur constitué du Conseil d'administration de cette Fondation* ne prend ses orientations et décisions que depuis ses audiences à huis clos, de la même manière qu'un directoire d'une *S.A.* en France, d'une *Public Limited Companies* en Grande-Bretagne, des *Corporations et LLC* aux USA ou de la *Aktiengesellschaft* en Allemagne. Or, une

262

fondation*, depuis la plupart des pays de la planète, est en général socialement et juridiquement perçue comme une association agissant sans but lucratif, et/ou regroupant des *partnerships* (partenariat).

Il y a donc une confusion des genres avec le *WEF,* qui est une coopération de gens de pouvoir et de fortune ; des adhérents qui consacrent leurs capitaux au service du profit, le reste ; social, culturel ou environnemental n'étant que du faire-valoir pour se donner du lustre. La couverture de cette coterie, faisant parade entre le *greenwashing* et la *Venture philanthropie* (Voir supra, § H et p. 136), n'a d'autre objectif que de se dédouaner de ses activités fructueuses et d'hégémonisme politique, tendant à en finir avec le cadre démocratique de *l'État-Nation* (Voir supra, p. 87) d'où lui vient sa référence identitaire, aux contours frontaliers et au cœur patriotique. Si pour d'aucuns, la *WEF* apparaît sous l'étoile d'une ONG aux vertus environnementalistes et à caractère philanthropique, alors qu'il n'y apparaît absolument rien sur le terrain, ni vérifiable ni quantifiable, pourquoi alors vouloir échapper aux fiscalités et aux parafiscalités des pays où se sont développées ces fortunes pour commencer, avant de prétendre s'intéresser au tiers-monde et à la santé de la planète ?

Cette marche vers la gouvernance d'un État mondial, s'achemine dans l'idée de se détourner des souverainetés nationales et de ses contraintes sociales au profit d'un ordre nouveau, axé notamment sur la *Commission trilatérale ;* un dogme mondialiste. Outre Henry Georges Coston au passé trouble, à la fois antisémite et anti-Franc-Maçon, nous y trouvons à l'épicentre de cette idéologie des personnalités de haut rang, de riches et puissantes organisations

263

regroupant jusqu'à quatre cents acteurs, autour d'une *Commission trilatérale,* dite *triade,* laquelle associe l'Amérique du Nord, l'Europe (plutôt l'UE), l'Asie orientale dont le Japon. Dans l'axe de cette démarche mondialiste, il s'y trouve également des lobbies comme le *Cercle Fabian Society,* club britannique de mouvance socialiste, puis la *Conférence Bilderberg,* un rassemblement sélectif de plus de cent personnalités influentes venues d'Amérique du Nord et d'Europe. Cette dernière coterie œuvre dans la confidentialité ; un ésotérique qui alimenta la théorie du complot.

Paradoxalement, peu d'intellectuels, de gens de politique et de médias agrègent le *WEF* à ces initiatives mondialistes, alors que la place de cette idéologie est toute occupée par cette Fondation aux assises supranationales. La secte aura assemblé plus de participants qu'aucune autre entreprise autour de ce crédo ne l'aura jamais atteint auparavant. Cette enseigne dispose d'un agencement arachnéen qui circule en électron libre. La conception tentaculaire de cette entité la détache de toute appartenance nationale, avec des capitaux extraterritoriaux en zones franches, fiscalement dérogatoires, dans un périmètre politique apatride mais assez influent pour impacter les États de faible et moyenne envergures. Les superpuissances et les États à la démographie surdimensionnée échappent à cette emprise, tout en garnissant le *WEF* pour en récolter les fruits.

Le Président Macron s'est glissé dans le cercle des *Young Global Leaders,* puis dans la *2030 initiative ;* une communauté de ±750 jeunes dirigeants qui cherchent à rayonner au cœur de l'omnipotence de cette secte. N'oublions pas que *l'Ordre nouveau* fut à l'origine l'œuvre de mouvements fascistes nés au début des années 1930, un avènement proclamé par Adolf Hitler dix ans plus tard. À ce jour, la secte *WEF* ne veut pas s'identifier à cette histoire à connotation extrémiste, mais elle emprunte exactement la même voie expansionniste, avec des dimensions richissimes et politiquement empiristes idoines. Il s'y instruit une hiérarchie des valeurs dans laquelle le patriotisme doit céder la place à une supranationalité, dont la vitrine patriote de jadis fut razziée, d'abord par le nazisme, à ce jour par l'effondrement des économies et de la souveraineté. Ces ordres nouveaux ont en commun l'ambition d'envelopper et de récupérer ces États en défaillance dans une nasse mondialiste, dont l'accent hégémoniste conditionne l'assujettissement à un dogme qui ne ressemble en rien à une démocratie.

Ainsi qu'il fut aperçu dans cet ouvrage, le détrousseur élyséen de la France aura saccagé les outils de production, mis à sac les caisses de la Nation et renversé les valeurs sociales et sanitaires en un seul mandat présidentiel. Mais pour se douaner devant les électeurs, ce pompier pyromane chante assidument sa complainte devant les écrans *Tv !* Ce braconnier du système se sera emparé des forces vives de la France pour mieux brader les vestiges de son désastre hallucinant. À présent, ce chef d'État se retranche avec indignité sur l'*Aventin* (l'une des sept collines de Rome où se réfugièrent des Romains qui refusèrent de combattre les Volsques ennemis de l'Empire) pour s'abstraire de sa propre déchéance ;

- d'abord afin de ne pas avoir à répondre de son effroyable bilan en bottant en touche du côté de Matignon, dont le fusible est ajusté au survoltage de ses caprices, de ses divagations et prétentions,

- puis pour se soustraire au désastre de ses trois guerres perdues qui auront annihilé la France ;

1°) celle d'un virion de 0,7 à 0,14 micron combattu par des vaccins géniques hautement pathogènes,
2°) puis celle d'un CO_2 (1 ångström ou 10 nm) dont les tailles respectives sont calibrées à son intelligence,
3°) puis gaillardement, ce guerrier ridicule, sorti de la *comedia dell'art,* vise plus grand avec l'Ukraine, en retenant que son courage se limite à faire s'entretuer à distance des civiles en fourbissant des armes.

Après les fonds de garantie des retraites, Emmanuel Macron veut détourner les fonds destinés aux investissements pour le logement social en France (livrets A), mais aussi les assurances-vie, et pourquoi pas une fois épuisées ces réserves, les LDDS et les PEA (voir supra p. 120/121). Cette kleptocratie se consacre à une économie de guerre en Ukraine, mais aussi pour financer des centrales nucléaires après avoir occulté leur renouvellement et entretien, mais surtout d'avoir négligé les besoins énergétiques impérieux durant plus de dix ans de sa présence à Bercy et à l'Élysée. Non content d'avoir pillé ce qu'il restait des 150 M^{ds} d'€ de fonds de garantie des retraites (Voir supra, p. 229), ce Président dispendieux procède à la razzia des revenus fiscaux et sociaux, ainsi que de la tirelire des épargnants, des cotisants et des contribuables (Voir supra, p. 134, 203 et 229). l'Exécutif macronien fera boire le calice jusqu'à la lie à son peuple ! Ce chef d'État n'est pas seulement un voleur, mais un recéleur martial des deniers publics ainsi que des capitaux privés. L'ex-Gendarme Alexandre Juving-Brunet explique dans un tweet : *« Hier la sueur, aujourd'hui les larmes, demain le sang ? Nous avons aux manettes des faiseurs de guerre, dernier atout d'un système agonisant. Désormais, grâce à la connaissance en temps réel, nous ne pourrons plus dire "Je ne savais pas". Nos responsabilités sont historiques »* (Source : lalsace.fr/economie/2023).

266

Ainsi devons-nous percevoir le vrai visage de ce kleptomane du Trésor public, lequel après avoir achevé la France, se fait le discounteur du pays en le livrant aux appétits des ogres de la finance mondiale et aux méga-industries américaines depuis le Forum annuel de Davos. Le *WEF* est partout, sauf que trop peu de Français, décervelés et désinformés par le soporifique écran *Tv,* ne perçoivent pas qui manipule les marionnettes au pouvoir, telle Ursula von der Leyen depuis la Commission européenne. Dans ce *théâtre de l'absurde,* où la France est mise en scène devant le public international, ainsi en témoignent nos voisins germaniques qui taxent l'Exécutif français *d'absurdistan,* nous pourrions y jouer l'intrigue de la *Cantatrice chauve.* Par homologie à cette pièce, les citoyens, spectateurs de leur propre déchéance sous le ciel décadent de leur pays, ont perdu leur faculté de communication et de lucidité. Cette tragédie, qui appelle une rupture dans la continuité de leur histoire, plonge les patriotes de jadis dans la torpeur d'une société torpillée par leur propre chef d'État.

Sur ce dernier point, je citerais volontiers « *La confession* », une anecdote bibliographique de Jean-Jacques Rousseau ; un personnage masochien où la *scène de la fessée* influença sa vie. Pour transposer cette pathologie - vue par le psychiatre Richard von Krafft-Ebinb - aux Français qui auraient pris plaisir à réélire celui qui leur a imposé souffrances et humiliations, expliquons cette paradoxale complaisance, à l'instar d'un système de récompense en phase de sevrage à l'égard de cet individu, arrogant et cynique. Même si la France ne saurait être confondue à « *Venus à la fourrure* », gageons qu'il existe un lien existentiel avec les fantasmes de léopold von <u>Masoch</u>.

Bibliographie[2]

Différents travaux de l'auteur à l'international :

- Editorial Idearium [IV Congreso de derecho societario], Universidad de Mendoza, Facultad de Ciencias Jurídicas y Sociales (República Argentina) ; *"La concentratión de empresas"* (Thèse publique soutenue le 21 mai 1986).

- Éditeur Cheikh Hafez El-Hachem, *"Pour une nouvelle constitution de la Nation libanaise"* ; Plate-forme sous la direction de Jean Guyénot (Paris II), associé à Mgr Robert d'Angleterre et de France, prince de Bourgogne et Northumberland, les Pr. Marcelo U. Salerno, C. Purtschet, Y. Gaudemet et Carlos J. Z. Rodriguez (25 mai 1986).

- Rivista delle società (A. Guiffrè editore), *"Les bons de souscription d'actions"* ; en collaboration avec le doyen Jean Guyénot †, Maître de conférence en droit commercial à la Faculté du Panthéon-Sorbonne et Marcelo Urbano Salerno, professeur de droit civil à l'Université de Buenos-Aires, ancien conseiller d'État (Milano, anno 31°, 1986).

- La Ley (Buenos Aires, n°s 98 à 102) ; *"La organización juridicial en Francia : reformas y reflexiones"* (mai 1990).

- Éditions Tallandier (Historia n° 538) ; *"De l'antiquité au grand siècle : Faillite et banqueroute"*, Octobre 1991.

- Estudios Universales 2-1991, *"Hommages à Juan Bautista Alberdi"*, Universidad de Concepción (República de Chile), "Derecho y Bicentenario".

- Ediciones universidad de Concepción (Chili) : *"La quiebra a través de los tiempos"*, Revista de Derecho, Facultad de Ciencias Jurídicas y Sociales (n° 199, año LXIV, 1996).

Éd. L'Harmattan : http://Pyrrhon.blogsperso.orange.fr

---

[2] Ancien directeur du Centre d'étude juridique économique et politique, doyen des conférences de Paris. Membro doctor honorario (IV Congreso de Derecho Societario) à l'Université de Mendoza. Associé au comité de rédaction universitaire de Concepción (Chili). Éd. *Lextenso, La Loi, Le Quotidien Juridique, Les Petites Affiches, Juris-Classeur, La revue des huissiers de justice, Actualité Juridique Propriété Immobilière* (AJDI). *Espaces, Vacances, Loisirs Direct, investissements conseils, Holiday, Timeshare World.*

1°) [Coll. *Logiques juridiques* dirigée par Gérard Marcou, Prof. de droit public] : « *Histoire de la banqueroute et faillite contemporaine* » (1993). http://desurvire4.monsite-orange.fr

2°) [Collection *Logiques juridiques* sous la direction du Professeur de droit public Gérard Marcou] : « *Le Timeshare ou la multipropriété échangée - Les nouveaux droits des acquéreurs après la directive C.E. du 26 octobre 1994* » (mars 1995). http://desurvire2.monsite-orange.fr

3°) « *Les vacances en temps partagé - Guide d'achat et d'utilisation* ». Avec le concours de Maître Michel Lechau, avocat à la Cour, puis Notaire, 1996. Réédition 2000.

4°) « *L'hébergement touristique au secours du patrimoine monumental ancien* » (avril 1998 : rapport introductif à la conférence dispensée à l'Unesco le 24 juin 1998).

5°) « *Stupéfiants et psychotropes, un sépulcre pour l'humanité - Politique de l'autruche et complaisance intellectuelle* » (juin 2000). http://desurvire3.monsite-orange.fr

6°) « *Dire vrai ou Dieu entre racisme et religions* » Collection *Cheminements Spirituels* dirigée par Pierre de Givenchy, 2003. http://desurvired.monsite-orange.fr

7°) Trilogie : « *La religion du doute et du savoir"* ; « *Les religions des ténèbres* » ; « *Le Chaos cultuel des civilisations* », 2006. http://desurvire5.monsite.orange.fr/

8°) « *La nouvelle pensée unique en social-démocratie - Haro contre le lobbying des faiseurs d'opinion* », juillet 2016.

Édilivre (Éditions Aparis) :

1°) « *Des sujets qui fâchent, la religion, le sexisme, l'écologie…* », sept. 2008. www.edilivre.com/doc/5019

2°) « *Nous n'avons pas réussi à sauver la Terre … Démographie… chut* » ! Récit d'anticipation, janvier 2010. www.edilivre.com/doc/16268

3°) « *Les pages noires du Coran à bannir du XXIe siècle* », avril 2012. www.edilivre.com/doc/241487

4°) « *La malédiction de naître femme en Islam* » octobre 2016. www.edilivre.com/doc/802169

Éditions Observatoire du Mensonge :

observatoiredum@orange.fr/ Directeur de publication, Alexandre Goldfarb. Distribution Kindle - broché Amazon.

1°) « *La conquête de l'Occident : D'un Islam subversif à la France fourre-tout* », mars 2019.

2°) « *L'histoire vraie dans le conflit israélo-palestinien - L'imposture politicienne de la camarilla sociale-démocrate européenne* », mai 2019.

3°) « *Et la laïcité ? Bordel !!! - L'inexorable processus de désintégration des standards laïcs se poursuit au XXIe siècle… mais la résistance s'organise* », octobre 2019.

4°) « *Le temps du boniment - Réplique autour d'un débat initié par le chef de l'État sur l'immigration en France* », nov. 2019.

5°) « *La religion des quanta et des quasars* » Juin 2020.

6°) « *Un monde irréel* », octobre 2020.

7°) « *Et si l'Europe avait transité en d'autres temps ?* », janvier 2021.

8°) « *Une sorcière pas comme les autres* » (Livre illustré par Émeline Pobelle, pour enfant de 7 à 10 ans, novembre 2020.

9°) « *L'absurde traitement du Covid-19 qui préluda une manipulation tant sociale que génétique du vaccin* », janv. 2021.

10°) « *Les mensonges entre l'avoir et le pouvoir* », avr. 2021.

11°) « *Manifeste pour le rétablissement de la démocratie en France* », juin 2021.

12°) « *Le quinquennat 2017-2022 - entre psychose et délation* », 29 juillet 2021.

13°) « *Histoire d'un Président qui n'aime pas la France* », 30 août 2021.

14°) « *L'antipatriotisme d'un chef d'État qui dénie la culture française et veut déconstruire son pays* », 30 novembre 2021.

15°) « *Covid : La poule aux œufs d'or - Le business des vaccins* », janvier 2022.

16°) « *Overdose de vaccins et voyoucratie* », mars 2022.

17°) « *La République en danger - Alerte : une taupe de la secte WEF grimée en soldat parachutiste siège à l'Élysée* », mai 2022.

18°) « *Le Chaos démographique – La conspiration du silence et le cri de la Terre* », septembre 2022.

19°) « *L'idéologie néfaste du Président Macron - qui coule la France comme un bateau ivre et qui confond la démocratie avec son pouvoir personnel* », novembre 2022.

20°) « *Emmanuel Macron - Un Président ?- Une anomalie présidentielle* », février 2023.

Printed in France by Amazon
Brétigny-sur-Orge, FR

12081337R00152